觉醒时刻

鲁迅 等著

图书在版编目（CIP）数据

觉醒时刻 / 鲁迅等著. -- 北京：中国画报出版社，2023.3（2024.10重印）

ISBN 978-7-5146-2216-4

Ⅰ.①觉… Ⅱ.①鲁… Ⅲ.①中国文学—现代文学—作品综合集 Ⅳ.①I216.1

中国版本图书馆CIP数据核字(2022)第237898号

觉醒时刻

鲁迅 等著

出 版 人：方允仲
责任编辑：郭翠青
策划编辑：王云婷
责任印制：焦 洋

出版发行：中国画报出版社
地　　址：中国北京市海淀区车公庄西路33号
邮　　编：100048
发 行 部：010-88417360　010-68414683（传真）
总编室兼传真：010-88417359　版权部：010-88417359

开　　本：32开（880mm×1230mm）
印　　张：9.25
字　　数：216千字
版　　次：2023年3月第1版　2024年10月第6次印刷
印　　刷：北京中科印刷有限公司
书　　号：ISBN 978-7-5146-2216-4
定　　价：59.80元

铁肩担道义,妙手著文章。

鲁迅

085 · 狂人日记
095 · 孔乙己
100 · 药
109 · 随感录
114 · 灯下漫笔

钱玄同

185 · 随感录
187 · 孔家店里的老伙计

胡适

123 · 文学改良刍议
135 · 建设的文学革命论
151 · 赠与今年的大学毕业生
157 · 容忍与自由

刘半农

193 · 「作揖主义」
198 · 老实说了吧
201 · 教我如何不想她

高一涵

205 · 近世三大政治思想之变迁

傅斯年

165 · 文学革新申义
177 · 青年的两件事业

目录 CONTENTS

陈独秀

- 003 · 敬告青年
- 010 · 文学革命论
- 014 · 偶像破坏论
- 017 · 新文化运动是什么
- 023 · 反抗舆论的勇气

蔡元培

- 027 · 就任北京大学校长之演说
- 030 · 不肯再任北大校长的宣言
- 033 · 我在北京大学的经历
- 043 · 何谓文化

李大钊

- 051 · 青春
- 063 · 新的！旧的！
- 067 · 庶民的胜利
- 070 · 再论问题与主义
- 078 · 现代的女权运动

闻一多

275 · 死水
277 · 我是中国人
280 · 最后一次讲演

注释

沈尹默

211・月夜
212・鸽子
213・除夕

赵世炎

217・说少年（续）
221・我们读书时间分配的问题
227・杂感：北李南陈
228・给少年学会朋友们的来信

瞿秋白

233・饿乡纪程・绪言
236・赤都心史・生活
238・真假堂吉诃德

易白沙

243・孔子评议

梁启超

259・少年中国说

邓中夏

267・论工人运动
270・论农民运动

陈独秀

1879—1942

原名陈庆同、陈乾生，字仲甫，号实庵，安徽怀宁人。新文化运动的倡导者、发起者，五四运动时期的总司令，中国共产党的主要创始人之一，中国共产党早期的主要领导人。主编《新青年》杂志，积极提倡民主与科学，倡导文学革命，影响力极大，引领当时的社会思想潮流。

自主的而非奴隶的；
进步的而非保守的；
进取的而非退隐的；
世界的而非锁国的；
实利的而非虚文的；
科学的而非想象的。

敬告青年

窃以少年老成，中国称人之语也；年长而勿衰（Keep young while growing old），英、美人相勖[1]之辞也：此亦东西民族涉想不同现象趋异之一端欤？青年如初春，如朝日，如百卉之萌动，如利刃之新发于硎[2]，人生最可宝贵之时期也。青年之于社会，犹新鲜活泼细胞之在人身。新陈代谢，陈腐朽败者无时不在天然淘汰之途，与新鲜活泼者以空间之位置及时间之生命。人身遵新陈代谢之道则健康，陈腐朽败之细胞充塞人身则人身死；社会遵新陈代谢之道则隆盛，陈腐朽败之分子充塞社会则社会亡。

准斯以谈，吾国之社会，其隆盛耶？抑将亡耶？非予之所忍言者。彼陈腐朽败之分子，一听其天然之淘汰，惟不愿以如流之岁月，与之说短道长，希冀其脱胎换骨也。予所欲涕泣陈词者，惟属望于新鲜活泼之青年，有以自觉而奋斗耳！

自觉者何？自觉其新鲜活泼之价值与责任，而自视不可卑也。奋斗者何？奋其智能，力排陈腐朽败者以去，视之若仇敌，若洪水猛兽，而不可与为邻，而不为其菌毒所传染也。

呜呼！吾国之青年，其果能语于此乎？吾见夫青年其年龄，而老年其身体者十之五焉；青年其年龄或身体，而老年其脑神经者十之九焉。华其发，泽其容，直其腰，广其膈，非不俨然青年也；及叩其头脑中所涉想、所怀抱，无一不与彼陈腐朽败者为一丘之貉。

其始也未常不新鲜活泼,浸假而为陈腐朽败分子所同化者有之;浸假而畏陈腐朽败分子势力之庞大,瞻顾依回,不敢明目张胆,作顽狠之抗斗者有之。充塞社会之空气,无往而非陈腐朽败焉,求些少之新鲜活泼者,以慰吾人窒息之绝望,亦杳不可得。

循斯现象,于人身则必死,于社会则必亡。欲救此病,非太息咨嗟之所能济,是在一二敏于自觉勇于奋斗之青年,发挥人间固有之智能,决择人间种种之思想,——孰为新鲜活泼而适于今世之争存,孰为陈腐朽败而不容留置于脑里,——利刃断铁,快刀理麻,决不作牵就依违之想,自度度人,社会庶几其有清宁之日也。青年乎!其有以此自任者乎?若夫明其是非,以供决择,谨陈六义,幸平心察之。

一、自主的而非奴隶的

等一人也,各有自主之权,绝无奴隶他人之权利,亦绝无以奴自处之义务。奴隶云者,古之昏弱对于强暴之横夺,而失其自由权利者之称也。自人权平等之说兴,奴隶之名,非血气所忍受。世称近世欧洲历史为"解放历史":破坏君权,求政治之解放也;否认教权,求宗教之解放也;均产说兴,求经济之解放也;女子参政运动,求男权之解放也。

解放云者,脱离夫奴隶之羁绊,以完其自主自由之人格之谓也。我有手足,自谋温饱;我有口舌,自陈好恶;我有心思,自崇所信。绝不认他人之越俎,亦不应主我而奴他人。盖自认为独立自主之人格以上,一切操行,一切权利,一切信仰,唯有听命各自固有之智能,断无盲从隶属他人之理。非然者,忠孝节义,奴隶之道德也;(德国大哲尼采〔Nietzsche〕别道德为二类:有独立心而勇敢者曰贵族道德〔Morality of Noble〕，谦逊而服从者曰奴隶道德〔Morality of Slave〕。）轻刑薄赋，奴隶之幸福也；称颂功德，奴隶之文章也；拜爵赐第，奴隶之光荣也；丰碑高墓，奴隶之纪念物也。以其是非荣辱，听命他人，不以自身为本位，则个人独立平等之人格，消灭无存，其一切善恶行为，势不能诉之自身意志而课以功过；谓之奴隶，谁曰不宜？立德立功，首当辨此。

二、进步的而非保守的

人生如逆水行舟，不进则退，中国之恒言也。自宇宙之根本大法言之，森罗万象，无日不在演进之途，万无保守现状之理；特以俗见拘牵，谓有二境，此法兰西当代大哲柏格森（H.Borgson）之创造进化论（L'Evolution Creatrice）所以风靡一世也。以人事之进化言之：笃古不变之族，日就衰亡；日新求进之民，方兴未已；存亡之数，可以逆睹。矧[3]在吾国，大梦未觉，故步自封，精之政教文章，粗之布帛水火，无一不相形丑拙，而可与当世争衡？

举凡残民害理之妖言，率能征之故训，而不可谓诬。谬种流传，岂自今始！固有之伦理、法律、学术、礼俗，无一非封建制度之遗，持较晳种之所为，以并世之人，而思想差迟，几及千载。尊重廿四朝之历史性，而不作改进之图，则驱吾民于二十世纪之世界以外，纳之奴隶牛马黑暗沟中而已，复何说哉！于此而言保守，诚不知为何项制度文物，可以适用生存于今世。吾宁忍过去国粹之消亡，而不忍现在及将来之民族，不适世界之生存而归消灭也。

呜呼！巴比伦人往矣，其文明尚有何等之效用耶？"皮之不存，毛将焉附？"世界进化，骎骎[4]未有已焉。其不能善变而与之俱进者，将见其不适环境之争存，而退归天然淘汰已耳，保守云乎哉！

三、进取的而非退隐的

当此恶流奔进之时，得一二自好之士，洁身引退，岂非希世懿德；然欲以化民成俗，请于百尺竿头，再进一步。夫生存竞争，势所不免，一息尚存，即无守退安隐之余地。排万难而前行，乃人生之天职。以善意解之，退隐为高人出世之行；以恶意解之，退隐为弱者不适竞争之现象。欧俗以横厉无前为上德，亚洲以闲逸恬淡为美风：东西民族强弱之原因，斯其一矣。此退隐主义之根本缺点也。

若夫吾国之俗，习为委靡：苟取利禄者，不在论列之数；自好之士，希声隐沦，食粟衣帛，无益于世，世以雅人名士目之，实与游惰无择也。人心秽浊，不以此辈而有所补救，而国民抗往之风，植产之习，于焉以斩。人之生也，应战胜恶社会，而不可为恶社会所征服；应超出恶社会，进冒险苦斗之兵，而不可逃遁恶社会，作退避安闲之想。呜呼！欧罗巴铁骑入汝室矣，将高卧白云何处也？吾愿青年之为孔墨，而不愿其为巢由；吾愿青年之为托尔斯泰与达噶尔（R.Tagore，印度隐遁诗人），不若其为哥伦布与安重根！

四、世界的而非锁国的

并吾国而存立于大地者，大小凡四十余国，强半与吾有通商往来之谊。加之海陆交通，朝夕千里。古之所谓绝国，今视之若在户庭。举凡一国之经济政治状态有所变更,其影响率被于世界,不啻⁵牵一发而动全身也。立国于今之世,其兴废存亡,视其国之内政者半,影响于国外者恒亦半焉。以吾国近事证之:日本勃兴,以促吾革命维新之局;欧洲战起,日本乃有对我之要求。此非其彰彰者耶?投一国于世界潮流之中,笃旧者固速其危亡,善变者反因以竞进。

吾国自通海以来,自悲观者言之,失地偿金,国力索矣;自乐观者言之,倘无甲午、庚子两次之福音,至今犹在八股、垂发时代。居今日而言锁国闭关之策,匪独力所不能,亦且势所不利。万邦并立,动辄相关,无论其国若何富强,亦不能漠视外情,自为风气。各国之制度文物,形式虽不必尽同,但不思驱其国于危亡者,其遵循共同原则之精神,渐趋一致,潮流所及,莫之能违。于此而执特别历史国情之说,以冀抗此潮流,是犹有锁国之精神,而无世界之智识。国民而无世界智识,其国将何以图存于世界之中?《语》云:"闭户造车,出门未必合辙。"今之造车者,不但闭户,且欲以周礼考工之制,行之欧美康庄,其患将不止不合辙已也!

五、实利的而非虚文的

自约翰弥尔(J.S.Mill)"实利主义"唱道于英,孔特(Comte)之"实验哲学"唱道于法,欧洲社会之制度,人心之思想为之一变。最近德意志科学大兴,物质文明,造乎其极,制度人心,为之再变。举凡政治之所营,教育之所期,文学技术之所风尚,万马奔驰,无不齐集于厚生利用之一途。一切虚文空想之无裨于现实生活者,吐弃殆尽。当代大哲,若德意志之倭根(R.Eucken),若法兰西之柏格森，虽不以现时物质文明为美备，咸揭橥[6]生活（英文曰Life，德文曰Leben，法文曰La vie）问题，为立言之的。生活神圣，正以此次战争，血染其鲜明之旗帜。欧人空想虚文之梦，势将觉悟无遗。

夫利用厚生，崇实际而薄虚玄，本吾国初民之俗，而今日之社会制度、人心思想，悉自周、汉两代而来。周礼崇尚虚文，汉则罢黜百家而尊儒重道。名教之所昭垂，人心之所祈向，无不与社会现实生活背道而驰。倘不改弦而更张之，则国力将莫由昭苏，社会永无宁日。祀天神而拯水旱，诵《孝经》以退黄巾，人非童昏，知其妄也。物之不切于实用者，虽金玉圭璋，不布粟粪土。若事之无利于个人或社会现实生活者，皆虚文也，诳人之事也。诳人之事，虽祖宗之所遗留，圣贤之所垂教，政府之所提倡，社会之所崇尚，皆一文不值也。

六、科学的而非想象的

科学者何？吾人对于事物之概念，综合客观之现象，诉之主观之理性而不矛盾之谓也。想象者何？既超脱客观之现象，复抛弃主观之理性，凭空构造，有假定而无实证，不可以人间已有之智灵，明其理由，道其法则者也。在昔蒙昧之世，当今浅化之民，有想象而无科学。宗教美文，皆想象时代之产物。近代欧洲之所以优越他族者，科学之兴，其功不在人权说下，若舟车之有两轮焉。今且日新月异，举凡一事之兴，一物之细，罔不诉之科学法则，以定其得失从违。其效将使人间之思想云为，一遵理性，而迷信斩焉，而无知妄作之风息焉。

国人而欲脱蒙昧时代，羞为浅化之民也，则急起直追，当以科学与人权并重。士不知科学，故袭阴阳家符瑞五行之说，惑世诬民，地气风水之谈，乞灵枯骨；农不知科学，故无择种去虫之术；工不知科学，故货弃于地，战斗生事之所需，一一仰给于异国；商不知科学，故惟识罔取近利，未来之胜算，无容心焉；医不知科学，既不解人身之构造，复不事药性之分析，菌毒传染，更无闻焉，惟知附会五行、生克、寒热、阴阳之说，袭古方以投药饵，其术殆与矢人同科。其想象之最神奇者，莫如"气"之一说，其说且通于力士羽流之术，试遍索宇宙间，诚不知此"气"之果为何物也。

凡此无常识之思，惟无理由之信仰，欲根治之，厥维科学。夫以科学说明真理，事事求诸证实，较之想象武断之所为，其步度诚缓，然其步步皆踏实地，不若幻想突飞者之终无寸进也。宇宙间之事理无穷，科学领土内之膏腴待辟者，正自广阔。青年勉乎哉！

（原载《青年杂志》第一卷第一号，1915年9月15日）

编者附：

《新青年》（LA JEUNESSE）是在20世纪20年代中国一份具有影响力的革命杂志。由陈独秀在上海创立，群益书社发行，原名《青年杂志》，自第二卷起改称《新青年》，自1915年9月15日创刊号至1926年7月终刊共出9卷54号。该杂志发起新文化运动，并且宣传倡导民主与科学，在五四运动期间，科学（"赛先生"，Science）、民主（"德先生"，Democracy）和新文学起到重要作用。

文学革命论

今日庄严灿烂之欧洲,何自而来乎?曰,革命之赐也。欧语所谓革命者,为革故更新之义,与中土所谓朝代鼎革,绝不相类。故自文艺复兴以来,政治界有革命,宗教界亦有革命,伦理道德亦有革命,文学艺术亦莫不有革命,莫不因革命而新兴而进化。近代欧洲文明史,宜可谓之革命史。故曰,今日庄严灿烂之欧洲,乃革命之赐也。

吾苟偷庸懦之国民,畏革命如蛇蝎。故政治界虽经三次革命,而黑暗未尝稍减。其原因之小部分,则为三次革命皆虎头蛇尾,未能充分以鲜血洗净旧污;其大部分,则为盘踞吾人精神界根深蒂固之伦理道德、文学、艺术诸端,莫不黑幕层张,垢污深积,并此虎头蛇尾之革命而未有焉。此单独政治革命所以于吾之社会,不生若何变化,不收若何效果也。推其总因,乃在吾人疾视革命,不知其为开发文明之利器故。

孔教问题,方喧呶[7]于国中,此伦理道德革命之先声也。文学革命之气运,酝酿已非一日,其首举义旗之急先锋,则为吾友胡适。余甘冒全国学究之敌,高张"文学革命军"大旗,以为吾友之声援。旗上大书特书吾革命军三大主义:曰推倒雕琢的、阿谀的贵族文学,建设平易的、抒情的国民文学;曰推倒陈腐的、铺张的古典文学,建设新鲜的、立诚的写实文学;曰推倒迂晦的、艰涩的山林文学，建设明了的、通俗的社会文学。

《国风》多里巷猥辞，《楚辞》盛用土语方物，非不斐然可观。承其流者，两汉赋家，颂声大作，雕琢阿谀，词多而意寡，此贵族之文、古典之文之始作俑也。魏晋以下之五言，抒情写事，一变前代板滞堆砌之风，在当时可谓为文学一大革命，即文学一大进化。然希托高古，言简意晦，社会现象，非所取材，是犹贵族之风，未足以语通俗的国民之学也。齐梁以来，风尚对偶，演至有唐，遂成律体。无韵之文，亦尚对偶。《尚书》《周易》以来，即是如此。（古人行文，不但风尚对偶，且多韵语，故骈文家颇主张骈体为中国文章正宗之说〔亡友王无生即主张此说之一人〕。不知古书传钞不易，韵与对偶，以利传诵而已。后之作者，乌可泥此？）东晋而后，即细事陈启，亦尚骈丽。演至有唐，遂成骈体。诗之有律，文之有骈，皆发源于南北朝，大成于唐代。更进而为排律，为四六。此等雕琢的、阿谀的、铺张的、空泛的贵族古典文学，极其长技，不过如涂脂抹粉之泥塑美人，以视八股试帖之价值，未必能高几何，可谓为文学之末运矣！韩、柳崛起，一洗前人纤巧堆朵之习，风会所趋，乃南北朝贵族古典文学，变而为宋元国民通俗文学之过渡时代。韩、柳、元、白应运而出，为之中枢。俗论谓昌黎文章起八代之衰，虽非确论，然变八代之法、开宋元之先，自是文界豪杰之士。吾人今日所不满于昌黎者二事：一曰，文犹师古。虽非典文，然不脱贵族气派，寻其内容，远不若唐代诸小说家之丰富，其结果乃造成一新贵族文学。二曰，误于"文以载道"之谬见。文学本非为载道而设，而自昌黎以讫曾国藩所谓载道之文，不过钞袭孔孟以来极肤浅极空泛之门面语而已。余尝谓唐宋八家文之所谓"文以载道"，直与八股家之所谓"代圣贤立言"，同一鼻孔出气。

以此二事推之，昌黎之变古，乃时代使然。于文学史上，其自身并无十分特色可观也。元明剧本，明清小说，乃近代文学之粲然可观者。惜为妖魔所厄，未及出胎，竟尔流产。以至今日中国之文学，萎琐陈腐，远不能与欧洲比肩。此妖魔为何？即明之前后七子及八家文派之归、方、刘、姚是也。此十八妖魔辈，尊古蔑今，咬文嚼字，称霸文坛，反使盖代文豪若马东篱、若施耐庵、若曹雪芹诸人之姓名，几不为国人所识。若夫七子之诗，刻意模古，直谓之抄袭可也。归、方、刘、姚之文，或希荣誉墓，或无病而呻，满纸之乎者也矣焉哉。每有长篇大作，摇头摆尾，说来说去，不知道说些甚么。此等文学，作者既非创造才，胸中又无物，其伎俩惟在仿古欺人，直无一字有存在之价值。虽著作等身，与其时之社会文明进化无丝毫关系。

今日吾国文学，悉承前代之敝。所谓"桐城派"者，八家与八股之混合体也；所谓"骈体文"者，思绮堂与随园之四六也；所谓"西江派"者，山谷之偶像也。求夫目无古人、赤裸裸的抒情写世、所谓代表时代之文豪者，不独全国无其人，而且举世无此想。文学之文，既不足观，应用之文，益复怪诞。碑铭墓志，极量称扬，读者决不见信，作者必照例为之。寻常启事，首尾恒有种种谀词。居丧者即华居美食，而哀启必欺人曰"苫[8]块昏迷"。赠医生以匾额，不曰"术迈歧黄"，即曰"着手成春"。穷乡僻壤极小之豆腐店，其春联恒作"生意兴隆通四海，财源茂盛达三江"。此等国民应用之文学之丑陋，皆阿谀的、虚伪的、铺张的贵族古典文学阶之厉耳。

际兹文学革新之时代，凡属贵族文学、古典文学、山林文学，均在排斥之列。以何理由而排斥此三种文学耶？曰：贵族文学，藻饰依他，失独立自尊之气象也；古典文学，铺张堆砌，失抒情写实之旨也；山林文学，深晦艰涩，自以为名山著述，于其群之大多数无所裨益也。其形体则陈陈相因，有肉无骨，有形无神，乃装饰品而非实用品。其内容则目光不越帝王权贵、神仙鬼怪，及其个人之穷通利达。所谓宇宙，所谓人生，所谓社会，举非其构思所及。此三种文学公同之缺点也。此种文学，盖与吾阿谀、夸张、虚伪、迂阔之国民性，互为因果。今欲革新政治，势不得不革新盘踞于运用此政治者精神界之文学。使吾人不张目以观世界社会文学之趋势，及时代之精神，日夜埋头故纸堆中，所目注心营者，不越帝王、权贵、鬼怪、神仙与夫个人之穷通利达，以此而求革新文学，革新政治，是缚手足而敌孟贲也。

欧洲文化，受赐于政治科学者固多，受赐于文学者亦不少。予爱卢梭、巴士特之法兰西，予尤爱虞哥、左喇之法兰西；予爱康德、赫克尔之德意志，予尤爱桂特、郝卜特曼之德意志；予爱倍根、达尔文之英吉利，予尤爱狄铿士、王尔德之英吉利。吾国文学界豪杰之士，有自负为中国之虞哥、左喇、桂特、郝卜特曼、狄铿士、王尔德者乎？有不顾迂儒之毁誉，明目张胆以与十八妖魔宣战者乎？予愿拖四十二生的大炮，为之前驱。

（原载《新青年》第二卷第六号，1917年2月1日）

偶像破坏论

"一声不做,二目无光,三餐不吃,四肢无力,五官不全,六亲无靠,七窍不通,八面威风,九(音同久)坐不动,十(音同实)是无用。"这几句形容偶像的话,何等有趣!

偶像何以应该破坏,这几句话可算说得淋漓尽致了。但是世界上受人尊重,其实是个无用的废物,又何只偶像一端?凡是无用而受人尊重的,都是废物,都算是偶像,都应该破坏!

世界上真实有用的东西,自然应该尊重,应该崇拜;倘若本来是件无用的东西,只因人人尊重他,崇拜他,才算得有用,这班骗人的偶像倘不破坏,岂不教人永远上当么?

泥塑木雕的偶像,本来是件无用的东西,只因有人尊重他,崇拜他,对他烧香磕头,说他灵验,于是乡愚无知的人,迷信这人造的偶像真有赏善罚恶之权,有时便不敢作恶,似乎这偶像却很有用。但是偶像这种用处,不过是迷信的人自己骗自己,非是偶像自身真有什么能力。这种偶像倘不破坏,人间永远只有自己骗自己的迷信,没有真实合理的信仰,岂不可怜!

天地间鬼神的存在,倘不能确实证明,一切宗教,都是一种骗人的偶像:阿弥陀佛是骗人的,耶和华上帝也是骗人的,玉皇大帝也是骗人的,一切宗教家所尊重的崇拜的神佛仙鬼,都是无用的骗人的偶像,都应该破坏!

古代蒙昧初开的民族，迷信君主是天的儿子，是神的替身，尊重他，崇拜他，以为他的本领与众不同，他才能居然统一国土。其实君主也是一种偶像，他本身并没有什么神圣出奇的作用，全靠众人迷信他，尊崇他，才能够号令全国，称作元首，一旦亡了国，像此时清朝皇帝溥仪、俄罗斯皇帝尼古拉斯二世，比寻常人还要可怜。这等亡国的君主，好像一座泥塑木雕的偶像抛在粪缸里，看他到底有什么神奇出众的地方呢？但是这等偶像，未经破坏以前，却很有些作怪；请看中外史书，这等偶像害人的事还算少么？事到如今，这等不但骗人而且害人的偶像，已被我们看穿，还不应该破坏么？

国家是个什么？照政治学家的解释，越解释越教人糊涂。我老实说一句，国家也是一种偶像。一个国家，乃是一种或数种人民集合起来，占据一块土地，假定的名称；若除去人民，单剩一块土地，便不见国家在那里，便不知国家是什么。可见国家也不过是一种骗人的偶像，他本身并无什么真实能力。现在的人所以要保存这种偶像的缘故，不过是借此对内拥护贵族财主的权利，对外侵害弱国小国的权利罢了（若说到国家自卫主义，乃不成问题。自卫主义，因侵害主义发生。若无侵害，自卫何为？侵害是因，自卫是果）。世界上有了什么国家，才有什么国际竞争。现在欧洲的战争，杀人如麻，就是这种偶像在那里作怪。我想各国的人民若是渐渐都明白世界大同的真理，和真正和平的幸福，这种偶像就自然毫无用处了。但是世界上多数的人，若不明白他是一种偶像，而且明白这种偶像的害处，那大同和平的光明，恐怕不会照到我们眼里来！

世界上男子所受的一切勋位荣典，和我们中国女子的节孝牌坊，也算是一种偶像。因为功业无论大小，都有一个相当的纪念在人人心目中。节孝必出于施身主观的自动的行为，方有价值，若出于客观的被动的虚荣心，便和崇拜偶像一样了。虚荣心伪道德的坏处，较之不道德尤甚。这种虚伪的偶像倘不破坏，却是真功业真道德的大障碍。

　　破坏！破坏偶像！破坏虚伪的偶像！吾人信仰，当以真实的合理的为标准；宗教上、政治上、道德上自古相传的虚荣欺人不合理的信仰，都算是偶像，都应该破坏！此等虚伪的偶像倘不破坏，宇宙间实在的真理和吾人心坎儿里彻底的信仰永远不能合一。

　　　　　　　（原载《新青年》第五卷第二号，1918年8月15日）

新文化运动是什么

"新文化运动"这个名词,现在我们社会里很流行。究竟新文化底内容是些什么,倘然不明白他的内容,会不会有因误解及缺点而发生流弊的危险,这都是我们赞成新文化运动的人应该注意的事呵!

要问"新文化运动"是什么,先要问"新文化"是什么;要问"新文化"是什么,先要问"文化"是什么。

文化是对军事、政治(是指实际政治而言,至于政治哲学仍应该归到文化)、产业而言,新文化是对旧文化而言。文化底内容,是包含着科学、宗教、道德、美术、文学、音乐这几样;新文化运动,是觉得旧的文化还有不足的地方,更加上新的科学、宗教、道德、文学、美术、音乐等运动。

科学有广、狭二义:狭义的是指自然科学而言,广义是指社会科学而言。社会科学是拿研究自然科学的方法,用在一切社会人事的学问上,像社会学、伦理学、历史学、法律学、经济学等,凡用自然科学方法来研究、说明的都算是科学,这乃是科学最大的效用。我们中国人向来不认识自然科学以外的学问,也有科学的威权;向来不认识自然科学以外的学问,也要受科学的洗礼,向来不认识西洋除自然科学外没有别种应该输入我们东洋的文化;向来不认识中国底学问有应受科学洗礼的必要。我们要改去从前的错误，不但应该提倡自然科学，并且研究、说明一切学问（国故也包含在内），都应该严守科学方法，才免得昏天黑地乌烟瘴气的妄想、胡说。现在新文化运动声中，有两种不祥的声音：一是科学无用了，我们应该注重哲学；一是西洋人现在也倾向东方文化了。各国政治家、资本家固然利用科学做了许多罪恶，但这不是科学本身底罪恶。科学无用，这句话不知从何说起？我们的物质生活上需要科学，自不待言，就是精神生活离开科学也很危险。哲学虽不是抄集各种科学结果所能成的东西，但是不用科学的方法下手研究、说明的哲学，不知道是什么一种怪物！杜威博士在北京现在演讲底《现代的三个哲学家》：一个是美国詹姆士，一个是法国柏格森，一个是英国罗素，都是代表现代思想的哲学家。前两个是把哲学建设在心理学上面，后一个是把哲学建设在数学上面，没有一个不采用科学方法的。用思想的时候，守科学方法才是思想，不守科学方法便是诗人底想象或愚人底妄想。想象、妄想和思想大不相同。哲学是关于思想的学问，离开科学谈哲学，所以现在有一班青年，把周、秦诸子，儒、佛、耶、回，康德、黑格尔横拉在一起说一阵昏话，便自命为哲学大家，这不是怪物是什么？西洋文化我们固然不能满意，但是东方文化我们更是领教了，他的效果人人都是知道的，我们但有一毫一忽羞恶心，也不至以此自夸。西洋人也许有几位别致的古董先生怀着好奇心要倾向他；也许有些圆通的人拿这话来应酬东方的土政客，以为他们只听得懂这些话；也许有些人故意这样说来迎合一般朽人底心理；但是主张新文化运动底青年，万万不可为此呓语所误。"科学无用了"，"西洋人倾向东方文化了"，这两个妄想倘然合在一处，是新文化运动一个很大的危机。

宗教在旧文化中占很大的一部分，在新文化中也自然不能没有他。人类底行为动作，完全是因为外部的刺激，内部发生反应。有时外部虽有刺激，内部究竟反应不反应，反应取什么方法，知识固然可以居间指导，真正反应进行底司令，最大的部分还是本能上的感情冲动。利导本能上的感情冲动，叫他浓厚、挚真、高尚，知识上的理性、德义都不及美术、音乐、宗教底力量大。知识和本能倘不相并发达，不能算人间性完全发达。所以詹姆士不反对宗教，凡是在社会上有实际需要的实际主义者都不应反对。因为社会上若还需要宗教，我们反对是无益的，只有提倡较好的宗教来供给这需要，来代替那较不好的宗教，才真是一件有益的事。罗素也不反对宗教，他预言将来须有一新宗教。我以为新宗教没有坚固的起信基础，除去旧宗教底传说的附会的非科学的迷信，就算是新宗教。有人嫌宗教是他力，请问扩充我们知识底学说，利导我们情感底美术、音乐，那一样免了他力？又有人以为宗教只有相对价值，没有绝对的价值，请问世界上什么东西有绝对价值？现在主张新文化运动的人，既不注意美术、音乐，又要反对宗教，不知道要把人类生活弄成一种什么机械的状况，这是完全不曾了解我们生活活动的本源，这是一桩大错，我就是首先认错的一个人。

　　我们不满意于旧道德，是因为孝弟底范围太狭了。说什么爱有等差，施及亲始，未免太猾头了。就是达到他们人人亲其亲、长其长的理想世界，那时社会的纷争恐怕更加利害；所以现代道德底理想，是要把家庭的孝弟扩充到全社会的友爱。现在有一班青年却误解了这个意思，他并没有将爱情扩充到社会上，他却打着新思想新家庭的旗帜，抛弃了他的慈爱的、可怜的老母。这种人岂不是误解了新文化运动的意思？因为新文化运动是主张教人把爱情扩充，不主张教人把爱情缩小。

通俗易解是新文学底一种要素，不是全体要素。现在欢迎白话文的人，大半只因为他通俗易解，主张白话文的人，也有许多只注意通俗易解。文学、美术、音乐，都是人类最高心情底表现，白话文若是只以通俗易解为止境，不注意文学的价值，那便只能算是通俗文，不配说是新文学，这也是新文化运动中一件容易误解的事。

欧美各国学校里、社会里、家庭里，充满了美术和音乐底趣味自不待言；就是日本社会及个人的音乐、美术及各种运动、娱乐，也不像我们中国人底生活这样干燥无味。有人反对妇女进庙烧香、青年人逛新世界，我却不以为然，因为他们去烧香、去逛新世界，总比打麻雀好。吴稚晖先生说："中国有三大势力，一是孔夫子，一是关老爷，一是麻先生。"我以为麻先生底势力比孔、关两位还大，不但信仰他的人比信仰孔、关的人多，而且是真心信仰，不像信仰孔、关还多半是装饰门面。平时长、幼、尊、卑、男、女底界限很严，只有麻先生底力量可以叫他们鬼混作一团。他们如此信仰这位麻先生虽然是邪气，我也不反对，因为他们去打麻雀，还比吸鸦片烟好一点。鸦片烟、麻雀牌何以有这般力量叫我们堕落到现时的地步？这不是偶然的事，不是一个简单的容易解决的问题，不是空言劝止人不要吸烟、打牌可以有效的。那吸烟、打牌的人，也有他们的一面理由：因为我们中国人社会及家庭的音乐、美术及各种运动娱乐一样没有，若不去吸烟、打牌，资本家岂不要闲死，劳动者岂不要闷死？所以有人反对郑曼陀底时女画，我以为可以不必；有人反对新年里店家打十番锣鼓，我以为可以不必；有人反对大舞台、天蟾舞台底皮簧戏曲，我以为也可以不必。表现人类最高心情底美术、音乐，到了郑曼陀底时女画、十番锣鼓、皮簧戏曲这步田地，我们固然应该为西洋人也要来倾向的东方文化一哭，但是倘若并这几样也没有，我们民族的文化里连美术、音乐底种子都绝了，岂不更加可悲！所以蔡孑民先生曾说道："新文化运动莫忘了美育。"前几天我的朋友张申甫给我的一封信里也说道："宗教本是发宣人类的不可说的最高的情感（罗素谓之"精神"Spirit）的，将来恐怕非有一种新宗教不可。但美术也是发宣人类最高的情感的（罗丹说："美是人所有的最好的东西之表示，美术就是寻求这个美的。"就是这个意思）。而且宗教是偏于本能的，美术是偏于知识的，所以美术可以代宗教，而合于近代的心理。现在中国没有美术真不得了，这才真是最致命的伤。社会没有美术，所以社会是干枯的，种种东西都没有美术的趣味，所以种种东西都是干枯的，又何从引起人的最高情感？中国这个地方若缺知识，还可以向西方去借，但若缺美术，那便非由这个地方的人自己创造不可。"

关于各种新文化运动中底误解及缺点，上面已略略说过。另外还有应该注意的三件事：

一、新文化运动要注重团体的活动。美公使说中国人没有组织力，我以为缺乏公共心才没有组织力。忌妒独占的私欲心，人类都差不多，西洋人不比中国人特别好些，但是因为他们有维持团体的公共心牵制，所以才有点组织能力，不像中国人这样涣散。中国人最缺乏公共心，纯然是私欲心用事，所以遍政界、商界、工界、学界，没有十人以上不冲突、三五年不涣散的团体。最近学生运动里也发生了无数的内讧，和南北各派政争遥遥相映。新文化运动倘然不能发挥公共心，不能组织团体的活动，不能造成新集合力，终究是一场失败，或是效力极小。中国人所以缺乏公共心，全是因为家族主义太发达的缘故。有人说是个人主义妨碍了公共心，这却不对。半聋半瞎的八十衰翁，还要拼着老命做官发财，买田置地，简直是替儿孙做牛马，个人主义决不是这样。那卖国贪赃的民贼，也不尽为自己的享乐，有许多竟是省吃俭用的守财奴。所以我以为戕贼中国人公共心的不是个人主义，中国人底个人权利和社会公益，都做了家庭底牺牲品。"各人自扫门前雪，不管他人瓦上霜。"这两句话描写中国人家庭主义独盛、没有丝毫公共心，真算十足了。

二、新文化运动要注重创造的精神。创造就是进化，世界上不断的进化只是不断的创造，离开创造便没有进化了。我们不但对于旧文化不满足，对于新文化也要不满足才好；不但对于东方文化不满足，对于西洋文化也要不满足才好；不满足才有创造的余地。我们尽可前无古人，却不可后无来者；我们固然希望我们胜过我们的父亲，我们更希望我们不如我们的儿子。

三、新文化运动要影响到别的运动上面。新文化运动影响到军事上，最好能令战争止住，其次也要叫他做新文化运动底朋友不是敌人。新文化运动影响到产业上，应该令劳动者觉悟他们自己的地位，令资本家要把劳动者当作同类的"人"看待，不要当作机器、牛马、奴隶看待。新文化运动影响到政治上，是要创造新的政治理想，不要受现实政治底羁绊。譬如中国底现实政治，什么护法，什么统一，都是一班没有饭吃的无聊政客在那里造谣生事，和人民生活、政治理想都无关系，不过是各派的政客拥着各派的军人争权夺利，好像狗争骨头一般罢了。他们的争夺是狗的运动，新文化运动是人的运动；我们只应该拿人的运动来轰散那狗的运动，不应该抛弃我们人的运动去加入他们狗的运动！

（原载《新青年》第七卷第五号，1920年4月1日）

反抗舆论的勇气

舆论就是群众心理底表现，群众心理是盲目的，所以舆论也是盲目的。古今来这种盲目的舆论，合理的固然成就过事功，不合理的也造过许多罪恶。反抗舆论比造成舆论更重要而却更难。投合群众心理或激起群众恐慌的几句话往往可以造成力量强大的舆论，至于公然反抗舆论便不是一件容易的事了。然而社会底进步或救出社会底危险，都需要有大胆反抗舆论的人，因为盲目的舆论大半是不合理的。此时中国底社会里正缺乏有公然大胆反抗舆论的勇气之人！

（原载《新青年》第九卷第二号，1921年6月1日）

蔡元培

1868—1940

字鹤卿，又字仲申、民友，号孑民，乳名阿培，并曾化名蔡振、周子余，汉族，浙江绍兴府山阴县（今浙江绍兴）人，清光绪进士。祖籍浙江诸暨。教育家、革命家、政治家。1917—1927年任北京大学校长，革新北大，开"学术"与"自由"之风。

只有中学文凭却被蔡元培破格录用为北大哲学系教师的梁漱溟曾这样评价："蔡先生一生的成就，不在学问，不在事功，而只在开出一种风气，酿成一大潮流，影响到全国，收果于后世。"

教育者，非为已往，非为现在，而专为将来。

就任北京大学校长之演说

五年前，严几道先生为本校校长时，余方服务教育部，开学日曾有所贡献于同校。诸君多自预科毕业而来，想必闻知。士别三日，刮目相见，况时阅数载，诸君较昔当必为长足之进步矣。予今长斯校，请更以三事为诸君告。

一曰抱定宗旨。诸君来此求学，必有一定宗旨，欲求宗旨之正大与否，必先知大学之性质。今人肄业专门学校，学成任事，此固势所必然。而在大学则不然。大学者，研究高深学问者也。外人每指摘本校之腐败，以求学于此者，皆有做官发财思想。故毕业预科者多入法科，入文科者甚少，入理科者尤少，盖以法科为干禄之终南捷径也。因做官心热，对于教员则不问其学问之浅深，惟问其官阶之大小。官阶大者，特别欢迎，盖为将来毕业有人提携也。现在我国精于政法者多入政界，专任教授者甚少，故聘请教员不得不聘请兼职之人，亦属不得已之举。究之外人指摘之当否，姑不具论。然耶谤莫如自修，人讥我腐败而我不腐败，问心无愧，于我何损？果欲达其做官发财之目的，则北京不少专门学校，入法科者尽可肄业法律学堂，入商科者亦可投考商业学校，又何必来此大学？所以诸君须抱定宗旨，为求学而来。入法科者非为做官，入商科者非为致富。宗旨既定，自趋正轨。诸君肄业于此，或三年，或四年，时间不为不多，苟能爱惜分阴，孜孜求学，则其造诣，容有底止。若徒志在做官发财，宗旨既乖，趋向自异。平时则放荡冶游，考试则熟读讲义，不问学问之有无，惟争分数之多寡；试验既终，书籍束之高阁，毫不顾问，敷衍三四年，潦草塞责，文凭到手，即可借此活动于社会，岂非与求学初衷大相背驰乎？光阴虚度，学问毫无，是自误也。且辛亥之役，吾人之所以革命，因清廷官吏之腐败。即在今日，吾人对于当轴多不满意，亦以其道德沦丧。今诸君苟不于此时植其基，勤其学，则将来万一生计所迫，出而任事，担任讲席，则必贻误学生；置身政界，则必贻误国家。是误人也。误己误人，又岂本心所愿乎？故宗旨不可以不正大。此余所希望于诸君者一也。

二曰砥砺德行。方今风俗日偷，道德沦丧，北京社会尤为恶劣，败德毁行之事，触目皆是，非根基深固，鲜不为流俗所染。诸君肄业大学，当能束身自爱。然国家之兴替，视风俗之厚薄。流俗如此，前途何堪设想。故必有卓绝之士，以身作则，力矫颓俗。诸君为大学学生，地位甚高，肩此重任，责无旁贷。故诸君不惟思所以感己，更必有以励人。苟德之不修，学之不讲，同乎流俗；合乎污世，己且为人轻侮更何足以感人。然诸君终日伏首案前，芸芸攻苦，毫无娱乐之事，必感身体上之苦痛。为诸君计，莫如以正当之娱乐，易不正当之娱乐，庶于道德无亏，而于身体有益。诸君入分科时，曾填写愿书，遵守本校规则，苟中道而违之，岂非与原始之意相反乎？故品行不可以不谨严。此余所希望于诸君者二也。

三曰敬爱师友。教员之教授，职员之任务，皆以图诸君求学便利，诸君能无动于衷乎？至于同学共处一堂，尤应互相亲爱，庶可收切磋之效。余见欧人购物者，每至店肆，店伙殷勤款待，付价接物，互相称谢。薄物细，犹恳挚如此，况学术传习之大端乎？对于师友之敬爱，此余所希望于诸君者三也。

余到校视事仅数日，校事多未详悉，兹所计划者二事。

一曰改良讲义。诸君既研究高深学问，自与中学高等不同，不惟恃教员讲授，尤赖一己潜修。以后所印讲义，只列纲要，由教师口授后学者自行笔记，并随时参考，以期学有心得，能裨实用。

二曰添购书籍。本校图书馆书籍虽多，新出者甚少。刻拟筹集款项，多购新书，以备教员与学生之参考。今日所与诸君陈说者只此，以后会晤日长，随时再为商榷可也。

（1917年1月9日）

不肯再任北大校长的宣言

一

我绝对不能再作那政府任命的校长:为了北京大学校长是简任职,是半官僚性质,便生出那许多官僚的关系,哪里用呈,哪里用咨,天天有一大堆无聊的照例的公牍。要是稍微破点例,就要呈请教育部,候他批准。什么大学文、理科叫作本科的问题,文、理合办的问题,选科制的问题,甚至小到法科暂省学长的问题,附设中学的问题,都要经那拘文牵义的部员来斟酌。甚而部里还常常派了什么一知半解的部员来视察,他报告了,还要发几个训令来训饬几句。我是个痛恶官僚的人,能甘心仰这些官僚的鼻息吗?我将进北京大学的时候,没有想到这一层,所以两年有半,天天受这个苦痛。现在苦痛受足了,好容易脱离了,难道还肯投入去吗?

二

我绝对不能再作不自由的大学校长:思想自由,是世界大学的通例。德意志帝政时代,是世界著名开明专制的国度,他的大学何等自由。那美、英等国,更不必说了。北京大学,向来受旧思想的拘束，是很不自由的。我进去了，想稍稍开点风气，请了几个比较的有点新思想的人，提倡点新的学理，发布点新的印刷品，用世界的新思想来比较，用我的理想来批评，还算是半新的。在新的一方面偶有点沾沾自喜的，我还觉得好笑。哪知道旧的一方面，看了这点半新的，就算"洪水猛兽"一样了，又不能用正当的辩论法来辩论，鬼鬼祟祟，想借着强权来干涉。于是教育部来干涉了，国务院来干涉了，甚而什么参议院也来干涉了，世界有这种不自由的大学吗？还要我去充这种大学的校长吗？

三

我绝对不能再到北京的学校任校长：北京是个臭虫窠（这是民国元年袁项城所送的徽号，所以他那时候虽不肯到南京去，却有移政府到南苑去的计划）。无论何等高尚的人物，无论何等高尚的事业，一到北京，便都染了点臭虫的气味。我已经染了两年有半了，好容易逃到故乡的西湖、鉴湖，把那个臭气味淘洗干净了。难道还要我再作逐臭之夫，再去尝尝这气味吗？

我想有人见了我这一段的话，一定要把"我不入地狱，谁入地狱"的话来劝勉我。但是我现在实在没有到佛说这句话的时候的程度，所以只好谨谢不敏了。

（1919年6月）

附：爱蔡子民者启

右宣言闻尚是蔡君初出京时所草，到上海后，本拟即行宣布，后因北京挽留之电，有友人劝其婉复，免致以个人去留问题与学生所争政治问题，永结不解之缘，故有以条件的允任维持之电，后来又有卧病不行之电，均未将真意说出。闻其意，无论如何，决不回校也。鄙人抄得此宣言书，觉与北京各报所载启事，及津浦车站告友之言，均相符合，必是蔡君本意。个人意志自由，本不可以多数压制之，且为社会上留此一个干净人，使不与政治问题发生关系，亦是好事。故特为宣布，以备挽留蔡君者之参考焉。爱蔡子民者启。

我在北京大学的经历

北京大学的名称，是从民国元年起的。民元以前，名为京师大学堂，包有师范馆、仕学馆等，而译学馆亦为其一部。我在民元前六年，曾任译学馆教员，讲授国文及西洋史，是为我在北大服务之第一次。

民国元年，我长教育部，对于大学有特别注意的几点：（一）大学设法、商等科的，必设文科；设医、农、工等科的，必设理科。（二）大学应设大学院（即今研究院），为教授、留校的毕业生与高级学生研究的机关。（三）暂定国立大学五所，于北京大学外，再筹办大学各一所于南京、汉口、四川、广州等处（尔时想不到后来各省均有办大学的能力）。（四）因各省的高等学堂，本仿日本制，为大学预备科，但程度不齐，于入大学时发生困难，乃废止高等学堂，于大学中设预科（此点后来为胡适之先生等所非难，因各省既不设高等学堂，就没有一个荟萃较高学者的机关，文化不免落后；但自各省竞设大学后，就不必顾虑了）。

是年，政府任严幼陵君为北京大学校长。两年后，严君辞职，改任马相伯君。不久，马君又辞，改任何锡侯君，不久又辞，乃以工科学长胡次珊君代理。民国五年冬，我在法国，接教育部电，促回国，任北大校长。我回来，初到上海，友人中劝不必就职的颇多,说北大太腐败,进去了,若不能整顿,反于自己的声名有碍。这当然是出于爱我的意思。但也有少数的说,既然知道他腐败,更应进去整顿,就是失败,也算尽了心。这也是爱人以德的说法。我到底服从后说,进北京。

我到京后,先访医专校长汤尔和君,问北大情形。他说:"文科预科的情形,可问沈尹默君;理工科的情形,可问夏浮筠君。"汤君又说:"文科学长如未定,可请陈仲甫君。陈君现改名独秀,主编《新青年》杂志,确可为青年的指导者。"因取《新青年》十余本示我。我对于陈君,本来有一种不忘的印象,就是我与刘申叔君同在《警钟日报》服务时,刘君语我:"有一种在芜湖发行之白话报,发起的若干人,都因困苦及危险而散去了,陈仲甫一个人又支持了好几个月。"现在听汤君的话,又翻阅了《新青年》,决意聘他。从汤君处探知陈君寓在前门外一旅馆,我即往访,与之订定。于是陈君来北大任文科学长,而夏君原任理科学长,沈君亦原任教授,一仍旧贯。乃相与商定整顿北大的办法,次第执行。

我们第一要改革的,是学生的观念。我在译学馆的时候,就知道北京学生的习惯。他们平日对于学问上并没有什么兴会,只要年限满后,可以得到一张毕业文凭。教员是自己不用功的,把第一次的讲义,照样印出来,按期分散给学生,在讲坛上读一遍,学生觉得没有趣味,或瞌睡,或看看杂书,下课时,把讲义带回去,堆在书架上。等到学期、学年或毕业的考试,教员认真的,学生就拼命的连夜阅读讲义,只要把考试对付过去,就永远不再去翻一翻了。要是教员通融一点,学生就先期要求教员告知他要出的题目,至少要求表示一个出题目的范围;教员为避免学生的怀恨与顾全自身的体面起见,往往把题目或范围告知他们了。于是他们不用功的习惯,得了一种保障了。尤其北京大学的学生,是从京师大学堂"老爷"式学生嬗继下来(初办时所收学生,都是京官,所以学生都被称为老爷,而监督及教员都被称为"中堂"或"大人")。他们的目的,不但在毕业,而尤注重在毕业以后的出路。所以专门研究学术的教员,他们不见得欢迎。要是点名时认真一点,考试时严格一点,他们就借个话头反对他,虽罢课也在所不惜。若是一位在政府有地位的人来兼课,虽时时请假,他们还是欢迎得很,因为毕业后可以有阔老师做靠山。这种科举时代遗留下来的劣根性,是于求学上很有妨碍的。所以我到校后第一次演说就说明:"大学学生,当以研究学术为天职,不当以大学为升官发财之阶梯。"然而要打破这些习惯,只有从聘请积学而热心的教员着手。

那时候因《新青年》上文学革命的鼓吹,而我得认识留美的胡适之君,他回国后,即请到北大任教授。胡君真是"旧学邃密"而且"新知深沉"的一个人,所以一方面与沈尹默、兼士兄弟、钱玄同、马幼渔、刘半农诸君以新方法整理国故,一方面整理英文系。因胡君之介绍而请到的好教员,颇不少。

我素信学术上的派别是相对的,不是绝对的;所以每一种学科的教员,即使主张不同,若都是"言之成理、持之有故"的,就让他们并存,令学生有自由选择的余地。最明白的是胡适之君与钱玄同君等绝对的提倡白话文学,而刘申叔、黄季刚诸君仍极端维护文言的文学,那时候就让他们并存。我信为应用起见,白话文必要盛行,我也常常作白话文,也替白话文鼓吹;然而我也声明:作美术文,用白话也好,用文言也好。例如我们写字,为应用起见,自然要写行楷,若如江艮庭君的用篆隶写药方,当然不可;若是为人写斗方或屏联,作装饰品,即写篆隶章草,有何不可？

那时候各科都有几个外国教员，都是托中国驻外使馆或外国驻华使馆介绍的，学问未必都好，而来校既久，看了中国教员的阑珊，也跟了阑珊起来。我们斟酌了一番，辞退几人，都按着合同上的条件办的。有一法国教员要控告我；有一英国教习竟要求英国驻华公使朱尔典来同我谈判，我不答应。朱尔典出去后，说："蔡元培是不要再做校长的了。"我也一笑置之。

我从前在教育部时，为了各省高等学堂程度不齐，故改为各大学直接的预科。不意北大的预科，因历年校长的放任与预科学长的误会，竟演成独立的状态。那时候预科中受了教会学校的影响，完全偏重英语及体育两方面；其他科学比较的落后，毕业后若直升本科，发生困难。预科中竟自设了一个预科大学的名义，信笺上亦写此等字样。于是不能不加以改革，使预科直接受本科学长的管理，不再设预科学长。预科中主要的教课，均由本科教员兼任。

我没有本校与他校的界限，常为之通盘打算，求其合理化。是时北大设文、理、工、法、商五科，而北洋大学亦有工、法两科。北京又有一工业专门学校，都是国立的。我以为无此重复的必要，主张以北大的工科并入北洋，而北洋之法科刻期停办。得北洋大学校长同意及教育部核准，把土木工与矿冶工并到北洋去了。把工科省下来的经费，用在理科上。我本来想把法科与法专并成一科，专授法律，但是没有成功。我觉得那时候的商科，毫无设备，仅有一种普通商业学教课，于是并入法科，使已有的学生毕业后停止。

我那时候有一个理想，以为文、理两科，是农、工、医、药、法、商等应用科学的基础，而这些应用科学的研究时期，仍然要归到文、理两科来。所以文、理两科，必须设各种的研究所；而此两科的教员与毕业生必有若干人是终身在研究所工作，兼任教员而不愿往别种机关去的。所以完全的大学，当然各科并设，有互相关联的便利。若无此能力，则不妨有一大学专办文、理两科，名为本科；而其他应用各科，可办专科的高等学校，如德、法等国的成例，以表示学与术的区别。因为北大的校舍与经费，决没有兼办各种应用科学的可能，所以想把法律分出去，而编为本科大学，然没有达到目的。

那时候我又有一个理想，以为文、理是不能分科的。例如文科的哲学，必植基于自然科学；而理科学者最后的假定，亦往往牵涉哲学。从前心理学附入哲学，而现在用实验法，应列入理科；教育学与美学，也渐用实验法，有同一趋势。地理学的人文方面，应属文科，而地质地文等方面属理科。历史学自有史以来，属文科，而推原于地质学的冰期与宇宙生成论，则属于理科。所以把北大的三科界限撤去而列为十四系，废学长，设系主任。

我素来不赞成董仲舒罢黜百家、独尊孔氏的主张。清代教育宗旨有"尊孔"一款，已于民元在教育部宣布教育方针时说它不合用了。到北大后，凡是主张文学革命的人，没有不同时主张思想自由的；因而为外间守旧者所反对。适有赵体孟君以编印明遗老刘应秋先生遗集，贻我一函，属约梁任公、章太炎、林琴南诸君品题。我为分别发函后，林君复函，列举彼对于北大怀疑诸点；我复一函，与他辩。这两函颇可窥见那时候两种不同的见解，所以抄在下面。（略）

这两函虽仅为文化一方面之攻击与辩护，然北大已成为众矢之的，是无可疑了。越四十余日，而有五四运动。我对于学生运动,素有一种成见,以为学生在学校里面,应以求学为最大目的,不应有何等政治的组织。其有年在二十岁以上,对于政治有特殊兴趣者,可以个人资格参加政治团体,不必牵涉学校。所以民国七年夏间,北京各校学生,曾为外交问题,结队游行,向总统府请愿;当北大学生出发时,我曾力阻他们,他们一定要参与;我因此引咎辞职,经慰留而罢。到八年五月四日,学生又有不签字于巴黎和约与罢免亲日派曹、陆、章的主张,仍以结队游行为表示,我也就不去阻止他们了。他们因愤激的缘故,遂有焚曹汝霖住宅及攒殴章宗祥的事,学生被警厅逮捕者数十人,各校皆有,而北大学生居多数;我与各专门学校的校长向警厅力保,始释放。但被拘的虽已保释,而学生尚抱再接再厉的决心,政府亦且持不作不休的态度。都中宣传政府将明令免我职而以马其昶君任北大校长,我恐若因此增加学生对于政府的纠纷,我个人且将有运动学生保持地位的嫌疑,不可以不速去。乃一面呈政府,引咎辞职,一面秘密出京,时为五月九日。

　　那时候学生仍每日分队出去演讲,政府逐队逮捕,因人数太多,就把学生都监禁在北大第三院。北京学生受了这样大的压迫,于是引起全国学生的罢课,而且引起各大都会工商界的同情与公愤,将以罢工、罢市为同样之要求。政府知势不可侮,乃释放被逮诸生,决定不签和约,罢免曹、陆、章,于是五四运动之目的完全达到了。

　　五四运动之目的既达,北京各校的秩序均恢复,独北大因校长辞职问题,又起了多少纠纷。政府曾一度任命胡次珊君继任,而为学生所反对,不能到校;各方面都要我复职。我离校时本预定决不回去,不但为校务的困难,实因校务以外,常常有许多不相干的缠绕,度一种劳而无功的生活,所以启事上有"杀君马者道旁儿；民亦劳止，汔可小休；我欲小休矣"等语。但是隔了几个月，校中的纠纷，仍在非我回校不能解决的状态中，我不得已，乃允回校。回校以前，先发表一文，告北京大学学生及全国学生联合会，告以学生救国，重在专研学术，不可常为救国运动而牺牲。到校后，在全体学生欢迎会演说，说明德国大学学长、校长均每年一换，由教授会公举，校长且由神学、医学、法学、哲学四科之教授轮值，从未生过纠纷，完全是教授治校的成绩。北大此后亦当组成健全的教授会，使学校决不因校长一人的去留而起恐慌。

那时候蒋梦麟君已允来北大共事，请他通盘计划，设立教务、总务两处，及聘任、财务等委员会，均以教授为委员。请蒋君任总务长，而顾孟余君任教务长。

北大关于文学、哲学等学系，本来有若干基本教员，自从胡适之君到校后，声应气求，又引进了多数的同志，所以兴会较高一点。预定的自然科学、社会科学、文学、国学四种研究所，只有国学研究所先办起来了。在自然科学与社会科学方面，比较的困难一点。自民国九年起，自然科学诸系，请到了丁巽甫、颜任光、李润章诸君主持物理系，李仲揆君主持地质系。在化学系本有王抚五、陈聘丞、丁庶为诸君，而这时候又增聘程寰西、石蘅青诸君。在生物学系本已有钟宪鬯君在东南、西南各省搜罗动植物标本，有李石曾君讲授学理，而这时候又增聘谭仲逵君。于是整理各系的实验室与图书室，使学生在教员指导之下，切实用功；改造第二院礼堂与庭园，使合于讲演之用。在社会科学方面，请到王雪艇、周鲠生、皮皓白诸君；一面诚意指导提起学生好学的精神，一面广购图书杂志，给学生以自由考索的工具。丁巽甫君以物理学教授兼预科主任，提高预科程度。于是北大始达到各系平均发展的境界。

我是素来主张男女平等的。九年，有女学生要求进校，以考期已过，姑录为旁听生。及暑假招考，就正式招收女生。有人问我："兼收女生是新法，为什么不先请教育部核准？"我说："教育部的大学令，并没有专收男生的规定；从前女生不来要求，所以没有女生；现在女生来要求，而程度又够得上大学，就没有拒绝的理。"这是男女同校的开始，后来各大学都兼收女生了。

我是佩服章实斋先生的，那时候国史馆附设在北大，我定了一个计划，分征集、纂辑两股；纂辑股又分通史、民国史两类；均从长编入手，并编历史辞典。聘屠敬山、张蔚西、薛阆仙、童亦韩、徐贻孙诸君分任征集编纂等务。后来政府忽又有国史馆独立一案，别行组织。于是张君所编的民国史，薛、童、徐诸君所编的辞典，均因篇帙无多，视同废纸；只有屠君在馆中仍编他的蒙兀儿史，躬自保存，没有散失。

我本来很注意于美育的，北大有美学及美术史教课，除中国美术史由叶浩吾君讲授外，没有人肯讲美学。十年，我讲了十余次，因足疾进医院停止。至于美育的设备，曾设书法研究会，请沈尹默、马叔平诸君主持。设画法研究会，请贺履之、汤定之诸君教授国画；比国楷次君教授油画。设音乐研究会，请萧友梅君主持。均听学生自由选习。

我在爱国学社时，曾断发而习兵操，对于北大学生之愿受军事训练的，常特别助成；曾集这些学生，编成学生军，聘白雄远君任教练之责，亦请蒋百里、黄膺白诸君到场演讲。白君勤恳而有恒，历十年如一日，实为难得的军人。

我在九年的冬季，曾往欧美考察高等教育状况，历一年回来。这期间的校长任务,是由总务长蒋君代理的。回国以后,看北京政府的情形,日坏一日,我处在与政府常有接触的地位,日想脱离。十一年冬,财政总长罗钧任君忽以金佛郎问题被逮,释放后,又因教育总长彭允彝君提议,重复收禁。我对于彭君此举,在公议上,认为是蹂躏人权献媚军阀的勾当;在私情上,罗君是我在北大的同事,而且于考察教育时为最密切的同伴,他的操守,为我所深信,我不免大抱不平。与汤尔和、邵飘萍、蒋梦麟诸君会商,均认有表示的必要。我于是一面递辞呈,一面离京。隔了几个月,贿选总统的布置,渐渐的实现;而要求我回校的代表,还是不绝,我遂于十二年七月间重往欧洲,表示决心;至十五年,始回国。那时候,京津间适有战争,不能回校一看。十六年,国民政府成立,我在大学院,试行大学区制,以北大划入北平大学区范围,于是我的北京大学校长的名义,始得取消。

综计我居北京大学校长的名义,十年有半;而实际在校办事,不过五年有半,一经回忆,不胜惭悚。

(1934年)

编者附:

北京大学即原来的京师大学堂,1912年5月改名为北京大学。当时的北京大学作为最高学府,风评却极差,学生大多来自官僚和地主家的纨绔子弟,学校内部也党派林立,关系复杂。前后经历几任校长,却都无所建树。1916年12月26日,蔡元培受命担任北京大学校长。1917年1月9日,他发表了就任北京大学校长的演说,受到了广大师生和各界有识之士的热烈欢迎。他不拘一格,聘用了胡适、陈独秀、辜鸿铭、刘半农等人担任教师,兼收传统与新学,让北大发展成为新文化运动之中心。

从1917年1月至1927年7月,蔡元培断断续续执掌北大十年半。在此期间,为了反对张勋复辟,反对中日军事协定,营救参加爱国运动被捕的学生等原因,他陆续辞职有七次之多,不过一次也未成功。

何谓文化

我没有受过正式的普通教育,曾经在德国大学听讲,也没有毕业,哪里配在学术讲演会开口呢?我这一回到湖南来,第一,是因为杜威、罗素两先生,是世界最著名的大哲学家,同时到湖南讲演,我很愿听一听。第二,是我对于湖南,有一种特别感想。我在路上,听一位湖南学者说:"湖南人才,在历史上比较的很寂寞,最早的是屈原;直到宋代,有个周濂溪;直到明季,有个王船山,真少得很。"我以为蕴蓄得愈久,发展得愈广。近几十年,已经是湖南人发展的时期了。可分三期观察:一是湘军时代:有胡林翼、曾国藩、左宗棠及同时死战立功诸人。他们为清政府尽力,消灭太平天国,虽受革命党菲薄,然一时代人物,自有一时代眼光,不好过于责备。他们为维持地方秩序,保护人民生命,反对太平,也有片面的理由。而且清代经康熙、雍正以后,汉人信服满人几出至诚。直到湘军崛起,表示汉人能力,满人的信用才丧尽了。这也是间接促成革命。二是维新时代:梁启超、陈宝箴、徐仁铸等在湖南设立时务学堂,养成许多维新的人才,戊戌政变,被害的六君子中,以谭嗣同为最。他那思想的自由、眼光的远大,影响于后学不浅。三是革命时代:辛亥革命以前,革命党重要分子,湖南人最多,如黄兴、宋教仁、谭人凤等,是人人知道的。后来洪宪一役,又有蔡锷等恢复共和。已往的人才，已经如此热闹，将来宁可限量？此次驱逐张敬尧以后，励行文治，且首先举行学术讲演会，表示凡事推本学术的宗旨，尤为难得。我很愿来看看。这是我所以来的缘故。已经来了，不能不勉强说几句话。我知道湖南人对于新文化运动，有极高的热度。但希望到会诸君想想，哪一项是已经实行到什么程度？应该什么样的求进步？

文化是人生发展的状况，所以从卫生起点，我们衣食住的状况，较之茹毛饮血、穴居野处的野蛮人，固然是进化了。但是我们的着衣吃饭，果然适合于生理么？偶然有病能不用乩方药签与五行生克等迷信，而利用医学药学的原理么？居室的光线空气，足用么？城市的水道及沟渠，已经整理么？道路虽然平坦，但行人常觉秽气扑鼻，可以不谋改革么？

卫生的设备，必需经费，我们不能不联想到经济上。中国是农业国，湖南又是产米最多的地方，俗语说"湘广熟，天下足"，可以证明。但闻湖南田每亩不过收谷三石，又并无副产。不特不能与欧美新农业比较，就是较之江浙间每亩得米三石，又可兼种蔬麦等，亦相差颇远。湖南富有矿产，有铁、有锑、有煤。工艺品如绣货、瓷器，亦皆有名。现在都还不大发达。因为交通不便，输出很不容易。考湖南面积比欧洲的瑞士、比利时、荷兰等国为大，彼等有三千以至七千启罗迈当的铁路，而湖南仅占有粤汉铁路的一段，尚未全筑。这不能不算是大缺陷。

经济的进化，不能不受政治的牵制。湖南这几年，政治上苦痛，终算受足了。幸而归到本省人的手，大家高唱自治，并且要从确定省宪法入手，这真是湖南人将来的生死关头。颇闻为制宪机关问题，各方面意见不同，此事或不免停顿。要是果有此事，真为可惜。还望大家为本省全体幸福计，彼此排除党见，协同进行，使省宪法得早日产出，自然别种政治问题，都可迎刃而解了。

近年政治家的纠纷，全由于政客的不道德，所以不能不兼及道德问题。道德不是固定的，随时随地，不能不有变迁，所以他的标准，也要用归纳法求出来。湖南人性质沉毅，守旧时固然守得很凶，趋新时也趋得很急。遇事能负责任，曾国藩说的"扎硬寨，打死仗"，确是湖南人的美德。但也有一部分的人似带点夸大、执拗的性质，是不可不注意的。

上列各方面文化，要他实行，非有大多数人了解不可，便是要从普及教育入手。凡一种社会，必先有良好的小部分，然后能集成良好的大团体。所以要有良好的社会，必先有良好的个人，要有良好的个人，就要先有良好的教育。教育并不是专在学校，不过学校是严格一点，最初自然从小学入手。各国都以小学为义务教育，有定为十年的，有八年的，至少如日本，也有六年。现在有一种人，不满足于小学教育的普及，提倡普及大学教育。我们现在这小学教育还没有普及，还不猛进么？

若定小学为义务教育，小学以上，尚应有一种补习学校。欧洲此种学校，专为已入工厂或商店者而设，于夜间及星期日授课。于普通国语、数学而外，备有各种职业教育，任学者自由选习。德国此种学校，有预备职业到二百余种的。国中有一二邦，把补习教育规定在义务教育以内，至少二年。我们学制的乙种实业学校，也是这个用意，但仍在小学范围以内。于已就职业的人，不便补习。鄙意补习学校，还是不可省的。

进一步，是中等教育。我们中等教育，本分两系：一是中学校，专为毕业后再受高等教育者而设；一是甲种实业学校，专为受中等教育后即谋职业者而设。学生的父兄沿了科举时代的习

何谓文化 045

惯,以为进中学与中举人一样,不筹将来能否再进高等学校,姑令往学。及中学毕业以后,即令谋生,殊觉毫无特长,就说学校无用。有一种教育家,遂想在中学里面加职业教育,不知中等的职业教育,自可在甲种实业学校中增加科目,改良教授法;初不必破坏中学本体。又现在女学生愿受高等教育的,日多一日,各地方收女生的中学很少,湖南只有周南代用女子中学校一所,将来或增设女子中学,或各中学都兼收女生,是不可不实行的。

再进一步,是高等教育。德国的土地,比湖南只大了一倍半,人口多了两倍,有大学二十。法国的土地,比湖南大了一倍半,人口也只多了一倍半,有大学十六。别种专门学校,两国都有数十所。现在我们不敢说一省,就全国而言,只有国立北京大学,稍为完备,如山西大学、北洋大学,规模都还很小。尚有外人在中国设立的大学,也是有名无实的居多。以北大而论,学生也只有两千多人,比较各国都城大学学生在万人以上的,就差得远了。湖南本来有工业、法政等专门学校,近且筹备大学。为提高文化起见,不可不发展此类高等教育。

教育并不专在学校,学校以外,还有许多的机关。第一是图书馆。凡是有志读书而无力买书的人,或是孤本、抄本,极难得的书,都可以到图书馆研究。中国各地方差不多已经有图书馆,但往往只有旧书,不添新书。并且书目的编制,取书的方法,借书的手续,都不便利于读书的人,所以到馆研究的很少。我听说长沙有一个图书馆,不知道内容什么样。

其次是研究所。凡大学必有各种科学的研究所,但各国为便利学者起见,常常设有独立的研究所。如法国的巴斯笃研究所,专研究生物化学及微生物学,是世界最著名的。美国富人,常常创捐基金,设立各种研究所,所以工艺上新发明很多。我们北京大学，虽有研究所，但设备很不完全。至于独立的研究所，竟还没有听到。

其次是博物院。有科学博物院，或陈列各种最新的科学仪器，随时公开讲演，或按着进化的秩序，自最简单的器械，到最复杂的装置，循序渐进，使人一览了然。有自然历史博物院，陈列矿物及动植物标本，与人类关于生理病理的遗骸，可以见生物进化的痕迹，及卫生的需要。有历史博物院，按照时代，陈列各种遗留的古物，可以考见本族渐进的文化。有人类学博物院，陈列各民族日用器物、衣服、装饰品以及宫室的模型、风俗的照片，可以作文野的比较。有美术博物院，陈列各时代各民族的美术品，如雕刻、图画、工艺、美术，以及建筑的断片等，不但可以供美术家的参考，并可以提起普通人优美高尚的兴趣。我们北京有一个历史博物馆，但陈列品很少。其余还没有听到的。

其次是展览会。博物院是永久的，展览会是临时的。最通行的展览会，是工艺品、商品、美术品，尤以美术品为多。或限于一个美术家的作品，或限于一国的美术家，或征及各国的美术品。其他特别的展览会，如关于卫生的、儿童教育的，还多。我们前几年在南京开过一个劝业会，近来在北京、上海，开了几次书画展览会，其余殊不多见。

其次是音乐会。音乐是美术的一种，古人很重视的。古书有《乐经》《乐记》。儒家礼、乐并重，除墨家非乐外，古代学者，没有不注重音乐的。外国有专门的音乐学校，又时有盛大的音乐会。就是咖啡馆中，也要请几个人奏点音乐。我们全国还没有一个音乐学校，除私人消遣，照演旧谱，婚丧大事，举行俗乐外，并没有新编的曲谱，也没有普通的音乐会，这是文化上的大缺点。

其次是戏剧。外国的剧本，无论歌词的、白话的，都出自文学家手笔。演剧的人，都受过专门的教育。除了最著名的几种古剧以外，时时有新的剧本。随着社会的变化，时有适应的剧本，来表示一时代的感想。又发表文学家特别的思想，来改良社会，是最重要的一种社会教育的机关。我们各处都有戏馆，所演的都是旧剧。近来有一类人想改良戏剧，但是学力不足，意志又不坚定，反为旧剧所同化，真是可叹。至于影戏的感化力，与戏剧一样，传布更易。我们自己还不能编制，外国输入的，又不加取缔，往往有不正当的片子，是很有流弊的。

其次是印刷品，即书籍与报纸。他们那种类的单复，销路的多寡，与内容的有无价值，都可以看文化的程度。贩运传译，固然是文化的助力，但真正文化是要自己创造的。

以上将文化的内容，简单地说过了。尚有几句紧要的话，就是文化是要实现的，不是空口提倡的。文化是要各方面平均发展的，不是畸形的。文化是活的，是要时时进行的，不是死的，可以一时停滞的。所以要大家在各方面实地进行，而且时时刻刻地努力，这才可以当得文化运动的一句话。

（1921年）

李大钊

1889—1927

　　字守常,河北乐亭人,中国共产主义运动的先驱,伟大的马克思主义者,杰出的无产阶级革命家,中国共产党的主要创始人之一。1927年4月6日,李大钊同志在北京被捕入狱。他受尽各种严刑拷问,始终坚守信仰、坚贞不屈。同年4月28日,李大钊同志惨遭反动军阀绞杀,时年38岁。

　　李大钊也为20世纪中国的思想文化建设作出了重要贡献。他留下大量著作、文稿和译著,内容涉及哲学、经济学、法学、历史学、美学、新闻学等诸多领域。

以青春之我,创建青春之家庭,青春之国家,青春之民族,青春之人类,青春之地球,青春之宇宙,资以乐其无涯之生。

青春

春日载阳，东风解冻，远从瀛岛，返顾祖邦，肃杀郁塞之象，一变而为清和明媚之象矣；冰雪冱寒[9]之天，一幻而为百卉昭苏之天矣。每更节序，辄动怀思，人事万端，那堪回首，或则幽闺善怨，或则骚客工愁。当兹春雨梨花，重门深掩，诗人憔悴，独倚栏杆之际，登楼四瞩，则见千条垂柳，未半才黄，十里铺青，遥看有色。彼幽闲贞静之青春，携来无限之希望，无限之兴趣，飘然贡其柔丽之姿，于吾前途辽远之青年之前，而默许以独享之权利。嗟吾青年可爱之学子乎！彼美之青春，念子之任重而道远也，子之内美而修能也，怜子之劳，爱子之才也。故而经年一度，展其怡和之颜，饯子于长征迈往之途，冀有以慰子之心也。纵子为尽瘁于子之高尚之理想，圣神之使命，远大之事业，艰巨之责任，而夙兴夜寐，不遑启处[10]，亦当于千忙万迫之中，偷隙一盼，霁颜相向，领彼恋子之殷情，赠子之韶华，俾以青年纯洁之躬，饫[11]尝青春之甘美，浃[12]浴青春之恩泽，永续青春之生涯，致我为青春之我，我之家庭为青春之家庭，我之国家为青春之国家，我之民族为青春之民族。斯青春之我，乃不枉于遥遥百千万劫中，为此一大因缘，与此多情多爱之青春，相邂逅于无尽青春中之一部分空间与时间也。

块然一躯，渺乎微矣，于此广大悠久之宇宙，殆犹沧海之一粟耳。其得永享青春之幸福与否，当问宇宙自然之青春是否为无尽。如其有尽，纵有彭、聃之寿，甚且与宇宙齐，亦奚能许我以常享之福？如其无尽，吾人奋其悲壮之精神，以与无尽之宇宙竞进，又何不能之有？而宇宙之果否为无尽，当问宇宙之有无初终。宇宙果有初乎？曰：初乎无也。果有终乎？曰：终乎无也。初乎无者，等于无初；终乎无者，等于无终。无初无终，是于空间为无限，于时间为无极。质言之，无而已矣，此绝对之说也。若由相对观之，则宇宙为有进化者。既有进化，必有退化。于是差别之万象万殊生焉。惟其为万象万殊，故于全体为个体，于全生为一生。个体之积，如何其广大，而终于有限。一生之命，如何其悠久，而终于有涯。于是有生即有死，有盛即有衰，有阴即有阳，有否即有泰，有剥即有复，有屈即有信，有消即有长，有盈即有虚，有吉即有凶，有祸即有福，有青春即有白首，有健壮即有颓老，质言之有而已矣。庄周有云："朝菌不知晦朔、蟪蛄不知春秋。"又云："小知不如大知，小年不如大年。"夫晦朔与春秋而果为有耶，何以菌、蛄以外之有生，几经晦朔几历春秋者皆知之，而菌、蛄独不知也？其果为无耶，又何以菌、蛄虽不知，而菌、蛄以外之有生，几经晦朔几历春秋者，皆知之也？是有无之说，亦至无定矣。以吾人之知，小于宇宙自然之知，其年小于宇宙自然之年，而欲断空间时间不能超越之宇宙为有为无，是亦朝菌之晦朔，蟪蛄之春秋耳！秘观宇宙有二相焉：由佛理言之，平等与差别也，空与色也。由哲理言之，绝对与相对也。由数理言之，有与无也。由《易》理言之，周与易也。《周易》非以昭代立名，宋儒罗泌尝论之于《路史》，而金氏圣叹序《离骚经》，释之尤近精微，谓"周其体也，易其用也。约法而论，周以常住为义，易以变易为义。双约人法，则周乃圣人之能事，易乃大千之变易。大千本无一有，更立不定，日新、日日新、又日新之谓也。圣人独能以忧患之心周之，尘尘刹刹[13]，无不普遍，又复尘尘周于刹刹，刹刹周于尘尘，然后世界自见其易，圣人时得其常，故云周易"。仲尼曰："自其异者视之，肝胆楚越也；自其同者视之，万物皆一也。"此同异之辨也。东坡曰："自其变者而观之，则天地曾不能以一瞬；自其不变者而观之，造物与吾皆无尽藏也。"此变不变之殊也。其变者青春之进程，其不变者无尽之青春也。其异者青春之进程，其同者无尽之青春也。其易者青春之进程，其周者无尽之青春也。其有者青春之进程，其无者无尽之青春也。其相对者青春之进程，其绝对者无尽之青春也。其色者差别者青春之进程，其空者平等者无尽之青春也。推而言之，乃至生死、盛衰、阴阳、否泰、剥复、屈信、消长、盈虚、吉凶、祸福、青春白首、健壮颓老之轮回反复，连续流转，无非青春之进程。而此无初无终、无限无极、无方无体之机轴，亦即无尽之青春也。青年锐进之子，尘尘刹刹，立于旋转簸扬循环无端之大洪流中，宜有江流不转之精神，屹然独立之气魄，冲荡其潮流，抵拒其势力，以其不变应其变，以其同操其异，以其周执其易，以其无持其有，以其绝对统其相对，以其空驭其色，以其平等律其差别，故能以宇宙之生涯为自我之生涯，以宇宙之青春为自我之青春。宇宙无尽，即青春无尽，即自我无尽。此之精神，即生死肉骨、回天再造之精神也。此之气魄，即慷慨悲壮、拔山盖世之气魄也。惟真知爱青春者，乃能识宇宙有无尽之青春。惟真能识宇宙有无尽之青春者，乃能具此种精神与气魄。惟真有此种精神与气魄者，乃能永享宇宙无尽之青春。

一成一毁者，天之道也。一阴一阳者，易之道也。唐生维廉[14]与铁特[15]二家，邃研物理，知天地必有终极，盖天之行也以其动，其动也以不均,犹水之有高下而后流也。今太阳本热常耗,以彗星来往度之递差,知地外有最轻之冈气[16],为能阻物,既能阻物,斯能耗热耗力。故大宇积热力,每散趋均平,及其均平,天地乃毁。天地且有时而毁,况其间所包蕴之万物乎?漫云天地,究何所指,殊嫌茫漠,征实言之,有若地球。地球之有生命,已为地质学家所明证,惟今日之地球,为儿童地球乎?青年地球乎?丁壮地球乎?抑白首地球乎?此实未答之问也。苟犹在儿童或青年之期,前途自足乐观,游优乐土,来日方长,人生趣味益以浓厚,神志益以飞舞;即在丁壮之年,亦属元神盛涌,血气畅发之期,奋志前行,亦当勿懈;独至地球之寿,已臻白发之颓龄,则栖息其上之吾人,夜夜仰见死气沉沉之月球,徒借曜灵之末光,以示伤心之颜色于人寰,若以警告地球之终有死期也者,言念及此,能勿愀然。虽然,地球即成白首,吾人尚在青春,以吾人之青春,柔化地球之白首,虽老犹未老也。是则地球一日存在,即吾人之青春一日存在。吾人之青春一日存在,即地球之青春一日存在。吾人在现在一刹那之地球,即有现在一刹那之青春,即当尽现在一刹那对于地球之责任。虽明知未来一刹那之地球必毁,当知未来一刹那之青春不毁,未来一刹那之地球,虽非现在一刹那之地球,而未来一刹那之青春,犹是现在一刹那之青春。未来一刹那之我,仍有对于未来一刹那之地球之责任。庸得以虞地球形体之幻灭,而猥为沮丧哉!

　　复次,生于地球上之人类,其犹在青春乎,抑已臻白首乎?将来衰亡之顷,究与地球同时自然死灭乎,抑因地球温度激变,突与动植物共死灭乎?其或先兹事变,如个人若民族之死灭乎?斯亦难决之题也。生物学者之言曰:人类之生活,反乎自然之生活也。自妇人畏葸[17],抱子而奔,始学立行,胸部暴露,必须被物以求遮卫，而人类遂有衣裳；又以播迁转徙，所携食物，易于腐败，而人类遂有火食。有衣裳而人类失其毛发矣，有火食而人类失其胃肠矣。其趋文明也日进，其背自然也日遐，浸假有舟车电汽，而人类丧其手足矣。有望远镜、德律风[18]等，而人类丧其耳目矣。他如有书报传译之速，文明利器之普，而人类亡其脑力。有机关枪四十二珊[19]之炮，而人类弱其战能。有分工合作之都市生活，歌舞楼台之繁华景象，而人类增其新病。凡此种种，人类所以日向灭种之途者，若决江河，奔流莫遏，长此不已，劫焉可逃？此辈学者所由大声疾呼，布兹骇世听闻之噩耗，而冀以谋挽救之方也。宗教信士则从而反之，谓宇宙一切皆为神造，维护之任神自当之，吾人智能薄弱，惟托庇于神而能免于罪恶灾厄也。如生物家言，是为蔑夷神之功德，影响所及，将驱人类入于悲观之途，圣智且尚无灵，人工又胡能阕[20]，惟有瞑心自放，居于下流，荒亡日久，将为人心世道之忧矣。末俗浇漓[21]，未始非为此说者阶之厉也。吾人宜坚信上帝有全知全能，虔心奉祷，罪患如山，亦能免矣。由前之说，固易流于悲观，而其足以警觉世人，俾知谋矫正背乎自然之生活，此其所长也。由后之说，虽足以坚人信仰之力，俾其灵魂得优游于永生之天国，而其过崇神力，轻蔑本能，并以讳蔽科学之实际，乃其所短也。吾人于此，宜如宗教信士之信仰上帝者信人类有无尽之青春，更宜悚然于生物学者之旨，以深自警惕，力图于背逆自然生活之中，而能依人为之工夫，致其背逆自然之生活，无异于顺适自然之生活。斯则人类之寿，虽在耄耋[22]之年，而吾人苟奋自我之欲能，又何不可返于无尽青春之域，而奏起死回生之功也？

人类之成一民族、一国家者，亦各有其生命焉。有青春之民族，斯有白首之民族，有青春之国家，斯有白首之国家。吾之民族若国家,果为青春之民族、青春之国家欤,抑为白首之民族、白首之国家欤?苟已成白首之民族、白首之国家焉,吾辈青年之谋所以致之回春为之再造者,又应何等信力与愿力从事,而克以著效?此则系乎青年之自觉何如耳。异族之觇[23]吾国者,辄曰:支那者老大之邦也。支那之民族,濒灭之民族也。支那之国家,待亡之国家也。洪荒而后,民族若国家之递兴递亡者,踸[24]然其不可纪矣。粤稽西史,罗马、巴比伦之盛时,丰功伟烈,彪著寰宇,曾几何时,一代声华,都成尘土矣。祇今屈指,欧土名邦,若意大利,若法兰西,若西班牙,若葡萄牙,若和兰[25],若比利时,若丹马[26],若瑞典,若那威[27],乃至若英吉利,罔不有积尘之历史,以重累其国家若民族之生命。回溯往祀,是等国族,固皆尝有其青春之期,以其畅盛之生命,展其特殊之天才。而今已矣,声华渐落,躯壳空存,纷纷者皆成文明史上之过客矣。其较新者,惟德意志与勃牙利[28],此次战血洪涛中,又为其生命力之所注,勃然暴发,以挥展其天才矣。由历史考之,新兴之国族与陈腐之国族遇,陈腐者必败;朝气横溢之生命力与死灰沉滞之生命力遇,死灰沉滞者必败;青春之国民与白首之国民遇,白首者必败。此殆天演公例,莫或能逃者也。

支那自黄帝以降,赫赫然树独立之帜于亚东大陆者,四千八百余年于兹矣。历世久远,纵观横览,罕有其伦。稽其民族青春之期,远在有周之世,典章文物,灿然大备,过此以往,渐向衰歇之运,然犹浸衰浸微,扬其余辉,以至于今日者,得不谓为其民族之光欤?夫人寿之永,不过百年,民族之命,垂五千载,斯亦寿之至也。印度为生释迦而兴,故自释迦生而印度死;犹太为生耶稣而立,故自耶稣生而犹太亡;支那为生孔子而建,故自孔子生而支那衰,陵夷至于今日,残骸枯骨,满目黮然,民族之精英，澌灭尽矣，而欲不亡，庸可得乎？吾青年之骤闻斯言者，未有不变色裂眦，怒其侮我之甚也。虽然，勿怒也。吾之国族，已阅长久之历史，而此长久之历史，积尘重压，以桎梏其生命而臻于衰敝者，又宁容讳？然而吾族青年所当信誓旦旦，以昭示于世者，不在龈龈辩证白首中国之不死，乃在汲汲孕育青春中国之再生。吾族今后之能否立足于世界，不在白首中国之苟延残喘，而在青春中国之投胎复活。盖尝闻之，生命者，死与再生之连续也。今后人类之问题，民族之问题，非苟生残存之问题，乃复活更生、回春再造之问题也。与吾并称为老大帝国之土耳其，则青年之政治运动，屡试不一试焉。巴尔干诸邦，则各谋离土自立，而为民族之运动，兵连祸结，干戈频兴，卒以酿今兹世界之大变焉。遥望喜马拉亚山之巅，恍见印度革命之烽烟一缕，引而弥长，是亦欲回其民族之青春也。吾华自辛亥首义，癸丑之役继之，喘息未安，风尘颅洞[29]，又复倾动九服，是亦欲再造其神州也。而在是等国族，凡以冲决历史之桎梏，涤荡历史之积秽，新造民族之生命，挽回民族之青春者，固莫不惟其青年是望矣。建国伊始，肇锡[30]嘉名，实维中华。中华之义，果何居乎？中者，宅中位正之谓也。

吾辈青年之大任，不仅以于空间能致中华为天下之中而遂足，并当于时间而谛时中之旨也。旷观世界之历史，古往今来，变迁何极！吾人当于今岁之青春，画为中点，中以前之历史，不过如进化论仅于考究太阳、地球、动植各物乃至人类之如何发生、如何进化者，以纪人类民族国家之如何发生、如何进化也。中以后之历史，则以是为古代史之职，而别以纪人类民族国家之更生回春为其中心之也。中以前之历史，封闭之历史，焚毁之历史，葬诸坟墓之历史也。中以后之历史，洁白之历史，新装之历史，待施绚绘之历史也。中以前之历史，白首之历史，陈死人之历史也。中以后之历史，青春之历史，活青年之历史也。青年乎！其以中立不倚之精神，肩兹砥柱中流之责任，即由今年今春之今日今刹那为时中之起点，取世界一切白首之历史，一火而摧焚之，而专以发挥青春中华之中，缀其一生之美于中以后历史之首页，为其职志，而勿逡巡不前。华者，文明开敷之谓也，华与实相为轮回，即开敷与废落相为嬗代。白首中华者，青春中华本以胚孕之实也。青春中华者，白首中华托以再生之华也。白首中华者，渐即废落之中华也。青春中华者，方复开敷之中华也。有渐即废落之中华，所以有方复开敷之中华。有前之废落以供今之开敷，斯有后之开敷以续今之废落，即废落，即开敷，即开敷，即废落，终竟如是废落，终竟如是开敷。宇宙有无尽之青春，斯宇宙有不落之华，而栽之、培之、灌之、溉之、赏玩之、享爱之者，舍青春中华之青年，更谁与归矣？青年乎，勿徒发愿，愿春常在华常好也，愿华常得青春，青春常在于华也。宜有即华不得青春，青春不在于华，亦必奋其回春再造之努力，使废落者复为开敷，开敷者终不废落，使华不能不得青春，青春不能不在于华之决心也。抑吾闻之化学家焉，土质虽腴，肥料虽多，耕种数载，地力必耗，砂土硬化，无能免也，将欲柔融之，俾再反于丰壤，惟有一种草木为能致之，为其能由空中吸收窒素[31]肥料，注入土中而沃润之也。神州赤县，古称天府，胡以至今徒有万木秋声、萧萧落叶之悲，昔时繁华之盛，荒凉废落至于此极也！毋亦无此种草木为之文柔和润之耳。青年之于社会，殆犹此种草木之于田亩也。从此广植根蒂，深固不可复拔，不数年间，将见青春中华之参天蓊郁，错节盘根，树于世界，而神州之域，还其丰壤，复其膏腴矣。则谓此菁菁茁茁之青年，即此方复开敷之青春中华可也。

顾人之生也，苟不能窥见宇宙有无尽之青春，则自呱呱堕地，迄于老死，觉其间之春光，迅于电波石火，不可淹留，浮生若梦，直菌鹤马蜩之过乎前耳。是以川上尼父，有逝者如斯之嗟；湘水灵均，兴春秋代序之感。其他风骚雅士，或秉烛夜游；勤事劳人，或重惜分寸。而一代帝王，一时豪富，当其垂暮之年，绝诀之际，贪恋幸福，不忍离舍，每为咨嗟太息，尽其权力黄金之用，无能永一瞬之天年，而重留遗憾于长生之无术焉。秦政并吞八荒，统制四海，固一世之雄也，晚年畏死，遍遣羽客，搜觅神仙，求不老之药，卒未能获，一旦魂断，宫车晚出。汉武穷兵，蛮荒慑伏，汉代之英主也，暮年咏叹，空有"欢乐极兮哀情多，少壮几时奈老何"之慨。最近美国富豪某，以毕生之奋斗，博得\$^{32}式之王冠，衰病相催，濒于老死，则抚枕而叹曰："苟能延一月之命，报以千万金弗惜也。"然是又安可得哉？夫人之生也有限，其欲也无穷，以无穷之欲，逐有限之生，坐令似水年华，滔滔东去，红颜难再，白发空悲，其殆人之无奈天何者欤！涉念及此，灰肠断气，灰世之思，油然而生。贤者仁智俱穷，不肖者流连忘返，而人生之蕲向荒矣，是又岂青年之所宜出哉？人生兹世，更无一刹那不在青春，为其居无尽青春之一部，为无尽青春之过程也。顾青年之人，或不得常享青春之乐者，以其有黄金权力一切烦忧苦恼机械生活，为青春之累耳。谚云："百金买骏马，千金买美人，万金买爵禄，何处买青春？"岂惟无处购买，邓氏铜山，郭家金穴，愈有以障翳青春之路俾无由达于其境也。罗马亚布达尔曼帝，位在皇极，富有四海，不可谓不尊矣，临终语其近侍，谓四十年间，真感愉快者，仅有三日。权力之不足福人，以视黄金，又无差等。而以四十年之青春，娱心

不过三日,悼心悔憾,宁有穷耶?

夫青年安心立命之所,乃在循今日主义以进,以吾人之生,洵如卡莱尔所云,特为时间所执之无限而已。无限现而为我,乃为现在,非为过去与将来也。苟了现在,即了无限矣。昔者圣叹作诗,有"何处谁人玉笛声"之句。释弓年小,窃以玉字为未安,而质之圣叹。圣叹则曰:"彼若说'我所吹本是铁笛,汝何得用作玉笛?'我便云:'我已用作玉笛,汝何得更吹铁笛?'天生我才,岂为汝铁笛作奴儿婢子来耶?"夫铁字与玉字,有何不可通融更易之处。圣叹顾与之争一字之短长而不惮烦者,亦欲与之争我之现在耳。诗人拜轮[33],放浪不羁,时人诋之,谓于来世必当酷受地狱之苦。拜轮答曰:"基督教徒自苦于现世,而欲祈福于来世。非基督教徒,则于现世旷逸自遣,来世之苦,非所辞也。二者相较,但有先后之别,安有分量之差。"拜轮此言,固甚矫激,且寓讽刺之旨。以余观之,现世有现世之乐,来世有来世之乐。现世有现世之青春,来世有来世之青春。为贪来世之乐与青春,而迟吾现世之乐与青春,固所不许。而为贪现世之乐与青春,遽弃吾来世之乐与青春,亦所弗应也。人生求乐,何所不可,亦何必妄分先后,区异今来也?耶曼孙[34]曰:"尔若爱千古,当利用现在。昨日不能呼还,明日尚未确实。尔能确有把握者,惟有今日。今日之一日,适当明晨之二日。"斯言足发吾人之深省矣。盖现在者吾人青春中之青春也。青春作伴以还于大漠之乡,无如而不自得,更何烦忧之有焉。烦忧既解,恐怖奚为?耶比古达士[35]曰:"贫不足恐,流窜不足恐,囹圄不足恐,最可恐者,恐怖其物也。"美之政雄罗斯福氏,解政之后,游猎荒山,奋其铁腕,以与虎豹熊罴[36]相搏战。一日猎白熊,险遭吞噬,自传其事,谓为不以恐怖误其稍纵即逝之机之效,始获免焉。于以知恐怖为物，决不能拯人于危。苟其明日将有大祸临于吾躬，无论如何恐怖，明日之祸万不能因是而减其毫末。而今日之我，则因是而大损其气力，俾不足以御明日之祸而与之抗也。艰虞万难之境，横于吾前，吾惟有我、有我之现在而足恃。堂堂七尺之躯，徘徊回顾，前不见古人，后不见来者，惟有昂头阔步，独往独来，何待他人之援手，始以遂其生者？更胡为乎"念天地之悠悠，独怆然而涕下"哉？惟足为累于我之现在及现在之我者，机械生活之重荷，与过去历史之积尘，殆有同一之力焉。今人之赴利禄之途也，如蚁之就膻，蛾之投火，究其所企，克致志得意满之果，而营营扰扰已逾半生，以孑然之身，强负黄金与权势之重荷以趋，几何不为所重压而僵毙耶？盖其优于权富即其短于青春者也。耶经有云："富人之欲入天国，犹之骆驼欲潜身于针孔。"此以喻重荷之与青春不并存也。

总之，青年之自觉，一在冲决过去历史之网罗，破坏陈腐学说之囹圄，勿令僵尸枯骨，束缚现在活泼泼地之我，进而纵现在青春之我，扑杀过去青春之我，促今日青春之我，禅让明日青春之我。一在脱绝浮世虚伪之机械生活，以特立独行之我，立于行健不息之大机轴。祖裼裸裎[37]，去来无罣[38]，全其优美高尚之天，不仅以今日青春之我，追杀今日白首之我，并宜以今日青春之我，豫杀来日白首之我，此固人生惟一之蕲向，青年惟一之责任也矣。拉凯尔曰："长保青春，为人生无上之幸福，尔欲享兹幸福，当死于少年之中。"吾愿吾亲爱之青年，生于青春死于青春，生于少年死于少年也。德国史家孟孙[39]氏，评骘锡札[40]曰："彼由青春之杯，饮人生之水，并泡沫而干之。"吾愿吾亲爱之青年，擎此夜光之杯，举人生之醍醐浆液，一饮而干也。人能如是，方为不役于物，物莫之伤。大浸稽天而不溺，大旱金石流土山焦而不热,是其尘垢秕糠,将犹陶铸尧、舜。自我之青春,何能以外界之变动而改易,历史上残骸枯骨之灰,又何能塞蔽青年之聪明也哉?市南宜僚见鲁侯,鲁侯有忧色,市南子乃示以去累除忧之道,有曰:"'吾愿君去国捐俗,与道相辅而行。'君曰:'彼其道远而险,又有江山,我无舟车,奈何?'市南子曰:'君无形倨,无留居,以为舟车。'君曰:'彼其道幽远而无人,吾谁与为邻?吾无粮,我无食,安得而至焉?'市南子曰:'少君之费,寡君之欲,虽无粮而乃足,君其涉于江而浮于海,望之而不见其崖,愈往而不知其所穷,送君者皆自崖而反,君自此远矣'。"此其谓道,殆即达于青春之大道。青年循蹈乎此,本其理性,加以努力,进前而勿顾后,背黑暗而向光明,为世界进文明,为人类造幸福,以青春之我,创建青春之家庭,青春之国家,青春之民族,青春之人类,青春之地球,青春之宇宙,资以乐其无涯之生。乘风破浪,迢迢乎远矣,复何无计留春望尘莫及之忧哉?吾文至此,已嫌冗赘,请诵漆园之语,以终斯篇。

(原载《新青年》第二卷第一号,1916年9月1日)

新的！旧的！

　　宇宙进化的机轴，全由两种精神运之以行，正如车有两轮，鸟有两翼，一个是新的，一个是旧的。但这两种精神活动的方向，必须是代谢的，不是固定的；是合体的，不是分立的，才能于进化有益。

　　中国人今日的生活全是矛盾生活，中国今日的现象全是矛盾现象。举国的人都在矛盾现象中讨生活，当然觉得不安，当然觉得不快，既是觉得不安不快，当然要打破此矛盾生活的阶，另外创造一种新生活，以寄顿吾人的身心，慰安吾人的灵性。

　　矛盾生活，就是新旧不调和的生活，就是一个新的，一个旧的，其间相去不知几千万里的东西，偏偏凑在一处，分立对抗的生活。这种生活，最是苦痛，最无趣味，最容易起冲突。这一段国民的生活史，最是可怖。

　　欲研究一国家或一都会中某一时期人民的生活，任取其生活现象中的一粒微尘而分析之，也能知道其生活全部的特质。一个都会里一个人所穿的衣服，就是此都会里最美的市场中所陈设的；一个人的指爪上的一粒炭灰，就是由此都会里最大机械场的烟突中所飞落的。既同在一个生活之中，刹刹尘尘都含有全体的质性，都着有全体的颜色。

　　我前岁在北京过年，刚过新年，又过旧年。看见贺年的人，有的鞠躬,有的拜跪,有的脱帽,有的作揖,有的在门首悬挂国旗,有的张贴春联,因而起了种种联想。

想起黄昏时候走在街头,听见的是更夫的梆子丁丁的响,看见的是站岗巡警的枪刺耀耀的亮。更夫是旧的,巡警是新的。要用更夫,何用巡警?既用巡警,何用更夫?

又想起我国现已成了民国,仍然还有甚么清室。吾侪小民,一面要负担议会及公府的经费,一面又要负担优待清室的经费。民国是新的,清室是旧的,既有民国,那有清室?若有清室,何来民国?

又想起制定宪法。一面规定信仰自由,一面规定"以孔道为修身大本"。信仰自由是新的,孔道修身是旧的。既重自由,何又迫人来尊孔?既要迫人尊孔,何谓信仰自由?

又想起谈论政治的。一面主张自我实现,一面鼓吹贤人政治。自我实现是新的,贤人政治是旧的。既要自我实现,怎行贤人政治?若行贤人政治,怎能自我实现?

又想起法制习俗。一面立禁止重婚的刑律,一面许纳妾的习俗。禁止重婚的刑律是新的,纳妾的习俗是旧的。既施刑律,必禁习俗;若存习俗,必废刑律。

以上所说不过一时的杂感,其余类此者尚多。最近又在本志上看见独秀先生与南海圣人争论,半农先生向投书某君棒喝。以新的为本位论,南海圣人及投书某君最少应生在百年以前。以旧的为本位论,独秀、半农最少应生在百年以后。此等"风马牛不相及"的人物思想,竟不能不凑在一处,立在同一水平线上来讲话,岂不是绝大憾事?中国今日生活现象矛盾的原因,全在新旧的性质相差太远,活动又相邻太近。换句话说,就是新旧之间,纵的距离太远,横的距离太近;时间的性质差的太多,空间的接触逼的太紧。同时同地不容并存的人物、事实、思想、议论，走来走去，竟不能不走在一路来碰头，呈出两两配映、两两对立的奇观。这就是新的气力太薄，不能努力创造新生活，以征服旧的过处了。

我常走在前门一带通衢，觉得那样狭隘的一条道路，其间竟能容纳数多时代的器物：也有骆驼轿，也有上贴"借光二哥"的一轮车，也有骡车、马车、人力车、自转车、汽车等，把二十世纪的东西同十五世纪以前的汇在一处。轮蹄轧轧，汽笛呜呜，车声马声，人力车夫互相唾骂声，纷纭错综，复杂万状，稍不加意，即遭冲轧，一般走路的人，精神很觉不安。推一轮车的讨厌人力车、马车、汽车，拉人力车的讨厌马车、汽车，赶马车的又讨厌汽车。反说回来，也是一样。新的嫌旧的妨阻，旧的嫌新的危险。照这样层级论，生活的内容不止是一种单纯的矛盾，简直是重重叠叠的矛盾。人生的径路，若是为重重叠叠的矛盾现象所塞，怎能急起直追，逐宇宙的大化前进呢？仔细想来，全是我们创造的能力缺乏的原故。若能在北京创造一条四通八达的电车轨路，我想那时乘坐骆驼轿、骡车、人力车等等的人，必都舍却这些笨拙迂腐的器具，来坐迅速捷便的电车，马路上自然绰有余裕，不像那样拥挤了。即有寥寥的汽车、马车、自转车等依旧通行，因为与电车纵的距离不甚相远，横的距离又不像从前那样逼近，也就都有容头过身的道路了，也就没有互相嫌恶的感情了，也就没有那样容易冲突的机会了。

因此我很盼望我们新青年打起精神，于政治、社会、文学、思想种种方面开辟一条新径路，创造一种新生活，以包容覆载那些残废颓败的老人，不但使他们不妨害文明的进步，且使他们也享享新文明的幸福，尝尝新生活的趣味，就像在北京建造电车轨道，输运从前那些乘驼轿、骡车、人力车的人一般。打破矛盾生活，脱去二重负担，这全是我们新青年的责任，看我们新青年的创造能力如何？

进！进！进！新青年！

守常先生要新青年创造新生活，这话固是绝对不错。但是我的意思，要打破矛盾生活，除了征服旧的，别无他法。那些残废颓败的老人，似乎不必请他们享受新文明的幸福，尝新生活的趣味；因为他们的心理，只知道牢守那笨拙迂腐的东西，见了迅速捷便的东西，便要"气得三尸神炸，七窍生烟"，"狗血喷头"的骂我们改了他的老样子。我们何苦把辛辛苦苦创造成功的幸福去请他们享受，还要看他们的脸，受他们的气呢？守常先生！你道我这话对不对！

玄同附记

（原载《新青年》第四卷第五号，1918年5月15日）

庶民的胜利

我们这几天庆祝战胜,实在是热闹得很。可是战胜的,究竟是那一个?我们庆祝,究竟是为那个庆祝?我老老实实讲一句话,这回战胜的,不是联合国的武力,是世界人类的新精神。不是那一国的军阀或资本家的政府,是全世界的庶民。我们庆祝,不是为那一个或那一国的一部分人庆祝,是为全世界的庶民庆祝。不是为打败德国人庆祝,是为打败世界的军国主义庆祝。

这回大战,有两个结果:一个是政治的,一个是社会的。

政治的结果,是"大……主义"失败,民主主义战胜。我们记得这回战争的起因,全在"大……主义"的冲突。当时我们所听见的,有什么"大日尔曼主义"咧,"大斯拉夫主义"咧,"大塞尔维主义"咧,"大……主义"咧。我们东方,也有"大亚细亚主义""大日本主义"等等名词出现。我们中国也有"大北方主义""大西南主义"等等名词出现。"大北方主义""大西南主义"的范围以内,又都有"大……主义"等等名词出现。这样推演下去,人之欲大,谁不如我?于是两大的中间有了冲突,于是一大与众小的中间有了冲突,所以境内境外战争迭起,连年不休。"大……主义"就是专制的隐语,就是仗着自己的强力蹂躏他人欺压他人的主义。有了这种主义,人类社会就不安宁了。大家为抵抗这种强暴势力的横行,乃靠着互助的精神,提倡一种平等自由的道理。这等道理，表现在政治上，叫作民主主义，恰恰与"大……主义"相反。欧洲的战争，是"大……主义"与民主主义的战争。我们国内的战争，也是"大……主义"与民主主义的战争。结果都是民主主义战胜，"大……主义"失败。民主主义战胜，就是庶民的胜利。社会的结果，是资本主义失败，劳工主义战胜。原来这回战争的真因，乃在资本主义的发展。国家的界限以内，不能涵容他的生产力。所以资本家的政府想靠着大战把国家界限打破，拿自己的国家做中心，建一世界的大帝国，成一个经济组织，为自己国内资本家一阶级谋利益。俄、德等国的劳工社会，首先看破他们的野心，不惜在大战的时候，起了社会革命，防遏这资本家政府的战争。联合国的劳工社会，也都要求平和，渐有和他们的异国的同胞取同一行动的趋势。这亘古未有的大战，就是这样告终。这新纪元的世界改造就是这样开始。资本主义就是这样失败，劳工主义就是这样战胜。世间资本家占最少数，从事劳工的人占最多数。因为资本家的资产，不是靠着家族制度的继袭，就是靠着资本主义经济组织的垄断，才能据有。这劳工的能力，是人人都有的，劳工的事情，是人人都可以作的。所以劳工主义的战胜，也是庶民的胜利。

民主主义劳工主义既然占了胜利，今后世界的人人都成了庶民，也就都成了工人。我们对于这等世界的新潮流，应该有几个觉悟。第一，须知一个新命的诞生，必经一番苦痛，必冒许多危险。有了母亲诞孕的劳苦痛楚，才能有儿子的生命。这新纪元的创造，也是一样的艰难。这等艰难，是进化途中所必须经过的，不要恐怕，不要逃避的。第二，须知这种潮流，是只能迎，不可拒的。我们应该准备怎么能适应这个潮流，不可抵抗这个潮流。人类的历史，是共同心理表现的纪录。一个人心的变动，是全世界人心变动的征兆。一个事件的发生，是世界风云发生的先兆。一七八九年的法国革命，是十九世纪中各国革命的先声。一九一七年的俄国革命，是二十世纪中世界革命的先声。第三，须知此次平和会议中，断不许持"大……主义"的阴谋政治家在那里发言，断不许有带"大……主义"臭味，或伏"大……主义"根蒂的条件成立。即或有之，那种人的提议和那种条件，断归无效。这场会议，恐怕必须有主张公道、破除国界的人士占列席的多数，才开得成。第四，须知今后的世界，变成劳工的世界。我们应该用此潮流为使一切人人变成工人的机会，不该用此潮流为使一切人人变成强盗的机会。凡是不作工吃干饭的人，都是强盗。强盗和强盗夺不正的资产，也是一种的强盗，没有什么差异。我们中国人贪惰性成，不是强盗，便是乞丐，总是希图自己不作工，抢人家的饭吃，讨人家的饭吃。到了世界成一大工厂，有工大家作、有饭大家吃的时候，如何能有我们这样贪惰的民族立足之地呢？照此说来，我们要想在世界上当一个庶民，应该在世界上当一个工人。诸位呀！快去作工呵！

（原载《新青年》第五卷第五号，1918年10月15日）

再论问题与主义

适之先生：

　　我出京的时候，读了先生在本报31号发表的那篇论文，题目是《多研究些问题，少谈些主义》，就发生了一些感想。其中有的或可与先生的主张互相发明，有的是我们对社会的告白。现在把他一一写出，请先生指正！

一、"主义"与"问题"

　　我觉得"问题"与"主义"，有不能十分分离的关系。因为一个社会问题的解决，必须靠着社会上多数人共同的运动。那么我们要想解决一个问题，应该设法使他成了社会上多数人共同的问题。要想使一个社会问题，成了社会上多数人共同的问题，应该使这社会上可以共同解决这个那个社会问题的多数人，先有一个共同趋向的理想、主义，作他们实验自己生活上满意不满意的尺度（即是一种工具）。那共同感觉生活上不满意的事实，才能一个一个的成了社会问题，才有解决的希望。不然，你尽管研究你的社会问题，社会上多数人，却一点不生关系。那个社会问题，是仍然永没有解决的希望；那个社会问题的研究，也仍然是不能影响于实际。所以我们的社会运动，一方面固然要研究实际的问题，一方面也要宣传理想的主义。这是交相为用的，这是并行不悖的。不过谈主义的人，高谈却没有甚么不可，也须求一个实验。这个实验，无论失败与成功，在人类的精神里，终能留下个很大的痕影，永久不能消灭。从前信奉英国的Owen的主义的人，和信奉法国Fourier的主义的人，在美洲新大陆上都组织过一种新村落、新团体。最近日本武者小路氏等，在那日向地方，也组织了一个"新村"。这都是世人指为空想家的实验，都是他们的实际运动中最有兴味的事实，都是他们同志中的有志者或继承者集合起来组织一个团体在那里实现他们所理想的社会组织，作一个关于理想社会的标本，使一般人由此知道这新社会的生活可以希望，以求实现世界的改造的计划。Owen派[41]与Fourier派[42]在美洲的运动，虽然因为离开了多数人民去传播他们的理想，就像在那没有深厚土壤的地方撒布种子的一样，归于失败了。而Noyes[43]作《美国社会主义史》却批评他们说，Owen主义的新村落，Fourier主义的新团体，差不多生下来就死掉了。现在人都把他们忘了。可是社会主义的精神，永远存留在国民生命之中。如今在那几百万不曾参加他们的实验生活，又不是Owen主义者，又不是Fourier主义者，只是没有理论的社会主义者，只信社会有科学的及道德的改造的可能的人人中，还有方在待晓的一个希望，犹尚俨存。这日向的"新村"，有许多点像那在美洲新大陆上已成旧梦的新村。而日本的学者及社会，却很注意。河上肇[44]博士说："他们的企图中所含的社会改造的精神，也可以作方在待晓的一个希望，永存在人人心中。"最近本社仲密[45]先生自日本来信也说："此次东行在日向颇觉愉快。"可见就是这种高谈的理想，只要能寻一个地方去实验，不把他作了纸上的空谈，也能发生些工具的效用，也会在人类社会中有相当的价值。不论高揭什么主义，只要你肯竭力向实际运动的方面努力去作,都是对的,都是有效果的。这一点我的意见稍与先生不同,但也承认我们最近发表的言论,偏于纸上空谈的多,涉及实际问题的少,以后誓向实际的方面去作。这是读先生那篇论文后发生的觉悟。

　　大凡一个主义,都有理想与实用两面。例如民主主义的理想,不论在那一国,大致都很相同。把这个理想适用到实际的政治上去,那就因时、因所、因事的性质情形,有些不同。社会主义,亦复如是。他那互助友谊的精神,不论是科学派、空想派,都拿他来作基础。把这个精神适用到实际的方法上去,又都不同。我们只要把这个那个的主义,拿来作工具,用以为实际的运动,他会因时、因所、因事的性质情形生一种适应环境的变化。在清朝时,我们可用民主主义作工具去推翻爱新觉罗家的皇统。在今日,我们也可以用他作工具,去推翻那军阀的势力。在别的资本主义盛行的国家,他们可以用社会主义作工具去打倒资本阶级。在我们这不事生产的官僚强盗横行的国家,我们也可以用他作工具,去驱除这一班不劳而生的官僚强盗。一个社会主义者,为使他的主义在世界上发生一些影响,必须要研究怎么可以把他的理想尽量应用于环绕着他的实境。所以现代的社会主义,包含着许多把他的精神变作实际的形式使合于现在需要的企图。这可以证明主义的本性,原有适应实际的可能性,不过被专事空谈的人用了,就变成空的罢了。那么,先生所说主义的危险,只怕不是主义的本身带来的,是空谈他的人给他的。

二、假冒牌号的危险

　　一个学者一旦成名,他的著作恒至不为人读,而其学说却如通货一样,因为不断的流通传播,渐渐磨灭,乃至发行人的形象、印章,都难分清。亚丹·斯密史[46]留下了一部书,人人都称赞他,却没有人读他。马查士[47]留下了一部书,没有一个人读他,大家却都来滥用他。英人邦纳(Bonar)氏早已发过这种感慨。况在今日群众运动的时代,这个主义,那个主义多半是群众运动的隐语、旗帜,多半带着些招牌的性质。既然带着招牌的性质,就难免招假冒牌号的危险。王麻子的刀剪得了群众的赞许,就有旺麻子等来混他的招牌;王正大的茶叶得了群众的照顾,就有汪正大等来混他的招牌。今日社会主义的名辞,很在社会上流行,就有安福派[48]的社会主义跟着发现。这种假冒招牌的现象,讨厌诚然讨厌,危险诚然危险,淆乱真实也诚然淆乱真实。可是这种现象,正如中山先生所云新开荒的时候,有些杂草毒草,夹杂在善良的谷物花草里长出,也是当然应有的现象。王麻子不能因为旺麻子等也来卖刀剪,就闭了他的剪铺。王正大不能因为汪正大等也来贩茶叶,就歇了他的茶庄。开荒的人,不能因为长了杂草毒草,就并善良的谷物花草一齐都收拾了。我们又何能因为安福派也来讲社会主义,就停止了我们正义的宣传?因为有了假冒牌号的人,我们愈发应该一面宣传我们的主义,一面就种种问题研究实用的方法,好去本着主义作实际的运动,免得阿猫、阿狗、鹦鹉、留声机来混我们,骗大家。

三、所谓过激主义

《新青年》和《每周评论》的同人,谈俄国的布尔扎维主义的议论很少。仲甫先生和先生等的思想运动、文学运动,据日本《日日新闻》的批评,且说是支那民主主义的正统思想。一方要与旧式的顽迷思想奋战,一方要防遏俄国布尔扎维主义的潮流。我可以自白,我是喜欢谈谈布尔扎维主义的。当那举世若狂庆祝协约国战胜的时候,我就作了一篇《Bolshevism的胜利》的论文,登在《新青年》上。当时听说孟和先生因为对于布尔扎维克不满意,对于我的对于布尔扎维克的态度也很不满意(孟和先生欧游归来,思想有无变动,此时不敢断定)。或者因为我这篇论文,给《新青年》的同人惹出了麻烦,仲甫先生今犹幽闭狱中,而先生又横被过激党的诬名,这真是我的罪过了。不过我总觉得布尔扎维主义的流行,实在是世界文化上的一大变动。我们应该研究他,介绍他,把他的实象昭布在人类社会,不可一味听信人家为他们造的谣言,就拿凶暴残忍的话抹煞他们的一切。所以一听人说他们实行"妇女国有",就按情理断定是人家给他们造的谣言。后来看见美国New Republic[49]登出此事的原委,知道这话果然是种谣言,原是布尔扎维克政府给俄国某城的无政府党人造的。以后辗转传讹,人又给他们加上了。最近有了慰慈先生在本报发表的俄国的新宪法、土地法、婚姻法等几篇论文,很可以供我们研究俄事的参考,更可以证明妇女国有的话全然无根了。后来又听人说他们把克鲁泡脱金氏枪毙了,又疑这话也是谣言。据近来欧美各报的消息,克氏在莫斯科附近安然无恙。在我们这盲目的社会,他们那里知道Bolshevism是什么东西,这个名辞怎么解释?不过因为迷信资本主义、军国主义的日本人把他译作过激主义,他们看"过激"这两个字很带着些危险,所以顺手拿来,乱给人戴。看见先生们的文学改革论,激烈一点,他们就说先生是过激党。看见章太炎、孙伯兰的政治论,激烈一点,他们又说这两位先生是过激党。这个口吻是根据我们四千年先圣先贤道统的薪传。那"扬子为我,是无君也。墨子兼爱,是无父也。无父无君,是禽兽也"的逻辑,就是他们惟一的经典。现在就没有"过激党"这个新名辞,他们也不难把那旧武器拿出来攻击我们。什么"邪说异端"哪,"洪水猛兽"哪,也都可以给我们随便戴上。若说这是谈主义的不是,我们就谈贞操问题,他们又来说我们主张处女应该与人私通。我们译了一篇社会问题的小说,他们又来说我们提倡私生子可以杀他父母。在这种浅薄无知的社会里,发言论事,简直的是万难,东也不是,西也不是。我们惟有一面认定我们的主义,用他作材料,作工具,以为实际的运动;一面宣传我们的主义,使社会上多数人都能用他作材料、作工具,以解决具体的社会问题。那些猫、狗、鹦鹉、留声机,尽管任他们在旁边乱响,过激主义哪,洪水猛兽哪,邪说异端哪,尽管任他们乱给我们作头衔,那有闲工夫去理他!

四、根本解决

"根本解决"这个话,很容易使人闲却了现在不去努力,这实在是一个危险。但这也不可一概而论。若在有组织有生机的社会,一切机能都很敏活,只要你有一个工具,就有你使用他的机会,马上就可以用这工具作起工来。若在没有组织没有生机的社会,一切机能,都已闭止,任你有什么工具,都没有你使用他作工的机会。这个时候,恐怕必须有一个根本解决,才有把一个一个的具体问题都解决了的希望。就以俄国而论,罗曼诺夫家没有颠覆,经济组织没有改造以前,一切问题,丝毫不能解决。今则全部解决了。依马克思的唯物史观,社会上法律、政治、伦理等精神的构造,都是表面的构造。他的下面,有经济的构造作他们一切的基础。经济组织一有变动,他们都跟着变动。换一句话说，就是经济问题的解决，是根本解决。经济问题一旦解决，什么政治问题、法律问题、家族制度问题、女子解放问题、工人解放问题，都可以解决。可是专取这唯物史观（又称历史的唯物主义）的第一说，只信这经济的变动是必然的，是不能免的，而于他的第二说，就是阶级竞争说，了不注意，丝毫不去用这个学理作工具，为了人联合的实际运动，那经济的革命，恐怕永远不能实现，就能实现，也不知迟了多少时期。有许多马克思派的社会主义者，很吃了这个观念的亏。天天只是在群众里传布那集产制必然的降临的福音，结果除去等着集产制必然的成熟以外，一点的预备也没有作，这实在是现在各国社会党遭了很大危机的主要原因。我们应该承认：遇着时机，因着情形，或须取一个根本解决的方法，而在根本解决以前，还须有相当的准备活动才是。

以上拉杂写来，有的和先生的意见完全相同，有的稍相差异，已经占了很多的篇幅了。如有未当，请赐指教。以后再谈吧。

李大钊寄自昌黎五峰

胡适在本文篇末的附记：

我要做的《再论问题与主义》，现在有守常先生抢去做了，我只好等到将来做《三论问题与主义》吧。

胡适

（原载《每周评论》第三十五号，1919年8月17日）

编者附：

此文是对胡适1919年7月20日在《每周评论》第三十一号上

发表的《多研究些问题，少谈些主义》一文的辩驳。此后，胡适又于8月31日第三十七号的《每周评论》上发表《三论问题与主义》《四论问题与主义》，继续坚持与发挥自己的观点。李大钊不久即陆续写出用马克思主义回答中国社会根本性问题的文章。如《物质变动与道德变动》《由经济上解释中国近代思想变动的原因》等。

现代的女权运动

二十世纪是被压迫阶级底解放时代,亦是妇女底解放时代;是妇女寻觅伊们自己的时代,亦是男子发现妇女底意义的时代。

凡在"力的法则"支配之下的,都是被压迫的阶级;凡对此"力的法则"的反抗运动,都是被压迫阶级底解放运动。妇女屈服于男子"力的法则"之下,历时已经很久,故凡妇女对于男子的"力的法则"的反抗,都为女权运动。这种运动,历史中包含甚多,名之曰"革命"并不过分。

妇女要想达到伊们完全解放的目的,非组织一个世界的大联合不可。这个指导的责任落在高嘉仙族(Caucasian Race)[50]妇女底肩上,尤以北美合众国的妇女为先驱,在伊们运动之下,"世界基督教禁酒联合会""妇女国际会议""国际妇女参政联合会"这些团体相继成立。

就在白人所居的乡土,亦有多处女权运动才见萌芽。在东亚,在非洲,妇女底羁绊依然未全打破。但在此等地方,妇女的时代亦渐发见曙光了。

女权运动底国际的组织如下:妇女国际会议以各"妇女国民会议"底主席职员组成。一国底妇女俱乐部,为施行一定的普通政纲都可以加入一个国民会议。第一个国民会议,一八八八年成立于北美合众国。随后在坎拿大、法国、瑞典、英伦、丹麦、荷兰、澳洲、瑞士、义大利、奥国、诺威、匈牙利等国均有了这类的组织。

这妇女国际会议所代表的妇女数目，尚无统计。彼底会员大约将近千万人，国民会议只许以团体加入，不许以个人加入。构成妇女国际会议的各国民会议的会长，专以伊们的主席职员的资格列席。

妇女国际会议是一个促进有组织的国际的女权运动的永久机关，这是一八八八年在华盛顿成立的。

妇女参政运动是女权运动的另一形态，亦同样地依国际的形式组织起来。但对于女权运动是完全独立的，妇女参政是为有组织的妇女所提出的最急进的要求，后来在各国为急进的女权论者所拥护。伊们认妇女参政是女权运动底入门，由此可以达于更远大的目的。所以国民会议会员底大部分，不能在一切情形之下都把妇女参政加入伊们的政纲。然至一九〇四年六月九日，国际会议在柏林关于此点已有可决了。

国际妇女参政联合会在华盛顿成立后，不久在柏林亦有一个代表八国的妇女参政同盟发生。这个同盟所代表的八国，是北美合众国、威多利亚、英伦、日尔曼、瑞典、诺威、丹麦与荷兰。这个同盟与联合会联络起来，从此以后妇女参政运动便成了女权运动中最昌盛的部分。这曾声言过要在五年终再召集第二次会议的"国际妇女参政联合会"，在一九〇五年至一九〇九年间已经开了三次会议（一九〇六年在Copenhagen，一九〇八年在Amsterdam，一九〇九年在伦敦），会员扩张到二十一国（北美合众国、澳洲、南非洲、坎拿大、大不列颠、日尔曼、瑞典、诺威、丹麦、荷兰、芬兰、俄罗斯、匈牙利、奥大利、比利时、义大利、瑞士、法国、勃加利亚、塞尔维亚、冰岛）。第一次的会长是加特夫人（Mrs.Carrie Chapmae Catt）。

女权运动底主要的要求在各国都是相同，此等要求可大别为四：

（一）属于教育者：享受与男子同等的教育的机会；

（二）属于劳工者：任何职业选择的自由，与同类工作的同等报酬；

（三）属于法律者：民法上，妻在法律前应与以法律的人格的完全地位并民法上的完全权能。刑法上，所有歧视妇女的一切条规完全废止。公法上，妇女参政权；

（四）属于社会的生活者：须承认妇女之家庭的、社会的工作的高尚价值与把妇女排出于各种男子活动的范围以外生活的缺陷、粗粝、偏颇与单调。

各国底女权运动，都是发源于中流阶级，劳动妇女底运动比较的后起。但女权运动与劳动妇女底运动，并不含有敌对的意味，而且有互相辅助的必要。在澳洲、在英伦、在北美合众国，这两种运动全无敌对的形迹。但在阶级争斗剧烈的国家，中流阶级的妇女运动与劳动阶级的妇女运动决然分离。这是因为中流阶级的妇女没有彻底的觉悟的原故。中流阶级底妇女应该辅助劳工妇女底运动。这个道理，与美国劳工团体宣言赞助妇女参政运动的道理全是一样。因为多数劳工妇女在资本阶级压制之下，少数中流阶级的妇女断不能圆满达到女权运动的目的。反之劳工妇女运动若能成功，全妇女界的地位都可以提高。此外，劳工妇女的运动亦不该与劳工男子的运动互相敌对，应该有一种阶级的自觉，与男子劳工团体打成一气，取一致的行动。

苏俄劳农政治下妇女享有自由独立的量，比世界各国的妇女都多，就是一个显例。第三国际的执行委员会，于一九二〇年指定Clara Zetkin[51]为妇女共产党的国际的书记，计划着开一国际共产党劳工妇女会，示全世界劳工阶级妇女以正当的道路，以矫正大战开始后一九一五年在Berne[52]开的第一次国际妇女大会的错误。这又为女权运动开一新纪元。

一个公正的愉快的两性的关系，全靠男女间的相依、平等与互相辅助的关系，不靠妇女的附属与男子的优越。男女各有各的特性，全为对等的关系，全有相与补足的地方。国际的女权运动和国际的劳工妇女运动的起源就在全世界对于此等原理的漠视。

生活上职业的要求，使妇女有教育的修养的必要。女子教育机会的扩张似乎比承认参政权还要紧。Canon Gare劝告英国工人道：

除非你得了知识，一切为正义公道的热情都归乌有。你可以成为强有力与骚乱，你可以获得一时的胜利，你可以实行革命，你若把知识仍遗留于特权阶级的手中，你将仍旧被践踏于知识的脚下，因为知识永远战胜愚昧。

这几句痛言，我借以奉告世界上未曾解放而方将努力作解放运动的妇女，特别是中国今日的妇女。

（《民国日报》副刊《妇女评论》第二十五期，
1922年1月18日）

鲁迅

1881—1936

原名周樟寿,后改名周树人,字豫山,后改字豫才,浙江绍兴人。著名文学家、思想家、革命家、教育家、民主战士,新文化运动的重要参与者,中国现代文学的奠基人之一。

从来如此，便对么？

狂人日记

某君昆仲，今隐其名，皆余昔日在中学时良友；分隔多年，消息渐阙。日前偶闻其一大病；适归故乡，迂道往访，则仅晤一人，言病者其弟也。劳君远道来视，然已早愈，赴某地候补[53]矣。因大笑，出示日记二册，谓可见当日病状，不妨献诸旧友。持归阅一过，知所患盖"迫害狂"之类。语颇错杂无伦次，又多荒唐之言；亦不著月日，惟墨色字体不一，知非一时所书。间亦有略具联络者，今撮录一篇，以供医家研究。记中语误，一字不易；惟人名虽皆村人，不为世间所知，无关大体，然亦悉易去。至于书名，则本人愈后所题，不复改也。

七年四月二日识

一

今天晚上，很好的月光。

我不见他，已是三十多年；今天见了，精神分外爽快。才知道以前的三十多年，全是发昏；然而须十分小心。不然，那赵家的狗，何以看我两眼呢？

我怕得有理。

二

今天全没月光,我知道不妙。早上小心出门,赵贵翁的眼色便怪:似乎怕我,似乎想害我。还有七八个人,交头接耳的议论我,又怕我看见。一路上的人,都是如此。其中最凶的人,张着嘴,对我笑了一笑;我便从头直冷到脚跟,晓得他们布置,都已妥当了。

我可不怕,仍旧走我的路。前面一伙小孩子,也在那里议论我;眼色也同赵贵翁一样,脸色也铁青。我想我同小孩子有什么仇,他也这样。忍不住大声说:"你告诉我!"他们可就跑了。

我想:我同赵贵翁有什么仇,同路上的人又有什么仇;只有廿年以前,把古久先生的陈年流水簿子[54],踹了一脚,古久先生很不高兴。赵贵翁虽然不认识他,一定也听到风声,代抱不平;约定路上的人,同我作冤对。但是小孩子呢?那时候,他们还没有出世,何以今天也睁着怪眼睛,似乎怕我,似乎想害我。这真教我怕,教我纳罕而且伤心。

我明白了。这是他们娘老子教的!

三

晚上总是睡不着。凡事须得研究,才会明白。

他们——也有给知县打枷过的,也有给绅士掌过嘴的,也有衙役占了他妻子的,也有老子娘被债主逼死的;他们那时候的脸色,全没有昨天这么怕,也没有这么凶。

最奇怪的是昨天街上的那个女人,打他儿子,嘴里说道,"老子呀!我要咬你几口才出气!"他眼睛却看着我。我出了一惊,遮掩不住;那青面獠牙的一伙人,便都哄笑起来。陈老五赶上前,硬把我拖回家中了。

拖我回家,家里的人都装作不认识我;他们的脸色,也全同别人一样。进了书房,便反扣上门,宛然是关了一只鸡鸭。这一件事,越教我猜不出底细。

前几天,狼子村的佃户来告荒,对我大哥说,他们村里的一个大恶人,给大家打死了;几个人便挖出他的心肝来,用油煎炒了吃,可以壮壮胆子。我插了一句嘴,佃户和大哥便都看我几眼。今天才晓得他们的眼光,全同外面的那伙人一模一样。

想起来,我从顶上直冷到脚跟。

他们会吃人,就未必不会吃我。

你看那女人"咬你几口"的话,和一伙青面獠牙人的笑,和前天佃户的话,明明是暗号。我看出他话中全是毒,笑中全是刀。他们的牙齿,全是白厉厉的排着,这就是吃人的家伙。

照我自己想,虽然不是恶人,自从踹了古家的簿子,可就难说了。他们似乎别有心思,我全猜不出。况且他们一翻脸,便说人是恶人。我还记得大哥教我做论,无论怎样好人,翻他几句,他便打上几个圈;原谅坏人几句,他便说"翻天妙手,与众不同"。我那里猜得到他们的心思,究竟怎样;况且是要吃的时候。

凡事总须研究,才会明白。古来时常吃人,我也还记得,可是不甚清楚。我翻开历史一查,这历史没有年代,歪歪斜斜的每页上都写着"仁义道德"几个字。我横竖睡不着,仔细看了半夜,才从字缝里看出字来,满本都写着两个字是"吃人"!

书上写着这许多字,佃户说了这许多话,却都笑吟吟的睁着怪眼看我。

我也是人,他们想要吃我了!

四

　　早上，我静坐了一会儿。陈老五送进饭来，一碗菜，一碗蒸鱼；这鱼的眼睛，白而且硬，张着嘴，同那一伙想吃人的人一样。吃了几筷，滑溜溜的不知是鱼是人，便把他兜肚连肠的吐出。

　　我说："老五，对大哥说，我闷得慌，想到园里走走。"老五不答应，走了；停一会，可就来开了门。

　　我也不动，研究他们如何摆布我；知道他们一定不肯放松。果然！我大哥引了一个老头子，慢慢走来；他满眼凶光，怕我看出，只是低头向着地，从眼镜横边暗暗看我。大哥说："今天你仿佛很好。"我说："是的。"大哥说："今天请何先生来，给你诊一诊。"我说："可以！"其实我岂不知道这老头子是刽子手扮的！无非借了看脉这名目，揣一揣肥瘠：因这功劳，也分一片肉吃。我也不怕；虽然不吃人，胆子却比他们还壮。伸出两个拳头，看他如何下手。老头子坐着，闭了眼睛，摸了好一会，呆了好一会；便张开他鬼眼睛说："不要乱想。静静的养几天，就好了。"

　　不要乱想，静静的养！养肥了，他们是自然可以多吃；我有什么好处，怎么会"好了"？他们这群人，又想吃人，又是鬼鬼祟祟，想法子遮掩，不敢直接下手，真要令我笑死。我忍不住，便放声大笑起来，十分快活。自己晓得这笑声里面，有的是义勇和正气。老头子和大哥，都失了色，被我这勇气正气镇压住了。

　　但是我有勇气，他们便越想吃我，沾光一点这勇气。老头子跨出门，走不多远，便低声对大哥说道："赶紧吃罢！"大哥点点头。原来也有你！这一件大发现，虽似意外，也在意中；合伙吃我的人，便是我的哥哥！

　　吃人的是我哥哥！

我是吃人的人的兄弟!

我自己被人吃了,可仍然是吃人的人的兄弟!

五

这几天是退一步想:假使那老头子不是刽子手扮的,真是医生,也仍然是吃人的人。他们的祖师李时珍做的"本草什么"[55]上,明明写着人肉可以煎吃;他还能说自己不吃人么?

至于我家大哥,也毫不冤枉他。他对我讲书的时候,亲口说过可以"易子而食"[56];又一回偶然议论起一个不好的人,他便说不但该杀,还当"食肉寝皮"[57]。我那时年纪还小,心跳了好半天。前天狼子村佃户来说吃心肝的事,他也毫不奇怪,不住的点头。可见心思是同从前一样狠。既然可以"易子而食",便什么都易得,什么人都吃得。我从前单听他讲道理,也胡涂过去;现在晓得他讲道理的时候,不但唇边还抹着人油,而且心里满装着吃人的意思。

六

黑漆漆的,不知是日是夜。赵家的狗又叫起来了。

狮子似的凶心,兔子的怯弱,狐狸的狡猾,……

七

我晓得他们的方法,直接杀了,是不肯的,而且也不敢,怕有祸祟。所以他们大家连络,布满了罗网,逼我自戕。试看前几天街上男女的样子,和这几天我大哥的作为,便足可悟出八九分了。最好是解下腰带，挂在梁上，自己紧紧勒死；他们没有杀人的罪名，又偿了心愿，自然都欢天喜地的发出一种呜呜咽咽的笑声。否则惊吓忧愁死了，虽则略瘦，也还可以首肯几下。

他们是只会吃死肉的！——什么上说，有一种东西，叫"海乙那"[58]的，眼光和样子都很难看；时常吃死肉，连极大的骨头，都细细嚼烂，咽下肚子去，想起来也教人害怕。"海乙那"是狼的亲眷，狼是狗的本家。前天赵家的狗，看我几眼，可见他也同谋，早已接洽。老头子眼看着地，岂能瞒得我过。

最可怜的是我的大哥，他也是人，何以毫不害怕；而且合伙吃我呢？还是历来惯了，不以为非呢？还是丧了良心，明知故犯呢？

我诅咒吃人的人，先从他起头；要劝转吃人的人，也先从他下手。

八

其实这种道理，到了现在，他们也该早已懂得，……

忽然来了一个人；年纪不过二十左右，相貌是不很看得清楚，满面笑容，对了我点头，他的笑也不像真笑。我便问他，"吃人的事，对么？"他仍然笑着说，"不是荒年，怎么会吃人。"我立刻就晓得，他也是一伙，喜欢吃人的；便自勇气百倍，偏要问他。

"对么？"

"这等事问他什么。你真会……说笑话。……今天天气很好。"

天气是好，月色也很亮了。可是我要问你，"对么？"

他不以为然了。含含胡胡的答道，"不……"

"不对？他们何以竟吃？！"

"没有的事……"

"没有的事？狼子村现吃；还有书上都写着，通红斩新！"

他便变了脸，铁一般青。睁着眼说，"有许有的，这是从来如此……"

"从来如此，便对么？"

"我不同你讲这些道理；总之你不该说，你说便是你错！"

我直跳起来，张开眼，这人便不见了。全身出了一大片汗。他的年纪，比我大哥小得远，居然也是一伙；这一定是他娘老子先教的。还怕已经教给他儿子了；所以连小孩子，也都恶狠狠的看我。

九

自己想吃人，又怕被别人吃了，都用着疑心极深的眼光，面面相觑。……

去了这心思，放心做事走路吃饭睡觉，何等舒服。这只是一条门槛，一个关头。他们可是父子兄弟夫妇朋友师生仇敌和各不相识的人，都结成一伙，互相劝勉，互相牵掣，死也不肯跨过这一步。

十

大清早，去寻我大哥；他立在堂门外看天，我便走到他背后，拦住门，格外沉静，格外和气的对他说：

"大哥，我有话告诉你。"

"你说就是。"他赶紧回过脸来，点点头。

"我只有几句话，可是说不出来。大哥，大约当初野蛮的人，都吃过一点人。后来因为心思不同，有的不吃人了，一味要好,便变了人,变了真的人。有的却还吃,——也同虫子一样,有的变了鱼鸟猴子,一直变到人。有的不要好,至今还是虫子。这吃人的人比不吃人的人,何等惭愧。怕比虫子的惭愧猴子,还差得很远很远。

"易牙[59]蒸了他儿子,给桀纣吃,还是一直从前的事。谁晓得从盘古开辟天地以后,一直吃到易牙的儿子;从易牙的儿子,一直吃到徐锡林[60];从徐锡林,又一直吃到狼子村捉住的人。去年城里杀了犯人,还有一个生痨病的人,用馒头蘸血舐。

"他们要吃我,你一个人,原也无法可想;然而又何必去入伙。吃人的人,什么事做不出;他们会吃我,也会吃你,一伙里面,也会自吃。但只要转一步,只要立刻改了,也就是人人太平。虽然从来如此,我们今天也可以格外要好,说是不能!大哥,我相信你能说,前天佃户要减租,你说过不能。"

当初,他还只是冷笑,随后眼光便凶狠起来,一到说破他们的隐情,那就满脸都变成青色了。大门外立着一伙人,赵贵翁和他的狗,也在里面,都探头探脑的挨进来。有的是看不出面貌,似乎用布蒙着;有的是仍旧青面獠牙,抿着嘴笑。我认识他们是一伙,都是吃人的人。可是也晓得他们心思很不一样,一种是以为从来如此,应该吃的;一种是知道不该吃,可是仍然要吃,又怕别人说破他,所以听了我的话,越发气愤不过,可是抿着嘴冷笑。

这时候,大哥也忽然显出凶相,高声喝道,

"都出去!疯子有什么好看!"

这时候,我又懂得一件他们的巧妙了。他们岂但不肯改,而且早已布置;预备下一个疯子的名目罩上我。将来吃了,不但太平无事,怕还会有人见情。佃户说的大家吃了一个恶人,正是这方法。这是他们的老谱!

陈老五也气愤愤的直走进来。如何按得住我的口，我偏要对这伙人说，

"你们可以改了，从真心改起！要晓得将来容不得吃人的人，活在世上。

"你们要不改，自己也会吃尽。即使生得多，也会给真的人除灭了，同猎人打完狼子一样！——同虫子一样！"

那一伙人，都被陈老五赶走了。大哥也不知那里去了。陈老五劝我回屋子里去。屋里面全是黑沉沉的。横梁和椽子都在头上发抖；抖了一会，就大起来，堆在我身上。

万分沉重，动弹不得；他的意思是要我死。我晓得他的沉重是假的，便挣扎出来，出了一身汗。可是偏要说，

"你们立刻改了，从真心改起！你们要晓得将来是容不得吃人的人！……"

十一

太阳也不出，门也不开，日日是两顿饭。

我捏起筷子，便想起我大哥；晓得妹子死掉的缘故，也全在他。那时我妹子才五岁，可爱可怜的样子，还在眼前。母亲哭个不住，他却劝母亲不要哭；大约因为自己吃了，哭起来不免有点过意不去。如果还能过意不去，……

妹子是被大哥吃了，母亲知道没有，我可不得而知。

母亲想也知道；不过哭的时候，却并没有说明，大约也以为应当的了。记得我四五岁时，坐在堂前乘凉，大哥说爷娘生病，做儿子的须割下一片肉来，煮熟了请他吃，[61]才算好人；母亲也没有说不行。一片吃得，整个的自然也吃得。但是那天的哭法，现

在想起来，实在还教人伤心，这真是奇极的事！

十二

不能想了。

四千年来时时吃人的地方，今天才明白，我也在其中混了多年；大哥正管着家务，妹子恰恰死了，他未必不和在饭菜里，暗暗给我们吃。

我未必无意之中，不吃了我妹子的几片肉，现在也轮到我自己，……

有了四千年吃人履历的我，当初虽然不知道，现在明白，难见真的人！

十三

没有吃过人的孩子，或者还有？

救救孩子……

（原载《新青年》第四卷第五号，1918年5月15日）

编者附：

本篇发表时，作者首次使用了"鲁迅"这一笔名。小说猛烈抨击了"吃人"的封建礼教，是中国第一部现代白话小说。

孔乙己

鲁镇的酒店的格局，是和别处不同的：都是当街一个曲尺形的大柜台，柜里面预备着热水，可以随时温酒。做工的人，傍午傍晚散了工，每每花四文铜钱，买一碗酒，——这是二十多年前的事，现在每碗要涨到十文，——靠柜外站着，热热的喝了休息；倘肯多花一文，便可以买一碟盐煮笋，或茴香豆，做下酒物了，如果出到十几文，那就能买一样荤菜，但这些顾客，多是短衣帮，大抵没有这样阔绰。只有穿长衫的，才踱进店面隔壁的房子里，要酒要菜，慢慢地坐喝。

我从十二岁起，便在镇口的咸亨酒店里当伙计，掌柜说，样子太傻，怕侍候不了长衫主顾，就在外面做点事罢。外面的短衣主顾，虽然容易说话，但唠唠叨叨缠夹不清的也很不少。他们往往要亲眼看着黄酒从坛子里舀出，看过壶子底里有水没有，又亲看将壶子放在热水里，然后放心。在这严重监督之下，羼[62]水也很为难。所以过了几天，掌柜又说我干不了这事。幸亏荐头的情面大，辞退不得，便改为专管温酒的一种无聊职务了。

我从此便整天的站在柜台里，专管我的职务。虽然没有什么失职，但总觉有些单调，有些无聊。掌柜是一副凶面孔，主顾也没有好声气，教人活泼不得；只有孔乙己到店，才可以笑几声，所以至今还记得。

孔乙己是站着喝酒而穿长衫的唯一的人。他身材很高大；青白脸色，皱纹间时常夹些伤痕；一部乱蓬蓬的花白的胡子。穿的虽然是长衫，可是又脏又破，似乎十多年没有补，也没有洗。他对人说话，总是满口之乎者也，教人半懂不懂的。因为他姓孔，别人便从描红纸上的"上大人孔乙己"这半懂不懂的话里，替他取下一个绰号，叫作孔乙己。孔乙己一到店，所有喝酒的人便都看着他笑。有的叫道："孔乙己，你脸上又添上新伤疤了！"他不答应，对柜里说："温两碗酒，要一碟茴香豆。"便排出九文大钱。他们又故意的高声嚷道："你一定又偷了人家东西了！"孔乙己睁大眼睛说："你怎么这样凭空污人清白……""什么清白？我前天亲眼见你偷了何家的书，吊着打。"孔乙己便涨红了脸，额上的青筋条条绽出，争辩道："窃书不能算偷……窃书！……读书人的事，能算偷么？"接连便是难懂的话，什么"君子固穷"[63]，什么"者乎"之类，引得众人都哄笑起来：店内外充满了快活的空气。

听人家背地里谈论，孔乙己原来也读过书，但终于没有进学[64]，又不会营生；于是愈过愈穷，弄到将要讨饭了。幸而写得一笔好字，便替人家钞钞书，换一碗饭吃。可惜他又有一样坏脾气，便是好喝懒做。坐不到几天，便连人和书籍纸张笔砚，一齐失踪。如是几次，叫他钞书的人也没有了。孔乙己没有法，便免不了偶然做些偷窃的事。但他在我们店里，品行却比别人都好，就是从不拖欠；虽然间或没有现钱，暂时记在粉板上，但不出一月，定然还清，从粉板上拭去了孔乙己的名字。

孔乙己喝过半碗酒，涨红的脸色渐渐复了原，旁人便又问道："孔乙己，你当真认识字么？"孔乙己看着问他的人，显出不屑置辩的神气。他们便接着说道："你怎的连半个秀才也捞不到呢？"孔乙己立刻显出颓唐不安模样，脸上笼上了一层灰色，嘴里说些话；这回可是全是之乎者也之类，一些也不懂了。在这时候，众人也都哄笑起来：店内外充满了快活的空气。

　　在这些时候，我可以附和着笑，掌柜是决不责备的。而且掌柜见了孔乙己，也每每这样问他，引人发笑。孔乙己自己知道不能和他们谈天，便只好向孩子说话。有一回对我说道："你读过书么？"我略略点一点头。他说："读过书，……我便考你一考。茴香豆的茴字，怎样写的？"我想，讨饭一样的人，也配考我么？便回过脸，不再理会。孔乙己等了许久，很恳切的说道："不能写罢？……我教给你，记着！这些字应该记着。将来做掌柜的时候，写账要用。"我想我和掌柜的等级还很远呢，而且我们掌柜也从不将茴香豆上账；又好笑，又不耐烦，懒懒的答他道："谁要你教，不是草头底下一个来回的回字么？"孔乙己显出极高兴的样子，将两个指头的长指甲敲着柜台，点头说："对呀对呀！……回字有四样写法[65]，你知道么？"我愈不耐烦，努着嘴走远。孔乙己刚用指甲蘸了酒，想在柜上写字，见我毫不热心，便又叹了一口气，显出极惋惜的样子。

　　有几回，邻舍孩子听得笑声，也赶热闹，围住了孔乙己。他便给他们茴香豆吃，一人一颗。孩子吃完豆，仍然不散，眼睛都望着碟子。孔乙己着了慌，伸开五指将碟子罩住，弯腰下去说道："不多了，我已经不多了。"直起身又看一看豆，自己摇头说："不多不多！多乎哉？不多也。"于是这一群孩子都在笑声里走散了。

　　孔乙己是这样使人快活，可是没有他，别人也便这么过。

　　有一天，大约是中秋前的两三天，掌柜正在慢慢的结账，取下粉板，忽然说："孔乙己长久没有来了。还欠十九个钱呢！"

我才也觉得他的确长久没有来了。一个喝酒的人说道:"他怎么来?……他打折了腿了。"掌柜说:"哦!""他总仍旧是偷。这一回,是自己发昏,竟偷到丁举人家里去了。他家的东西,偷得的么?""后来怎么样?""怎么样?先写服辩[66],后来是打,打了大半夜,再打折了腿。""后来呢?""后来打折了腿了。""打折了怎样呢?""怎样?……谁晓得?许是死了。"掌柜也不再问,仍然慢慢的算他的账。

中秋之后,秋风是一天凉比一天,看看将近初冬;我整天的靠着火,也须穿上棉袄了。一天的下半天,没有一个顾客,我正合了眼坐着。忽然间听得一个声音,"温一碗酒。"这声音虽然极低,却很耳熟。看时又全没有人。站起来向外一望,那孔乙己便在柜台下对了门槛坐着。他面孔黑而且瘦,已经不成样子;穿一件破夹袄,盘着两腿,下面垫一个蒲包,用草绳在肩上挂住;见了我,又说道:"温一碗酒。"掌柜也伸出头去,一面说:"孔乙己么?你还欠十九个钱呢!"孔乙己很颓唐的仰面答道:"这……下回还清罢。这一回是现钱,酒要好。"掌柜仍然同平常一样,笑着对他说:"孔乙己,你又偷了东西了!"但他这回却不十分分辩,单说了一句"不要取笑!""取笑?要是不偷,怎么会打断腿?"孔乙己低声说道:"跌断,跌,跌……"他的眼色,很像恳求掌柜,不要再提。此时已经聚集了几个人,便和掌柜都笑了。我温了酒,端出去,放在门槛上。他从破衣袋里,摸出四文大钱,放在我手里,见他满手是泥,原来他便用这手走来的。不一会,喝完酒,便又在旁人的说笑声中,坐着用这手慢慢走去了。

自此以后,又长久没有见孔乙己。到了年关,掌柜取下粉板说:"孔乙己还欠十九个钱呢!"到第二年的端午,又说"孔乙己还欠十九个钱呢！"到中秋可是没有说，再到年关也没有见他。

我到现在终于没有见——大约孔乙己的确死了。

（原载《新青年》第六卷第四号，1919年4月15日）

编者附：

最初本篇发表于1919年4月《新青年》第六卷第四号，发表时篇末有作者的附记如下："这一篇很拙的小说，还是去年冬天做成的。那时的意思，单在描写社会上的或一种生活，请读者看看，并没有别的深意。但用活字排印了发表，却已在这时候，——便是忽然有人用小说盛行人身攻击的时候。大抵著者走入暗路，每每能引读者的思想跟他堕落：以为小说是一种泼秽水的器具，里面糟蹋的是谁。这实在是一件极可叹可怜的事。所以我在此声明，免得发生猜度，害了读者的人格。1919年3月26日记。"

药

一

秋天的后半夜,月亮下去了,太阳还没有出,只剩下一片乌蓝的天;除了夜游的东西,什么都睡着。华老栓忽然坐起身,擦着火柴,点上遍身油腻的灯盏,茶馆的两间屋子里,便弥满了青白的光。

"小栓的爹,你就去么?"是一个老女人的声音。里边的小屋子里,也发出一阵咳嗽。

"唔。"老栓一面听,一面应,一面扣上衣服;伸手过去说,"你给我罢。"

华大妈在枕头底下掏了半天,掏出一包洋钱[67],交给老栓,老栓接了,抖抖的装入衣袋,又在外面按了两下;便点上灯笼,吹熄灯盏,走向里屋子去了。那屋子里面,正在窸窸窣窣的响,接着便是一通咳嗽。老栓候他平静下去,才低低的叫道,"小栓……你不要起来。……店么?你娘会安排的。"

老栓听得儿子不再说话,料他安心睡了,便出了门,走到街上。街上黑沉沉的一无所有,只有一条灰白的路,看得分明。灯光照着他的两脚,一前一后的走。有时也遇到几只狗,可是一只也没有叫。天气比屋子里冷得多了;老栓倒觉爽快,仿佛一旦变了少年,得了神通,有给人生命的本领似的,跨步格外高远。而且路也愈走愈分明,天也愈走愈亮了。

老栓正在专心走路,忽然吃了一惊,远远里看见一条丁字街,明明白白横着。他便退了几步,寻到一家关着门的铺子,蹩进檐下,靠门立住了。好一会,身上觉得有些发冷。

"哼,老头子。"

"倒高兴……"

老栓又吃一惊,睁眼看时,几个人从他面前过去了。一个还回头看他,样子不甚分明,但很像久饿的人见了食物一般,眼里闪出一种攫取的光。老栓看看灯笼,已经熄了。按一按衣袋,硬硬的还在。仰起头两面一望,只见许多古怪的人,三三两两,鬼似的在那里徘徊;定睛再看,却也看不出什么别的奇怪。

没有多久,又见几个兵,在那边走动。衣服前后的一个大白圆圈,远地里也看得清楚,走过面前的,并且看出号衣[68]上暗红的镶边。——一阵脚步声响,一眨眼,已经拥过了一大簇人。那三三两两的人,也忽然合作一堆,潮一般向前赶,将到丁字街口,便突然立住,簇成一个半圆。

老栓也向那边看,却只见一堆人的后背;颈项都伸得很长,仿佛许多鸭,被无形的手捏住了的,向上提着。静了一会,似乎有点声音,便又动摇起来,轰的一声,都向后退,一直散到老栓立着的地方,几乎将他挤倒了。

"喂!一手交钱,一手交货!"一个浑身黑色的人,站在老栓面前,眼光正像两把刀,刺得老栓缩小了一半。那人一只大手,向他摊着,一只手却撮着一个鲜红的馒头[69],那红的还是一点一点的往下滴。

老栓慌忙摸出洋钱,抖抖的想交给他,却又不敢去接他的

药　101

东西。那人便焦急起来，嚷道，"怕什么？怎的不拿！"老栓还踌躇着，黑的人便抢过灯笼，一把扯下纸罩，裹了馒头，塞与老栓。一手抓过洋钱，捏一捏，转身去了。嘴里哼着说，"这老东西……。"

"这给谁治病的呀？"老栓也似乎听得有人问他，但他并不答应；他的精神，现在只在一个包上，仿佛抱着一个十世单传的婴儿，别的事情，都已耳无闻目无见了。他现在要将这包里的新的生命，移植到他家里，收获许多幸福。太阳也出来了；在他面前，显出一条大道，直到他家中，后面也照见丁字街头破匾上"古□亭口"这四个黯淡的金字。

二

老栓走到家，店面早经收拾干净，一排一排的茶桌，滑溜溜的发光。但是没有客人；只有小栓坐在里排的桌前吃饭，大粒的汗，从额上滚下，夹袄也帖住了脊心，两块肩胛骨高高凸出，印成一个阳文的"八"字。老栓见这样子，不免皱一皱展开的眉心。他的女人，从灶下急急走出，睁着眼睛，嘴唇有些发抖。

"得了么？"

"得了。"

两个人一齐走进灶下，商量了一会；华大妈便出去了，不多时，拿着一片老荷叶回来，摊在桌上。老栓也打开灯笼罩，用荷叶重新包了那红的馒头。小栓也吃完饭，他的母亲慌忙说：——

"小栓——你坐着，不要到这里来。"一面整顿了灶火，老栓便把一个碧绿的包，一个红红白白的破灯笼，一同塞在灶里；一阵红黑的火焰过去时，店屋里散满了一种奇怪的香味。

"好香！你们吃什么点心呀？"这是驼背五少爷到了。这人每天总在茶馆里过日，来得最早，去得最迟，此时恰恰蹩到临街的壁角的桌边，便坐下问话，然而没有人答应他。"炒米粥么？"仍然没有人应。老栓匆匆走出，给他泡上茶。

"小栓进来罢！"华大妈叫小栓进了里面的屋子，中间放好一条凳，小栓坐了。他的母亲端过一碟乌黑的圆东西，轻轻说：

"吃下去罢，——病便好了。"

小栓撮起这黑东西，看了一会，似乎拿着自己的性命一般，心里说不出的奇怪。十分小心的拗开了，焦皮里面窜出一道白气，白气散了，是两半个白面的馒头。——不多工夫，已经全在肚里了，却全忘了什么味，面前只剩下一张空盘。他的旁边，一面立着他的父亲，一面立着他的母亲，两人的眼光，都仿佛要在他身里注进什么又要取出什么似的；便禁不住心跳起来，按着胸膛，又是一阵咳嗽。

"睡一会罢，——便好了。"

小栓依他母亲的话，咳着睡了。华大妈候他喘气平静，才轻轻的给他盖上了满幅补钉的夹被。

三

店里坐着许多人，老栓也忙了，提着大铜壶，一趟一趟的给客人冲茶；两个眼眶，都围着一圈黑线。

"老栓，你有些不舒服么？——你生病么？"一个花白胡子的人说。

"没有。"

"没有？——我想笑嘻嘻的，原也不像……"花白胡子便取消了自己的话。

"老栓只是忙。要是他的儿子……"驼背五少爷话还未完,突然闯进了一个满脸横肉的人,披一件玄色布衫,散着纽扣,用很宽的玄色腰带,胡乱捆在腰间。刚进门,便对老栓嚷道——

"吃了么?好了么?老栓,就是运气了你!你运气,要不是我信息灵……。"

老栓一手提了茶壶,一手恭恭敬敬的垂着;笑嘻嘻的听。满座的人,也都恭恭敬敬的听。华大妈也黑着眼眶,笑嘻嘻的送出茶碗茶叶来,加上一个橄榄,老栓便去冲了水。

"这是包好!这是与众不同的。你想,趁热的拿来,趁热的吃下。"横肉的人只是嚷。

"真的呢,要没有康大叔照顾,怎么会这样……"华大妈也很感激的谢他。

"包好,包好!这样的趁热吃下。这样的人血馒头,什么痨病都包好!"

华大妈听到"痨病"这两个字,变了一点脸色,似乎有些不高兴;但又立刻堆上笑,搭讪着走开了。这康大叔却没有觉察,仍然提高了喉咙只是嚷,嚷得里面睡着的小栓也合伙咳嗽起来。

"原来你家小栓碰到了这样的好运气了。这病自然一定全好;怪不得老栓整天的笑着呢。"花白胡子一面说,一面走到康大叔面前,低声下气的问道,"康大叔——听说今天结果的一个犯人,便是夏家的孩子,那是谁的孩子?究竟是什么事?"

"谁的?不就是夏四奶奶的儿子么?那个小家伙!"康大叔见众人都耸起耳朵听他,便格外高兴,横肉块块饱绽,越发大声说,"这小东西不要命,不要就是了。我可是这一回一点没有得到好处;连剥下来的衣服,都给管牢的红眼睛阿义拿去了。——

第一要算我们栓叔运气；第二是夏三爷赏了二十五两雪白的银子，独自落腰包，一文不花。"

小栓慢慢的从小屋子里走出，两手按了胸口，不住的咳嗽；走到灶下，盛出一碗冷饭，泡上热水，坐下便吃。华大妈跟着他走，轻轻的问道，"小栓，你好些么？——你仍旧只是肚饿？……"

"包好，包好！"康大叔瞥了小栓一眼，仍然回过脸，对众人说，"夏三爷真是乖角儿，要是他不先告官，连他满门抄斩。现在怎样？银子！——这小东西也真不成东西！关在牢里，还要劝牢头造反。"

"阿呀，那还了得。"坐在后排的一个二十多岁的人，很现出气愤模样。

"你要晓得红眼睛阿义是去盘盘底细的，他却和他攀谈了。他说：这大清的天下是我们大家的。你想：这是人话么？红眼睛原知道他家里只有一个老娘，可是没有料到他竟会这么穷，榨不出一点油水，已经气破肚皮了。他还要老虎头上搔痒，便给他两个嘴巴！"

"义哥是一手好拳棒，这两下，一定够他受用了。"壁角的驼背忽然高兴起来。

"他这贱骨头打不怕，还要说可怜可怜哩。"

花白胡子的人说，"打了这种东西，有什么可怜呢？"

康大叔显出看他不上的样子，冷笑着说，"你没有听清我的话；看他神气，是说阿义可怜哩！"

听着的人的眼光，忽然有些板滞；话也停顿了。小栓已经吃完饭，吃得满头流汗，头上都冒出蒸气来。

"阿义可怜——疯话，简直是发了疯了。"花白胡子恍然大

药　105

悟似的说。

"发了疯了。"二十多岁的人也恍然大悟的说。

店里的坐客，便又现出活气，谈笑起来。小栓也趁着热闹，拼命咳嗽；康大叔走上前，拍他肩膀说：——

"包好！小栓——你不要这么咳。包好！"

"疯了。"驼背五少爷点着头说。

四

西关外靠着城根的地面，本是一块官地；中间歪歪斜斜一条细路，是贪走便道的人，用鞋底造成的，但却成了自然的界限。路的左边，都埋着死刑和瘐毙的人，右边是穷人的丛冢。两面都已埋到层层叠叠，宛然阔人家里祝寿时候的馒头。

这一年的清明，分外寒冷；杨柳才吐出半粒米大的新芽。天明未久，华大妈已在右边的一坐新坟前面，排出四碟菜，一碗饭，哭了一场。化过纸[70]，呆呆的坐在地上；仿佛等候什么似的，但自己也说不出等候什么。微风起来，吹动他短发，确乎比去年白得多了。

小路上又来了一个女人，也是半白头发，褴褛的衣裙；提一个破旧的朱漆圆篮，外挂一串纸锭，三步一歇的走。忽然见华大妈坐在地上看他，便有些踌躇，惨白的脸上，现出些羞愧的颜色；但终于硬着头皮，走到左边的一坐坟前，放下了篮子。

那坟与小栓的坟，一字儿排着，中间只隔一条小路。华大妈看他排好四碟菜，一碗饭，立着哭了一通，化过纸锭；心里暗暗地想："这坟里的也是儿子了。"那老女人徘徊观望了一回，忽然手脚有些发抖，跄跄踉踉退下几步，瞪着眼只是发怔。

华大妈见这样子，生怕他伤心到快要发狂了；便忍不住立起身，跨过小路，低声对他说，"你这位老奶奶不要伤心了，——我们还是回去罢。"

那人点一点头，眼睛仍然向上瞪着；也低声吃吃的说道，"你看，——看这是什么呢？"

华大妈跟了他指头看去，眼光便到了前面的坟，这坟上草根还没有全合，露出一块一块的黄土，煞是难看。再往上仔细看时，却不觉也吃一惊；——分明有一圈红白的花，围着那尖圆的坟顶。

他们的眼睛都已老花多年了，但望这红白的花，却还能明白看见。花也不很多，圆圆的排成一个圈，不很精神，倒也整齐。华大妈忙看他儿子和别人的坟，却只有不怕冷的几点青白小花，零星开着；便觉得心里忽然感到一种不足和空虚，不愿意根究。那老女人又走近几步，细看了一遍，自言自语的说，"这没有根，不像自己开的。——这地方有谁来呢？孩子不会来玩；——亲戚本家早不来了。——这是怎么一回事呢？"他想了又想，忽又流下泪来，大声说道：——

"瑜儿，他们都冤枉了你，你还是忘不了，伤心不过，今天特意显点灵，要我知道么？"他四面一看，只见一只乌鸦，站在一株没有叶的树上，便接着说，"我知道了。——瑜儿，可怜他们坑了你，他们将来总有报应，天都知道；你闭了眼睛就是了。——你如果真在这里，听到我的话，——便教这乌鸦飞上你的坟顶，给我看罢。"

微风早经停息了；枯草支支直立，有如铜丝。一丝发抖的声音，在空气中愈颤愈细，细到没有，周围便都是死一般静。两人站在枯草丛里，仰面看那乌鸦；那乌鸦也在笔直的树枝间，缩着头,铁铸一般站着。

许多的工夫过去了;上坟的人渐渐增多,几个老的小的,在土坟间出没。

华大妈不知怎的,似乎卸下了一挑重担,便想到要走;一面劝着说,"我们还是回去罢。"

那老女人叹一口气,无精打采的收起饭菜;又迟疑了一刻,终于慢慢地走了。嘴里自言自语的说,"这是怎么一回事呢?……"

他们走不上二三十步远,忽听得背后"哑——"的一声大叫;两个人都悚然的回过头,只见那乌鸦张开两翅,一挫身,直向着远处的天空,箭也似的飞去了。

(原载《新青年》第六卷第五号,1919年5月)

随感录

一

近来颇有许多人，在那里竭力提倡打拳。记得先前也曾有过一回；但那时提倡的，是满清王公大臣；现在却是民国的教育家；位分略有不同。至于他们的宗旨，是一是二，局外便不得而知。

现在那班教育家，把"九天玄女传与轩辕黄帝，轩辕黄帝传与尼姑"的老方法，改称"新武术"，又称"中国式体操"，叫青年去练习。听说其中好处甚多，重要的举出两种来，是：——

（一）用在体育上。据说中国人学了外国体操，不见效验；所以须改习本国式体操（即打拳）才行。依我想来：两手拿着外国铜锤或木棍，把手脚左伸右伸的，大约于筋肉发达上，也应有点"效验"。无如竟不见效验！那自然只好改途去练"武松脱铐"那些把戏了。这或者因为中国人生理上与外国人不同的缘故。

（二）用在军事上。中国人会打拳，外国人不会打拳：有一天见面对打，中国人得胜，是不消说的了。即使不把外国人"板油扯下"，只消一阵"乌龙扫地"，也便一齐扫倒，从此不能爬起。无如现在打仗，总用枪炮。枪炮这件东西，中国虽然"古时也已有过",可是此刻没有了。藤牌操法,又不练习;怎能御得枪炮?我想!(他们不曾说明,这是我的"管窥蠡测",)打拳打下去,总可达到"枪炮打不进"的程度(即内功?)。这件事,从前已经试过一次,在一千九百年。可惜那一回算是名誉的完全失败了。且看这一回如何。

(原载《新青年》第五卷第五号,1918年11月15日)

二

中国人向来有点自大。——只可惜没有"个人的自大",都是"合群的爱国的自大,"这便是文化竞争失败之后,不能再见振拔改进的原因。

"个人的自大,"就是独异,是对庸众宣战。除精神病学上的夸大狂外,这种自大的人,大抵有几分天才,——照Nordan[71]等说,也可说就是几分狂气。他们必定自己觉得思想见识高出庸众之上,又为庸众所不懂;所以愤世疾俗。渐渐变成厌世家,或"国民之敌!"但一切新思想,多从他们出来;政治上宗教上道德上的改革,也从他们发端。所以多有这"个人的自大"的国民,真是多福气!多幸运!

"合群的自大,""爱国的自大,"是党同伐异,是对少数的天才宣战;——至于对别国文明宣战,却尚在其次。他们自己毫无特别才能,可以夸示于人,所以把这国拿来做个影子;他们把国里的习惯制度,抬得很高,赞美的了不得;他们的国粹,既然这样有荣光,他们自然也有荣光了!倘若遇见攻击,他们也不必自去应战;因为这种蹲在影子里张目摇舌的人,数目极多。

只须用Mob[72]的长技，一阵乱嗥，大可制胜。胜了，我是一群中的人，自然也胜了；若败了时，一群中有许多人，未必是我受亏：大凡聚众滋事时，多具这种心理，也就是他们的心理。他们举动，看似猛烈，其实却很卑怯。至于所生结果，则复古尊王，扶清灭洋，等等，已领教得多了。所以多有这"合群的爱国的自大"的国民，真是可哀，真是不幸！

不幸中国偏只多这一种自大：古人所作所说的事，没一件不好，遵行还怕不及，怎敢说到改革？这种爱国的自大家的意见，虽各派略有不同，根柢总是一致；计算起来，可分作下列五种：——

甲云，"中国地大物博，开化最早；道德天下第一。"这是完全自负。

乙云，"外国物质文明虽好，中国精神文明更好。"

丙云，"外国的东西，中国都已有过；某种科学，即某子所说的云云。"这两种都是"古今中外派"的支流；依据张之洞的格言，以"中学为体，西学为用"的人物。

丁云，"外国也有叫化子，——（或云）也有草舍，——娼妓，——臭虫。"这是消极的反抗。

戊云，"中国便是野蛮的好。"又云，"你说中国思想昏乱，那正是我民族所造成的事业的结晶。从祖先昏乱起，直要昏乱到子孙；从过去昏乱起，直要昏乱到未来。……（我们是四万万人）你能把我们灭绝么？"这比"丁"更进一层，不去拖人下水，反以自己的丑恶骄人，至于口气的强硬，却很有《水浒传》中牛二的态度。

五种之中，甲乙丙丁的话，虽然已很荒谬，同戊比较，尚觉情有可原，因为他们还有一点好胜心存在。譬如衰败人家的子弟,看见别家兴旺,多说大话,摆出大家架子;又或寻求人家一点破绽,解他自己的嘲;固然极是可笑,但比那一种掉了鼻子,还说是祖传老病,夸示于众的人,总要算略高一步了。

戊派的爱国论最晚出,我听了也最寒心;这不但因其居心可怕,实因他所说的更为实在的缘故。昏乱的祖先,养出昏乱的子孙;正是遗传的定理。民族根性造成之后,无论好坏,改变都不容易。法国G.Le Bon[73]著《民族进化的心理》中,说及此事道,原文已忘,今但举其大意。——"我们一举一动,虽似自主,其实多受死鬼的牵制。将我们一代的人,和先前几百代的鬼比较起来,数目上就万不能敌了。"我们几百代的祖先里面,昏乱的人,定然不少;有讲道学的儒生,也有讲阴阳五行的道士,有静坐练丹的仙人,也有打脸打把子的戏子。所以我们现在虽想好好做"人",难保血管里的昏乱分子不来作怪,我们也不由自主,一变而为研究丹田脸谱的人物:这真是大可寒心的事。但我总希望这昏乱思想遗传的祸害,不至于有梅毒那样猛烈,竟至百无一免。即使同梅毒一样,现在发明了六百零六,肉体上的病,既可医治;我希望也有一种七百零七的药,可以医治思想上的病。这药原来也已发明,就是"科学"一味。只希望那班精神上掉了鼻子的朋友,不要叉着"祖传老病"的旗号来反对吃药,中国的昏乱病,便也总有全愈的一天。祖先的势力虽大,但如从现代起,立意改变:扫除了昏乱的心思,和助成昏乱的物事(儒道两派的文书),再用了对症的药,即使不能立刻奏效,也可把那病毒略略屡淡。如此几代之后,待我们成了祖先的时候,就可以分得昏乱祖先的若干势力,那时便有转机,le Bon 所说的事,也不足怕了。

以上是我对于"不长进的民族"的疗救方法;至于"灭绝"一条,那是全不成话,可不必说。"灭绝"这两个可怕的字,岂是我们人类应说的？只有张献忠这等人，会有如此主张，至今为人类唾骂；而且于实际上发生出什么效验呢？但我有一句话，要劝戊派诸公。"灭绝"这句话，只能吓人，却不能吓倒自然。他是毫无情面：他看见有自向灭绝这条路走的民族，便请他们灭绝，毫不客气。我们自己想活，也希望别人都活；不忍说他人的灭绝，又怕他们自己走到灭绝的路上，把我们带连了也灭绝，所以在此着急。倘使不改现状，反能兴旺，能得真实自由的幸福生活，那就是做野蛮也狠好。——但可有人敢答应说"是"么？

（原载《新青年》第五卷第五号，1918年11月15日）

灯下漫笔

一

有一时，就是民国二三年时候，北京的几个国家银行的钞票，信用日见其好了，真所谓蒸蒸日上。听说连一向执迷于现银的乡下人，也知道这既便当，又可靠，很乐意收受，行使了。至于稍明事理的人，则不必是"特殊知识阶级"，也早不将沉重累坠的银元装在怀中，来自讨无谓的苦吃。想来，除了多少对于银子有特别嗜好和爱情的人物之外，所有的怕大都是钞票了罢，而且多是本国的。但可惜后来忽然受了一个不小的打击。

就是袁世凯想做皇帝的那一年，蔡松坡先生溜出北京，到云南去起义。这边所受的影响之一，是中国和交通银行的停止兑现。虽然停止兑现，政府勒令商民照旧行用的威力却还有的；商民也自有商民的老本领，不说不要，却道找不出零钱。假如拿几十几百的钞票去买东西，我不知道怎样，但倘使只要买一枝笔，一盒烟卷呢，难道就付给一元钞票么？不但不甘心，也没有这许多票。那么，换铜元，少换几个罢，又都说没有铜元。那么，到亲戚朋友那里借现钱去罢，怎么会有？于是降格以求，不讲爱国了，要外国银行的钞票。但外国银行的钞票这时就等于现银，他如果借给你这钞票，也就借给你真的银元了。

我还记得那时我怀中还有三四十元的中交票[74]，可是忽而变了一个穷人，几乎要绝食，很有些恐慌。俄国革命以后的藏着纸卢布的富翁的心情，恐怕也就这样的罢；至多，不过更深更大罢了。我只得探听，钞票可能折价换到现银呢？说是没有行市。幸而终于，暗暗地有了行市了：六折几。我非常高兴，赶紧去卖了一半。后来又涨到七折了，我更非常高兴，全去换了现银，沉垫垫地坠在怀中，似乎这就是我的性命的斤两。倘在平时，钱铺子如果少给我一个铜元，我是决不答应的。

但我当一包现银塞在怀中，沉垫垫地觉得安心，喜欢的时候，却突然起了另一思想，就是：我们极容易变成奴隶，而且变了之后，还万分喜欢。

假如有一种暴力，"将人不当人"，不但不当人，还不及牛马，不算什么东西；待到人们羡慕牛马，发生"乱离人，不及太平犬"的叹息的时候，然后给与他略等于牛马的价格，有如元朝定律，打死别人的奴隶，赔一头牛，则人们便要心悦诚服，恭颂太平的盛世。为什么呢？因为他虽不算人，究竟已等于牛马了。

我们不必恭读《钦定二十四史》，或者入研究室，审察精神文明的高超。只要一翻孩子所读的《鉴略》，——还嫌烦重，则看《历代纪元编》，就知道"三千余年古国古"的中华，历来所闹的就不过是这一个小玩艺。但在新近编纂的所谓"历史教科书"一流东西里，却不大看得明白了，只仿佛说：咱们向来就很好的。

但实际上，中国人向来就没有争到过"人"的价格，至多不过是奴隶，到现在还如此，然而下于奴隶的时候，却是数见不鲜的。中国的百姓是中立的，战时连自己也不知道属于那一面，但又属于无论那一面。强盗来了，就属于官，当然该被杀掠；官兵既到，该是自家人了罢，但仍然要被杀掠，仿佛又属于强盗似的。这时候，百姓就希望有一个一定的主子，拿他们去做百姓，——不敢，是拿他们去做牛马，情愿自己寻草吃，只求他决定他们怎样跑。

假使真有谁能够替他们决定，定下什么奴隶规则来，自然就"皇恩浩荡"了。可惜的是往往暂时没有谁能定。举其大者，则如五胡十六国的时候，黄巢的时候，五代时候，宋末元末时候，除了老例的服役纳粮以外，都还要受意外的灾殃。张献忠的脾气更古怪了，不服役纳粮的要杀，服役纳粮的也要杀，敌他的要杀，降他的也要杀：将奴隶规则毁得粉碎。这时候，百姓就希望来一个另外的主子，较为顾及他们的奴隶规则的，无论仍旧，或者新颁，总之是有一种规则，使他们可上奴隶的轨道。

"时日曷丧，予及汝偕亡！"愤言而已，决心实行的不多见。实际上大概是群盗如麻，纷乱至极之后，就有一个较强，或较聪明，或较狡猾，或是外族的人物出来，较有秩序地收拾了天下。厘定规则：怎样服役，怎样纳粮，怎样磕头，怎样颂圣。而且这规则是不像现在那样朝三暮四的。于是便"万姓胪欢"了；用成语来说，就叫作"天下太平"。

任凭你爱排场的学者们怎样铺张，修史时候设些什么"汉族发祥时代""汉族发达时代""汉族中兴时代"的好题目，好意诚然是可感的，但措辞太绕弯子了。有更其直捷了当的说法在这里——

（一）想做奴隶而不得的时代；

（二）暂时做稳了奴隶的时代。

这一种循环，也就是"先儒"之所谓"一治一乱"；那些作乱人物，从后日的"臣民"看来，是给"主子"清道辟路的，所以说:"为圣天子驱除云尔。"

现在入了那一时代,我也不了然。但看国学家的崇奉国粹,文学家的赞叹固有文明,道学家的热心复古,可见于现状都已不满了。然而我们究竟正向着那一条路走呢?百姓是一遇到莫名其妙的战争,稍富的迁进租界,妇孺则避入教堂里去了,因为那些地方都比较的"稳",暂不至于想做奴隶而不得。总而言之,复古的,避难的,无智愚贤不肖,似乎都已神往于三百年前的太平盛世,就是"暂时做稳了奴隶的时代"了。

但我们也就都像古人一样,永久满足于"古已有之"的时代么?都像复古家一样,不满于现在,就神往于三百年前的太平盛世么?

自然,也不满于现在的,但是,无须反顾,因为前面还有道路在。而创造这中国历史上未曾有过的第三样时代,则是现在的青年的使命!

二

但是赞颂中国固有文明的人们多起来了,加之以外国人。我常常想,凡有来到中国的,倘能疾首蹙额而憎恶中国,我敢诚意地捧献我的感谢,因为他一定是不愿意吃中国人的肉的!

鹤见祐辅[75]氏在《北京的魅力》中,记一个白人将到中国,预定的暂住时候是一年,但五年之后,还在北京,而且不想回去了。有一天,他们两人一同吃晚饭——

在圆的桃花心木的食桌前坐定,川流不息地献着出海的珍味,谈话就从古董,画,政治这些开头。电灯上罩着支那式的灯罩,淡淡的光洋溢于古物罗列的屋子中。什么无产阶级呀,proletariat[76]呀那些事,就像不过在什么地方刮风。

我一面陶醉在支那生活的空气中,一面深思着对于外人有着"魅力"的这东西。元人也曾征服支那,而被征服于汉人种的生活美了;满人也征服支那,而被征服于汉人种的生活美了。现在西洋人也一样,嘴里虽然说着democracy[77]呀,什么什么呀,而却被魅于支那人费六千年而建筑起来的生活的美。一经住过北京,就忘不掉那生活的味道。大风时候的万丈的沙尘,每三月一回的督军们的开战游戏,都不能抹去这支那生活的魅力。

这些话我现在还无力否认他。我们的古圣先贤既给予我们保古守旧的格言,但同时也排好了用子女玉帛所做的奉献于征服者的大宴。中国人的耐劳,中国人的多子,都就是办酒的材料,到现在还为我们的爱国者所自诩的。西洋人初入中国时,被称为蛮夷,自不免个蹙额,但是,现在则时机已至,到了我们将曾经献于北魏,献于金,献于元,献于清的盛宴,来献给他们的时候了。出则汽车,行则保护:虽遇清道,然而通行自由的;虽或被劫,然而必得赔偿的;孙美瑶[78]掳去他们站在军前,还使官兵不敢开火。何况在华屋中享用盛宴呢?待到享受盛宴的时候,自然也就是赞颂中国固有文明的时候;但是我们的有些乐观的爱国者,也许反而欣然色喜,以为他们将要开始被中国同化了罢。古人曾以女人作苟安的城堡,美其名以自欺曰"和亲",今人还用子女玉帛为作奴的赞敬,又美其名曰"同化"。所以倘有外国的谁,到了已有赴宴的资格的现在,而还替我们诅咒中国的现状者,这才是真有良心的真可佩服的人!

但我们自己是早已布置妥帖了,有贵贱,有大小,有上下。

自己被人凌虐，但也可以凌虐别人；自己被人吃，但也可以吃别人。一级一级的制驭着，不能动弹，也不想动弹了。因为倘一动弹，虽或有利，然而也有弊。我们且看古人的良法美意罢——

天有十日，人有十等。下所以事上，上所以共神也。故王臣公，公臣大夫，大夫臣士，士臣皂，皂臣舆，舆臣隶，隶臣僚，僚臣仆，仆臣台。[79]（《左传》昭公七年）

但是"台"没有臣，不是太苦了么？无须担心的，有比他更卑的妻，更弱的子在。而且其子也很有希望，他日长大，升而为"台"，便又有更卑更弱的妻子，供他驱使了。如此连环，各得其所，有敢非议者，其罪名曰不安分！

虽然那是古事，昭公七年离现在也太辽远了，但"复古家"尽可不必悲观的。太平的景象还在：常有兵燹[80]，常有水旱，可有谁听到大叫唤么？打的打，革的革，可有处士来横议么？对国民如何专横，向外人如何柔媚，不犹是差等的遗风么？中国固有的精神文明，其实并未为共和二字所埋没，只有满人已经退席，和先前稍不同。

因此我们在目前，还可以亲见各式各样的筵宴，有烧烤，有翅席，有便饭，有西餐。但茅檐下也有淡饭，路傍也有残羹，野上也有饿莩；有吃烧烤的身价不资的阔人，也有饿得垂死的每斤八文的孩子（见《现代评论》二十一期）。所谓中国的文明者，其实不过是安排给阔人享用的人肉的筵宴。所谓中国者，其实不过是安排这人肉的筵宴的厨房。不知道而赞颂者是可恕的，否则，此辈当得永远的诅咒！

外国人中，不知道而赞颂者，是可恕的；占了高位，养尊

灯下漫笔

处优,因此受了蛊惑,昧却灵性而赞叹者,也还可恕的。可是还有两种,其一是以中国人为劣种,只配悉照原来模样,因而故意称赞中国的旧物。其一是愿世间人各不相同以增自己旅行的兴趣,到中国看辫子,到日本看木屐,到高丽看笠子,倘若服饰一样,便索然无味了,因而来反对亚洲的欧化。这些都可憎恶。至于罗素在西湖见轿夫含笑,便赞美中国人,则也许别有意思罢。但是,轿夫如果能对坐轿的人不含笑,中国也早不是现在似的中国了。

这文明,不但使外国人陶醉,也早使中国一切人们无不陶醉而且至于含笑。因为古代传来而至今还在的许多差别,使人们各各分离,遂不能再感到别人的痛苦;并且因为自己各有奴使别人,吃掉别人的希望,便也就忘却自己同有被奴使被吃掉的将来。于是大小无数的人肉的筵宴,即从有文明以来一直排到现在,人们就在这会场中吃人,被吃,以凶人的愚妄的欢呼,将悲惨的弱者的呼号遮掩,更不消说女人和小儿。

这人肉的筵宴现在还排着,有许多人还想一直排下去。扫荡这些食人者,掀掉这筵席,毁坏这厨房,则是现在的青年的使命!

(1925年4月29日)

胡适

1891—1962

曾用名嗣穈，字希疆，学名洪骍，后改名适，字适之。籍贯安徽省绩溪县，生于江苏省松江府川沙县（今上海市浦东新区）。中国现代思想家、文学家、哲学家。1917年回国后于北京大学任教，1918年加入《新青年》编辑部，积极提倡"文学改良"和白话文学，是新文化运动的重要代表人物之一。

容忍比自由更重要。

文学改良刍议

今之谈文学改良者众矣。记者末学不文，何足以言此？然年来颇于此事再四研思，辅以友朋辩论，其结果所得，颇不无讨论之价值。因综括所怀见解，列为八事，分别言之，以与当世之留意文学改良者一研究之。

吾以为今日而言文学改良，须从八事入手。八事者何？

一曰须言之有物。

二曰不摹仿古人。

三曰须讲求文法。

四曰不作无病之呻吟。

五曰务去烂调套语。

六曰不用典。

七曰不讲对仗。

八曰不避俗字俗语。

一曰须言之有物　吾国近世文学之大病，在于言之无物。今人徒知"言之无文，行之不远"，而不知言之无物，又何用文为乎？吾所谓"物"，非古人所谓"文以载道"之说也。吾所谓"物"，约有二事：

（一）情感　《诗序》曰："情动于中而形诸言，言之不足，故嗟叹之；嗟叹之不足，故永歌之；永歌之不足，不知手之舞之、足之蹈之也。"此吾所谓情感也。情感者，文学之灵魂。文学而无情感，如人之无魂，木偶而已，行尸走肉而已（今人所谓"美感"者，亦情感之一也）。

（二）思想　吾所谓"思想"，盖兼见地、识力、理想三者而言之。思想不必皆赖文学而传，而文学以有思想而益贵，思想亦以有文学的价值而益贵也。此庄周之文、渊明老杜之诗、稼轩之词、施耐庵之小说所以夐绝千古也。思想之在文学，犹脑筋之在人身。人不能思想，则虽面目姣好，虽能笑啼感觉，亦何足取哉！文学亦犹是耳。

文学无此二物，便如无灵魂、无脑筋之美人，虽有秾丽富厚之外观，抑亦末矣。近世文人沾沾于声调字句之间，既无高远之思想，又无真挚之情感，文学之衰微，此其大因已。此文胜之害，所谓言之无物者是也。欲救此弊，宜以质救之。质者何？情与思二者而已。

二曰不摹仿古人　文学者，随时代而变迁者也。一时代有一时代之文学，周秦有周秦之文学，汉魏有汉魏之文学，唐宋元明有唐宋元明之文学。此非吾一人之私言，乃文明进化之公理也。即以文论，有尚书之文，有先秦诸子之文，有司马迁、班固之文，有韩、柳、欧、苏之文，有语录之文，有施耐庵、曹雪芹之文，此文之进化也。试更以韵文言之，击壤之歌，五子之歌，一时期也；三百篇之诗，一时期也；屈原、荀卿之骚赋，又一时期也；苏、李以下至于魏晋，又一时期也；江左之诗流为排比，至唐而律诗大成，此又一时期也；老杜、香山之"写实"体诸诗

（如杜之《石壕吏》《羌村》，白之新乐府）又一时期也。诗至唐而极盛，自此以后，词曲代兴。唐五代及宋初之小令，此词之一时代也；苏、柳（永）、辛、姜之词，又一时代也；至于元之杂剧传奇，则又一时代矣。凡此诸时代，各因时势风会而变，各有其特长。吾辈以历史进化之眼光观之，决不可谓古人之文学皆胜于今人也。左氏史公之文奇矣，然施耐庵之《水浒传》视《左传》《史记》，何多让焉？《三都》《两京》之赋富矣，然以视唐诗、宋词则糟粕耳。此可见文学因时进化，不能自止。唐人不当作商、周之诗，宋人不当作相如、子云之赋。即令作之，亦必不工，逆天背时，违进化之迹，故不能工也。

既明文学进化之理，然后可言吾所谓"不摹仿古人"之说。今日之中国，当造今日之文学，不必摹仿唐宋，亦不必摹仿周秦也。前见国会开幕词有云："于铄国会，遵晦时休。"此在今日而欲为三代以上之文之一证也。更观今之"文学大家"，文则下规姚、曾，上师韩、欧，更上则取法秦、汉、魏、晋，以为六朝以下无文学可言。此皆百步与五十步之别而已，而皆为文学下乘。即令神似古人，亦不过为博物院中添几许"逼真赝鼎"而已。文学云乎哉？昨见陈伯严先生一诗云：

涛园钞杜句，半岁秃千毫。所得都成泪，相过问奏刀。
万灵噤不下，此老仰弥高。胸腹回滋味，徐看薄命骚。

此大足代表今日"第一流诗人"摹仿古人之心理也。其病根所在，在于以"半岁秃千毫"之工夫作古人的钞胥奴婢，故有"此老仰弥高"之叹。若能洒脱此种奴性，不作古人的诗而惟作我自己的诗，则决不致如此失败矣。

吾每谓今日之文学,其足与世界"第一流"文学比较而无愧色者,独有白话小说(我佛山人、南亭亭长、洪都百炼生三人而已)一项。此无他故,以此种小说皆不事摹仿古人(三人皆得力于《儒林外史》《水浒》《石头记》,然非摹仿之作也)而惟实写今日社会之情状,故能成真正文学。其他学这个、学那个之诗古文家,皆无文学之价值也。今之有志文学者,宜知所从事矣。

三曰须讲求文法　今之作文作诗者,每不讲求文法之结构。其例至繁,不便举之,尤以作骈文、律诗者为尤甚。夫不讲文法,是谓"不通",此理至明,无待详论。

四曰不作无病之呻吟　此殊未易言也。今之少年往往作悲观,其取别号则曰"寒灰""无生""死灰"。其作为诗文,则对落日而思暮年,对秋风而思零落,春来则惟恐其速去,花发又惟惧其早谢,此亡国之哀音也。老年人为之犹不可,况少年乎?其流弊所至,遂养成一种暮气,不思奋发有为、服劳报国,但知发牢骚之音、感喟之文。作者将以促其寿年,读者将亦短其志气,此吾所谓无病之呻吟也。国之多患,吾岂不知之。然病国危时,岂痛哭流涕所能收效乎?吾惟愿今之文学家作费舒特(Fichte)、作玛志尼(Mazzini),而不愿其为贾生、王粲、屈原、谢皋羽也。其不能为贾生、王粲、屈原、谢皋羽而徒为妇人醇酒丧气失意之诗文者,尤卑卑不足道矣。

五曰务去烂调套语　今之学者,胸中记得几个文学的套语,便称诗人。其所为诗文处处是陈言烂调:"蹉跎""身世""寥落""飘零""虫沙""寒窗""斜阳""芳草""春闺""愁魂""归梦""鹃啼""孤影""雁字""玉楼""锦字""残更"……之类，累累不绝，最可憎厌。其流弊所至，遂令国中生出许多似是而非、貌似而实非之诗文。今试举一例以证之：

荧荧夜灯如豆，映幢幢孤影，凌乱无据。翡翠衾寒，鸳鸯瓦冷，禁得秋宵几度。 么弦漫语，早丁字帘前，繁霜飞舞。袅袅余音，片时犹绕柱。

此词骤观之，觉字字句句皆词也。其实仅一大堆陈套语耳。"翡翠衾""鸳鸯瓦"用之白香山《长恨歌》则可，以其所言乃帝王之衾、之瓦也。"丁字帘""么弦"皆套语也。此词在美国所作，其夜灯决不"荧荧如豆"，其居室尤无"柱"可绕也。至于"繁霜飞舞"，则更不成话矣，谁曾见繁霜之"飞舞"耶？

吾所谓务去烂调套语者，别无他法，惟在人人以其耳目所亲见亲闻、所亲身阅历之事物，一一自己铸词以形容描写之。但求其不失真，但求能达其状物写意之目的，即是工夫。其用烂调套语者，皆懒惰不肯自己铸词状物者也。

六曰不用典　吾所主张八事之中，惟此一条最受友朋攻击，盖以此条最易误会也。吾友江亢虎君来书曰：

所谓典者，亦有广狭二义。饾饤獭祭，古人早悬为厉禁。若并成语故事而屏之，则非惟文字之品格全失，即文字之作用亦亡。……文字最妙之意味，在用字简而涵义多，此断非用典不为功。不用典不特不可作诗，并不可写信，且不可演说。来函满纸"旧雨""虚怀""治头治脚""舍本逐末""洪水猛兽""发聋振聩""负弩先驱""心悦诚服""词坛""退避三舍""无病呻吟""滔天""利器""铁证"……皆典也。试尽抉而去之，代以俚语俚字，将成何说话？其用字之繁简，犹其细焉，恐一易他词，虽加倍蓰而涵义仍终不能如是恰到好处，奈何。……

此论极中肯要，今依江君之言，分典为广狭二义，分论之如下：

（一）广义之典非吾所谓典也。广义之典约有五种：

（甲）古人所设譬喻，其取譬之事物，含有普通意义，不以时代而失其效用者，今人亦可用之。如古人言"以子之矛攻子之盾"。今人虽不读书者，亦知用"自相矛盾"之喻，然不可谓为用典也。上文所举例中之"治头治脚""洪水猛兽""发聋振聩"……皆此类也。盖设譬取喻，贵能切当，若能切当，固无古今之别也。若"负弩先驱""退避三舍"之类，在今日已非通行之事物。在文人相与之间，或可用之，然终以不用为上。如言"退避"千里亦可，百里亦可，不必定用"三舍"之典也。

（乙）成语　成语者，合字成辞，别为意义。其习见之句，通行已久，不妨用之。然今日若能另铸"成语"亦无不可也。"利器""虚怀""舍本逐末"……皆属此类。此非"典"也，乃日用之字耳。

（丙）引史事　引史事与今所论议之事相比较，不可谓为用典也。如老杜诗云"未闻殷周衰，中自诛褒妲"，此非用典也。近人诗云"所以曹孟德，犹以汉相终"，此亦非用典也。

（丁）引古人作比　此亦非用典也。杜诗云"清新庾开府，俊逸鲍参军"，此乃以古人比今人，非用典也。又云"伯仲之间见伊吕,指挥若定失萧曹",此亦非用典也。

(戊)引古人之语　此亦非用典也。吾尝有句云:"我闻古人言,艰难惟一死。"又云:"尝试成功自古无,放翁此语未必是。"此乃引语,非用典也。

以上五种为广义之典,其实非吾所谓典也,若此者可用可不用。

(二)狭义之典,吾所主张不用者也。吾所谓"用典"者,谓文人词客不能自己铸词造句以写眼前之景、胸中之意,故借用或不全切、或全不切之故事、陈言以代之,以图含混过去,是谓"用典"。上所述广义之典,除戊条外,皆为取譬比方之辞,但以彼喻此,而非以彼代此也。狭义之用典,则全为以典代言。自己不能直言之,故用典以言之耳,此吾所谓用典与非用典之别也。狭义之典亦有工拙之别。其工者偶一用之,未为不可,其拙者则当痛绝之已。

(子)用典之工者　此江君所谓用字简而涵义多者也,客中无书不能多举其例。但杂举一二,以实吾言。

(1)东坡所藏仇池石,王晋卿以诗借观,意在于夺。东坡不敢不借,先以诗寄之,有句云:"欲留嗟赵弱,宁许负秦曲。传观慎勿许,间道归应速。"此用蔺相如返璧之典何其工切也!

(2)东坡又有《章质夫送酒六壶,书至而酒不达》诗云:"岂意青州六从事,化为乌有一先生。"此虽工已近于纤巧矣。

(3)吾十年前尝有读《十字军英雄记》一诗云:"岂有鸠人羊叔子,焉知微服赵主父。十字军真儿戏耳,独此两人可千古。"以两典包尽全书,当时颇沾沾自喜。其实此种诗,尽可不作也。

(4)江亢虎代华侨诔陈英士文有"未悬太白,先坏长城。

世无钼霓，乃戕赵卿"四句，余极喜之。所用赵宣子一典，甚工切也。

（5）王国维咏史诗，有"虎狼在堂室，徙戎复何补？神州遂陆沉，百年委榛莽。寄语桓元子，莫罪王夷甫"，此亦可谓使事之工者矣。

上述诸例，皆以典代言。其妙处，终在不失设譬比方之原意，惟为文体所限，故譬喻变而为称代耳。用典之弊，在于使人失其所欲譬喻之原意。若反客为主，使读者迷于使事用典之繁，而转忘其所为设譬之事物，则为拙矣。古人虽作百韵长诗，其所用典不出一二事而已（《北征》《与白香山悟真寺》诗，皆不用一典），今人作长律则非典不能下笔矣。尝见一诗八十四韵，而用典至百余事，宜其不能工也。

（丑）用典之拙者　用典之拙者，大抵皆衰惰之人，不知造词，故以此为躲懒藏拙之计。惟其不能造词，故亦不能用典也，总计拙典亦有数类。

（1）比例泛而不切，可作几种解释，无确定之根据。今取王渔洋《秋柳》一章证之：

娟娟凉露欲为霜，万缕千条拂玉塘。浦里青荷中妇镜，江干黄竹女儿箱。

空怜板渚隋堤水，不见琅琊大道王。若过洛阳风景地，含情重问永丰坊。

此诗中所用诸典无不可作几样说法者。

（2）僻典使人不解。夫文学所以达意抒情也，若必求人人能读五车之书，然后能通其文，则此种文可不作矣。

（3）刻削古典成语，不合文法。"指兄弟以孔怀，称在位以曾是"（章太炎语），是其例也。今人言"为人作嫁"亦不通。

（4）用典而失其原意。如某君写山高与天接之状，而曰"西接杞天倾"是也。

（5）古事之实有所指，不可移用者，今往乱用作普通事实。如古人灞桥折柳以送行者，本是一种特别土风，阳关、渭城亦皆实有所指。今之懒人不能状别离之情，于是虽身在滇越，亦言灞桥；虽不解阳关、渭城为何物，亦皆言阳关三叠，渭城离歌。又如张翰因秋风起而思故乡之莼羹鲈脍，今则虽非吴人不知莼鲈为何味者，亦皆自称有"莼鲈之思"，此则不仅懒不可救，直是自欺欺人耳。

凡此种种，皆文人之下下工夫。一受其毒，便不可救，此吾所以有"不用典"之说也。

七曰不讲对仗　排偶乃人类言语之一种特性，故虽古代文字如老子、孔子之文，亦间有骈句。如："道可道，非常道。名可名，非常名。无名天地之始，有名万物之母。故常无，欲以观其妙。常有，欲以观其微。"此三排句也。"食无，求饱；居无，求安。""贫而无谄，富而无骄。""尔爱其羊，我爱其礼。"此皆排句也。然此皆近于语言之自然，而无牵强刻削之迹。尤未有定其字之多寡，声之平仄，词之虚实者也。至于后世文学末流，言之无物，乃以文胜；文胜之极，而骈文、律诗兴焉，而长律兴焉。骈文、律诗之中非无佳作，然佳作终鲜。所以然者何，岂不以其束缚人之自由过甚之故耶？（长律之中，上下古今，无一首佳作可言也。）今日而言文学改良，当"先立乎其大者"，不当枉废有用之精力于微细纤巧之末,此吾所以有废骈、废律之说也。即不能废此两者,亦但当视为文学末技而已,非讲求之急务也。

今人犹有鄙夷白话小说为文学小道者,不知施耐庵、曹雪芹、吴趼人皆文学正宗,而骈文、律诗乃真小道耳。吾知必有闻此言而却走者矣。

八曰不避俗语俗字　吾惟以施耐庵、曹雪芹、吴趼人为文学正宗,故有"不避俗字俗语"之论也(参看上文第二条下)。盖吾国言文之背驰久矣。自佛书之输入,译者以文言不足以达意,故以浅近之文译之,其体已近白话。其后佛氏讲义、语录尤多用白话为之者,是为语录体之原始。及宋人讲学以白话为语录,此体遂成讲学正体(明人因之)。当是时,白话已久入韵文,观唐宋人白话之诗词可见也。及元时,中国北部已在异族之下三百余年矣(辽、金、元)。此三百年中,中国乃发生一种通俗行远之文学,文则有《水浒》《西游》《三国》之类,戏曲则尤不可胜计(关汉卿诸人,人各著剧数十种之多。吾国文人著作之富,未有过于此时者也)。以今世眼光观之,则中国文学当以元代为最盛,可传世不朽之作,当以元代为最多,此可无疑也。当是时,中国之文学最近言文合一,白话几成文学的语言矣。使此趋势不受沮遏,则中国几有一"活文学出现",而但丁、路得之伟业,(欧洲中古时,各国皆有俚语,而以拉丁文为文言,凡著作书籍皆用之,如吾国之以文言著书也。其后意大利有但丁[Dante]诸文豪,始以其国俚语著作。诸国踵兴,国语亦代起。路得[Luthor]创新教,始以德文译《旧约》《新约》,遂开德文学之先。英、法诸国亦复如是。今世通用之英文《新(旧)约》,乃一六一一年译本，距今才三百年耳。故今日欧洲诸国之文学，在当日皆为俚语。迨诸文豪兴，始以"活文学"代拉丁之死文学。有活文学而后有言文合一之国语也。）几发生于神州。不意此趋势骤为明代所沮，政府既以八股取士，而当时文人如何李七子之徒，又争以复古为高。于是此千年难遇言文合一之机会，遂中道夭折矣。然以今世历史进化的眼光观之，则白话文学之为中国文学之正宗，又为将来文学必用之利器，可断言也（此"断言"乃自作者言之。赞成此说者，今日未必甚多也）。以此之故，吾主张今日作文作诗，宜采用俗语俗字。与其用三千年前之死字（如"于铄国会，遵晦时休"之类），不如用二十世纪之活字；与其作不能行远、不能普及之秦汉六朝文字，不如作家喻户晓之《水浒》《西游》文字也。

结论：

上述八事，乃吾年来研思此一大问题之结果。远在异国，既无读书之暇晷，又不得就国中先生、长者质疑问难，其所主张容有矫枉过正之处。然此八事皆文学上根本问题，一一有研究之价值，故草成此论以为海内外留心此问题者作一草案。谓之刍议，犹云未定草也，伏惟国人同志有以匡纠是正之。

余恒谓中国近代文学史，施、曹价值，远在归、姚之上，闻者咸大惊疑。今得胡君之论，窃喜所见不孤。白话文学，将为中国文学之正宗。余亦笃信而渴望之。吾生倘亲见其成，则大幸也。元代文学、美术，本蔚然可观。余所最服膺者为东篱，词隽意远，又复雄富。余尝称为"中国之沙克士比亚"。质之胡君及读者诸君以为然否?

独秀识

(原载《新青年》第二卷第五号,1917年1月1日)

建设的文学革命论

国语的文学——文学的国语

一

我的《文学改良刍议》发表以来，已有一年多了。这十几个月之中，这个问题居然引起了许多狠有价值的讨论，居然受了许多狠可使人乐观的响应。我想我们提倡文学革命的人，固然不能不从破坏一方面下手。但是我们仔细看来，现在的旧派文学实在不值得一驳。什么桐城派的古文哪，《文选》派的文学哪，江西派的诗哪，梦窗派的词哪，《聊斋志异》派的小说哪，——都没有破坏的价值。他们所以还能存在国中，正因为现在还没有一种真有价值、真有生气、真可算作文学的新文学起来代他们的位置。有了这种"真文学"和"活文学"，那些"假文学"和"死文学"，自然会消灭了。所以我望我们提倡文学革命的人，对于那些腐败文学，个个都该存一个"彼可取而代也"的心理；个个都该从建设一方面用力，要在三五十年内替中国创造出一派新中国的活文学。

我现在做这篇文章的宗旨，在于贡献我对于建设新文学的意见。我且先把我从前所主张破坏的八事引来做参考的资料：

（一）不做"言之无物"的文字。

（二）不做"无病呻吟"的文字。

（三）不用典。

（四）不用套语烂调。

（五）不重对偶：——文须废骈，诗须废律。

（六）不做不合文法的文字。

（七）不摹仿古人。

（八）不避俗话俗字。

这是我的"八不主义"，是单从消极的、破坏的一方面着想的。

自从去年归国以后，我在各处演说文学革命，便把这"八不主义"都改作了肯定的口气，又总括作四条，如下：

（一）要有话说，方才说话。这是"不做言之无物的文字"一条变相。

（二）有什么话，说什么话；话怎么说，就怎么说。这是（二）（三）（四）（五）（六）诸条的变相。

（三）要说我自己的话，别说别人的话。这是"不摹仿古人"一条的变相。

（四）是什么时代的人，说什么时代的话。这是"不避俗话俗字"的变相。

这是一半消极、一半积极的主张。一笔表过，且说正文。

二

我的《建设新文学论》的唯一宗旨只有十个大字："国语的

文学，文学的国语。"我们所提倡的文学革命，只是要替中国创造一种国语的文学。有了国语的文学，方才可有文学的国语。有了文学的国语，我们的国语才可算得真正国语。国语没有文学，便没有生命，便没有价值，便不能成立，便不能发达。这是我这一篇文字的大旨。

我曾仔细研究：中国这二千年何以没有真有价值真有生命的"文言的文学"？我自己回答道："这都因为这二千年的文人所做的文学都是死的，都是用已经死了的语言文字做的。死文字决不能产出活文学。所以中国这二千年只有些死文学，只有些没有价值的死文学。"

我们为什么爱读《木兰辞》和《孔雀东南飞》呢？因为这两首诗是用白话做的。为什么爱读陶渊明的诗和李后主的词呢？因为他们的诗词是用白话做的。为什么爱杜甫的《石壕吏》《兵车行》诸诗呢？因为他们都是用白话做的。为什么不爱韩愈的《南山》呢？因为他用的是死字死话。……简单说来，自从三百篇到于今，中国的文学凡是有一些价值、有一些生命的，都是白话的，或是近于白话的。其余的都是没有生气的古董，都是博物院中的陈列品！

再看近世的文学：何以《水浒传》《西游记》《儒林外史》《红楼梦》可以称为"活文学"呢？因为他们都是用一种活文字做的。若是施耐庵、邱长春、吴敬梓、曹雪芹，都用了文言做书，他们的小说一定不会有这样生命，一定不会有这样价值。

读者不要误会：我并不曾说凡是用白话做的书都是有价值有生命的。我说的是：用死了的文言决不能做出有生命有价值的文学来。这一千多年的文学，凡是有真正文学价值的，没有一种不带有白话的性质，没有一种不靠这个"白话性质"的帮助。换言之：白话能产出有价值的文学，也能产出没有价值的文学；可以产出《儒林外史》，也可以产出《肉蒲团》。但是那已死的文言只能产出没有价值没有生命的文学，决不能产出有价值有生命的文学；只能做几篇"拟韩退之《原道》"或"拟陆士衡《拟古》"，决不能做出一部《儒林外史》。若有人不信这话，可先读明朝古文大家宋濂的《王冕传》，再读《儒林外史》第一回的《王冕传》，便可知道死文学和活文学的分别了。

为什么死文字不能产生活文学呢？这都由于文学的性质。一切语言文字的作用在于达意表情；达意达得妙，表情表得好，便是文学。那些用死文言的人，有了意思，却须把这意思翻成几千年前的典故；有了感情，却须把这感情译为几千年前的文言。明明是客子思家，他们须说"王粲登楼""仲宣作赋"；明明是送别，他们却须说"《阳关》三叠"，"一曲《渭城》"；明明是贺陈宝琛七十岁生日，他们却须说是贺伊尹周公傅说；更可笑的，明明是乡下老太婆说话，他们却要叫他打起唐宋八家的古文腔儿；明明是极下流的妓女说话，他们却要他打起胡天游、洪亮吉的骈文调子！……请问这样做文章，如何能达意表情呢？既不能达意、既不能表情，那里还有文学呢？即如那《儒林外史》里的王冕，是一个有感情、有血气、能生动、能谈笑的活人。这都因为做书的人能用活言语、活文字来描写他的生活神情。那宋濂集子里的王冕，便成了一个没有生气、不能动人的死人。为什么呢？因为宋濂用了二千年前的死文字来写二千年后的活人；所以不能不把这个活人变作二千年前的木偶，才可合那古文家法。古文家法是合了，那王冕也真"作古"了！

因此我说，"死文言决不能产出活文学"。中国若想有活文学，必须用白话，必须用国语，必须做国语的文学。

三

上节所说，是从文学一方面着想，若要活文学，必须用国语。如今且说从国语一方面着想，国语的文学有何等重要。

有些人说："若要用国语做文学，总须先有国语。如今没有标准的国语，如何能有国语的文学？"我说，这话似乎有理，其实不然。国语不是单靠几位言语学的专门家就能造得成的；也不是单靠几本国语教科书和几部国语字典，就能造成的。若要造国语，先须造国语的文学。有了国语的文学，自然有国语。这话初听了似乎不通。但是列位仔细想想便可明白了。天下的人谁肯从国语教科书和国语字典里面学习国语。所以国语教科书和国语字典，虽是狠要紧，决不是造国语的利器。真正有功效有势力的国语教科书，便是国语的文学，便是国语的小说、诗文、戏本。国语的小说、诗文、戏本通行之日，便是中国国语成立之时。试问我们今日居然能拿起笔来做几篇白话文章，居然能写得出好几百个白话的字，可是从什么白话教科书上学来的吗？可不是从《水浒传》《西游记》《红楼梦》《儒林外史》等书学来的吗？这些白话文学的势力，比什么字典教科书都还大几百倍。《字典》说"这"字该读"鱼彦反"，我们偏读他做"者个"的者字；《字典》说"么"字是"细小"，我们偏把他用作"什么""那么"的"么"字；《字典》说"没"字是"沉也""尽也"，我们偏用他做"无有"的无字解；《字典》说"的"字有许多意义，我们偏把他用来代文言的"之"字、"者"字、"所"字和"徐徐尔，纵纵尔"的"尔"字。……总而言之，我们今日所用的"标准白话"，都是这几部白话的文学定下来的。我们今日要想重新规定一种"标准国语"，还须先造无数国语的《水浒传》《西游

建设的文学革命论

记》《儒林外史》《红楼梦》。

所以我以为我们提倡新文学的人,尽可不必问今日中国有无标准国语。我们尽可努力去做白话的文学。我们可尽量采用《水浒》《西游》《儒林外史》《红楼梦》的白话;有不合今日的用的,便不用他;有不够用的,便用今日的白话来补助;有不得不用文言的,便用文言来补助。这样做去,决不愁语言文字不够用,也决不用愁没有标准白话。中国将来的新文学用的白话,就是将来中国的标准国语。造中国将来白话文学的人,就是制定标准国语的人。

我这种议论并不是"向壁虚造"的。我这几年来研究欧洲各国国语的历史,没有一种国语不是这样造成的。没有一种国语是教育部的老爷们造成的。没有一种是言语学专门家造成的。没有一种不是文学家造成的。我且举几条例为证:

(一)意大利　五百年前,欧洲各国但有方言,没有"国语"。欧洲最早的国语是意大利文。那时欧洲各国的人多用拉丁文著书通信。到了十四世纪的初年,意大利的大文学家Dante极力主张用意大利话来代拉丁文。他说拉丁文是已死了的文字,不如他本国俗话的优美。所以他自己的杰作《喜剧》,全用Tuscany(意大利北部的一邦)的俗话。这部《喜剧》风行一世,人都称他做《神圣喜剧》。那《神圣喜剧》的白话后来便成了意大利的标准国语。后来的文学家Boccacio(1313—1375)和Lorenzo de' Medici诸人也都用白话作文学。所以不到一百年,意大利的国语便完全成立了。

(二)英国　英伦虽只是一个小岛国,却有无数方言。现在通行全世界的"英文",在五百年前还只是伦敦附近一带的方言,叫作"中部土话"。当十四世纪时,各处的方言都有些人用来做书。后来到了十四世纪的末年,出了两位大文学家,一个是Chaucer(1340—1400),一个是Wycliff(1320—1384)。Chaucer做了许多诗歌散文,都用这"中部土话"。Wycliff把耶教的《旧约》《新约》也都译成"中部土话"。有了这两个人的文学,便把这"中部土话"变成英国的标准国语。后来到了十五世纪,印刷术输进英国,所印的书多用这"中部土话",国语的标准更确定了。到十六、十七两世纪,Shakespear和"伊里沙白时代"的无数文学大家,都用国语创造文学。从此以后,这一部分的"中部土话"不但成了英国的标准国语,几乎竟成了全地球的世界语了。

此外,法国、德国及其他各国的国语,大都是这样发生的,大都是靠着文学的力量才能变成标准的国语的。我也不去一一的细说了。

意大利国语成立的历史,最可供我们中国人的研究。为什么呢?因为欧洲西部北部的新国,如英吉利、法兰西、德意志,他们的方言和拉丁文相差太远了,所以他们渐渐的用国语著作文学,还不算希奇。只有意大利是当年罗马帝国的京畿近地,在拉丁文的故乡;各处的方言,又和拉丁文最近。在意大利提倡用白话代拉丁文,真正和在中国提倡用白话代汉文,有同样的艰难。所以英法德各国语,一经文学发达以后,便不知不觉的成为国语了。在意大利却不然。当时反对的人狠多,所以那时的新文学家,一方面努力创造国语的文学,一方面还要做文章鼓吹何以当废古文,何以不可不用白话。有了这种有意的主张(最有力的是Dante和Alberti两个人),又有了那些有价值的文学,才可造出意大利的"文学的国语"。

我常问我自己道:"自从施耐庵以来,狠有了些极风行的白话文学,何以中国至今还不曾有一种标准的国语呢?"我想来想去,只有一个答案。这一千年来,中国固然有了一些有价值的白话文学,但是没有一个人出来明目张胆的主张用白话为中国的"文学的国语"。有时陆放翁高兴了,便做一首白话诗;有时柳耆卿高兴了,便做一首白话词;有时朱晦庵高兴了,便写几封白话信,做几条白话札记;有时施耐庵、吴敬梓高兴了,便做一两部白话的小说。这都是不知不觉的自然出产品,并非是有意的主张。因为没有"有意的主张",所以做白话的只管做白话,做古文的只管做古文,做八股的只管做八股。因为没有"有意的主张",所以白话文学从不曾和那些"死文学"争那"文学正宗"的位置。白话文学不成为文学正宗,故白话不曾成为标准国语。

我们今日提倡国语的文学,是有意的主张。要使国语成为"文学的国语"。有了文学的国语,方有标准的国语。

四

上文所说,"国语的文学,文学的国语",乃是我们的根本主张。如今且说要实行做到这个根本主张,应该怎样进行。

我以为创造新文学的进行次序,约有三步:(一)工具,(二)方法,(三)创造。前两步是预备,第三步才是实行创造新文学。

(一)工具 古人说得好:"工欲善其事,必先利其器。"写字的要笔好,杀猪的要刀快。我们要创造新文学,也须先预备下创造新文学的"工具"。我们的工具就是白话。我们有志造国语文学的人，应该赶紧筹备这个万不可少的工具，预备的方法，约有两种：

（甲）多读模范的白话文学。例如《水浒传》《西游记》《儒林外史》《红楼梦》；宋儒语录，白话信札；元人戏曲，明清传奇的说白。唐宋的白话诗词，也该选读。

（乙）用白话作各种文学。我们有志造新文学的人，都该发誓不用文言作文：无论通信、做诗、译书、做笔记、做报馆文章、编学堂讲义、替死人作墓志、替活人上条陈，……都该用白话来做。我们从小到如今，都是用文言作文，养成了一种文言的习惯，所以虽是活人，只会作死人的文字。若不下一些狠劲，若不用点苦工夫，决不能使用白话圆转如意。若单在《新青年》里面做白话文字，此外还依旧做文言的文字，那真是"一日暴之十日寒之"的政策，决不能磨炼成白话的文学家。

不但我们提倡白话文学的人应该如此做去，就是那些反对白话文学的人，我也奉劝他们用白话来做文字。为什么呢？因为他们若不能做白话文字，便不配反对白话文学。譬如那些不认得中国字的中国人若主张废汉文，我一定骂他们不配开口。若是我的朋友钱玄同要主张废汉文，我决不敢说他不配开口了。那些不会做白话文字的人来反对白话文学，便和那些不懂汉文的人要废汉文，是一样的荒谬。所以我劝他们多做些白话文字，多做些白话诗歌，试试白话是否有文学的价值。如果试了几年，还觉得白话不如文言，那时再来攻击我们，也还不迟。

还有一层，有些人说："做白话狠不容易，不如做文言的省力。"这是因为中毒太深之过。受病深了，更宜赶紧医治。否则真不可救了。其实做白话并不难。我有一个侄儿，今年才十五岁,一向在徽州不曾出过门,今年他用白话写信来,居然写得极好。我们徽州话和官话差得狠远,我的侄儿不过看了一些白话小说,便会做白话文字了。这可见做白话并不是难事,不过人性懒惰的居多数,舍不得抛"高文典册"的死文字罢了。

(二)方法 我以为中国近来文学所以这样腐败,大半虽由于没有适用的"工具",但是单有"工具",没有方法,也还不能造新文学。做木匠的人,单有锯凿钻刨,没有规矩师法,决不能造成木器。文学也是如此。若单靠白话便可造新文学,难道把郑孝胥、陈三立的诗翻成了白话,就可算得新文学了吗?难道那些用白话做的《新华春梦记》《九尾龟》,也可算作新文学吗?我以为现在国内新起的一班"文人",受病最深的所在,只在没有高明的文学方法。我且举小说一门为例。现在的小说(单指中国人自己著的),看来看去,只有两派。一派最下流的,是那些学《聊斋志异》的札记小说,篇篇都是"某生,某处人,生有异禀,下笔千言,……一日于某地遇一女郎,……好事多磨,……遂为情死";或是"某地某生,游某地,眷某妓,情好綦笃,遂订白头之约,……而大妇妒甚,不能相容,女抑郁以死,……生抚尸一恸几绝";……此类文字,只可抹桌子,固不值一驳。还有那第二派是那些学《儒林外史》或是学《官场现形记》的白话小说。上等的如《广陵潮》,下等的如《九尾龟》。这一派小说只学了《儒林外史》的坏处,却不曾学得他的好处。《儒林外史》的坏处在于体裁结构太不紧严,全篇是杂凑起来的,例如娄府一群人,自成一段,杜府两公子自成一段;马二先生又成一段;虞博士又成一段;萧云仙、郭孝子又各自成一段。分出来,可成无数札记小说;接下去,可长至无穷无极。《官场现形记》

便是这样。如今的章回小说,大都犯这个没有结构、没有布局的懒病。却不知道《儒林外史》所以能有文学价值者,全靠一副写人物的画工本领。我十年不曾读这书了,但是我闭了眼睛,还觉得书中的人物,如严贡生、如马二先生、如杜少卿、如权勿用,……个个都是活的人物。正如读《水浒》的人,过了二三十年,还不会忘记鲁智深、李逵、武松、石秀……一班人。请问列位读过《广陵潮》和《九尾龟》的人,过了两三个月,心目中除了一个"文武全才"的章秋谷之外,还记得几个活灵活现的书中人物?——所以我说,现在的"新小说",全是不懂得文学方法的:既不知布局,又不知结构,又不知描写人物,只做成了许多又长又臭的文字;只配与报纸的第二张充篇幅,却不配在新文学上占一个位置。——小说在中国近年,比较的说来,要算文学中最发达的一门了。小说尚且如此,别种文学,如诗歌戏曲,更不用说了。

如今且说什么叫作"文学的方法"呢?这个问题不容易回答,况且又不是这篇文章的本题,我且约略说几句。

大凡文学的方法可分三类:

(1)集收材料的方法 中国的"文学",大病在于缺少材料。那些古文家,除了墓志、寿序、家传之外,几乎没有一毫材料,因此他们不得不做那些极无聊的《汉高帝斩丁公论》《汉文帝、唐太宗优劣论》。至于近人的诗词,更没有什么材料可说了。近人的小说材料,只有三种:一种是官场,一种是妓女,一种是不官而官、非妓而妓的中等社会(留学生、女学生之可作小说材料者,亦附此类)。除此以外,别无材料。最下流的,竟至登告白征求这种材料。做小说竟须登告白征求材料,便是宣告文学家破产的铁证。我以为将来的文学家收集材料的方法,约如下：

（甲）推广材料的区域。官场、妓院与龌龊社会三个区域，决不够采用。即如今日的贫民社会，如工厂之男女工人、人力车夫、内地农家、种处小负贩及小店铺，一切痛苦情形，都不曾在文学上占一位置。并且今日新旧文明相接触，一切家庭惨变、婚姻苦痛、女子之位置、教育之不适宜，……种种问题，都可供文学的材料。

（乙）注重实地的观察和个人的经验。现今文人的材料大都是关了门虚造出来的，或是间接又间接的得来的，因此我们读这种小说，总觉得浮泛敷衍，不痛不痒的，没有一毫精彩。真正文学家的材料大概都有"实地的观察和个人自己的经验"做个根柢。不能作实地的观察，便不能做文学家；全没有个人的经验，也不能做文学家。

（丙）要用周密的理想作观察经验的补助。实地的观察和个人的经验，固是极重要，但是也不能全靠这两件。例如施耐庵若单靠观察和经验，决不能做出一部《水浒传》。个人所经验的、所观察的究竟有限。所以必须有活泼精细的理想（Imagination），把观察经验的材料，一一的体会出来，一一的整理如式，一一的组织完全：从已知的推想到未知的，从经验过的推想到不曾经验过的，从可观察的推想到不可观察的。这才是文学家的本领。

（2）结构的方法　有了材料，第二步须要讲究结构。结构是个总名词，内中所包甚广，简单说来，可分剪裁和布局两步：

（甲）剪裁　有了材料，先要剪裁，譬如做衣服，先要看哪块料可做袍子，哪块料可做背心。估计定了，方可下剪。文学家的材料也要如此办理。先须看这些材料该用做小诗呢？还是做长歌呢？该用做章回小说呢？还是做短篇小说呢？该用做小说呢？

还是做戏本呢？筹画定了，方才可以剪下那些可用的材料，去掉那些不中用的材料；方才可以决定做什么体裁的文字。

（乙）布局　体裁定了，再可讲布局。有剪裁，方可决定"做什么"。有布局，方可决定"怎样做"。材料剪定了，须要筹算怎样做去始能把这材料用得最得当又最有效力。例如唐朝天宝时代的兵祸、百姓的痛苦，都是材料。这些材料，到了杜甫的手里，便成了诗料。如今且举他的《石壕吏》一篇，作布局的例。这首诗只写一个过路的客人一晚上在一个人家内偷听得的事情；只用一百二十个字，却不但把那一家祖孙三代的历史都写出来，并且把那时代兵祸之惨、壮丁死亡之多、差役之横行、小民之苦痛，都写得逼真活现，使人读了生无限的感慨。这是上品的布局工夫。又如古诗"上山采蘼芜，下山逢故夫"一篇，写一家夫妇的惨剧，却不从"某人娶妻甚贤，后别有所欢遂出妻再娶"说起，只挑出那前妻山上下来遇着故夫的时候下笔，却也能把那一家的家庭情形写得充分满意。这也是神品的布局工夫。——近来的文人全不讲求布局：只顾凑足多少字可卖几块钱；全不问材料用的得当不得当，动人不动人。他们今日做上回的文章，还不知道下一回的材料在何处！这样的文人怎样造得出有价值的新文学呢！

（3）描写的方法　局已布定了，方才可讲描写的方法。描写的方法，千头万绪，大要不出四条：一写人；二写境；三写事；四写情。

写人要举动、口气、身份、才性……都要有个性的区别：件件都是林黛玉，决不是薛宝钗；件件都是武松，决不是李逵；写境要一喧、一静、一石、一山、一云、一鸟……也都要有个性的区别：《老残游记》的大明湖，决不是西湖，也决不是洞庭湖；

《红楼梦》里的家庭,决不是《金瓶梅》里的家庭。写事要线索分明,头绪清楚,近情近理,亦正亦奇。写情要真,要精,要细腻婉转,要淋漓尽致。——有时须用境写人,用情写人,用事写人;有时须用人写境,用事写境,用情写境;……这里面的千变万化,一言难尽。

如今且回到本文。我上文说的:创造新文学的第一步是工具,第二步是方法。方法的大致,我刚才说了。如今且问,怎样预备方才可得着一些高明的文学方法?我仔细想来,只有一条法子:就是赶紧多多的翻译西洋的文学名著做我们的模范。我这个主张,有两层理由:

第一,中国文学的方法实在不完备,不够作我们的模范。即以体裁而论,散文只有短篇,没有布置周密、论理精严、首尾不懈的长篇;韵文只有抒情诗,绝少纪事诗,长篇诗更不曾有过;戏本更在幼稚时代,但略能纪事掉文,全不懂结构;小说好的,只不过三四部,这三四部之中,还有许多疵病,至于最精彩之"短篇小说""独幕戏",更没有了。若从材料一方面看来,中国文学更没有做模范的价值。才子佳人、封王挂帅的小说;风花雪月、涂脂抹粉的诗;不能说理、不能言情的"古文";学这个、学那个的一切文学。这些文字,简直无一毫材料可说。至于布局一方面,除了几首实在好的诗之外,几乎没有一篇东西当得"布局"两个字!——所以我说,从文学方法一方面看去,中国的文学实在不够给我们做模范。

第二,西洋的文学方法比我们的文学,实在完备得多、高明得多,不可不取例。即以散文而论,我们的古文家至多比得上英国的Bacon和法国的Montaene,至于像Plato的"主客体",Huxley等的科学文萃,Boswell和Morley等的长篇传记,Mill、Franklin、

Giddon等的"自传",Taine和Buckle等的史论,……都是中国从不曾梦见过的体裁。更以戏剧而论,二千五百年前的希腊戏曲,一切结构的工夫,描写的工夫,高出元曲何止十倍。近代的Shakespear和Moliere更不用说了。最近六十年来欧洲的散文戏本,千变万化,远胜古代,体裁也更发达了。最重要的,如"问题戏",专研究社会的种种重要问题;"寄托戏"(Symbolic Drama)专以美术的手腔,作的"意在言外"的戏本;"心理戏",专描写种种复杂的心境,作极精密的解剖;"讽刺戏",用嬉笑怒骂的文章,达愤世救世的苦心,——我写到这里,忽然想起今天梅兰芳正在唱新编的《天女散花》,上海的人还正在等着看新排的《多尔衮》呢!我也不往下数了,——更以小说而论,那材料之精确,体裁之完备,命意之高超,描写之工切,心理解剖之细密,社会问题讨论之透切……真是美不胜收,至于近百年新创的"短篇小说",真如芥子里面藏着大千世界;真如百炼的精金,曲折委婉无所不可;真可说是开千古未有的创局,掘百世不竭的宝藏,——以上所说,大旨只在约略表示西洋文学方法的完备,因为西洋文学真有许多可给我们做模范的好处,所以我说:我们如果真要研究文学的方法,不可不赶紧翻译西洋的文学名著,做我们的模范。

现在中国所译的西洋文学书,大概都不得其法,所以收效甚少。我且拟几条翻译西洋文学名著的办法如下:

(1)只译名家著作,不译第二流以下的著作 我以为国内真懂得西洋文学的学者应该开一会议,公共选定若干种不可不译的第一流文学名著:约数如一百种长篇小说,五百篇短篇小说,三百种戏剧,五十家散文,为第一部西洋文学丛书,期五年译完,再选第二部。译成之稿,由这几位学者审查,并一一为作长序及著者略传，然后付印。其第二流以下，如哈葛得之流，一概不选。诗歌一类，不易翻译，只可从缓。

（2）全用白话韵文之戏曲，也都译为白话散文　用古文译书，必失原文的好处。如林琴南的"其女珠，其母下之"，早成笑柄，且不必论。前天看见一部侦探小说《圆室案》中，写一位侦探"勃然大怒，拂袖而起"。不知道这位侦探穿的是不是康桥大学的广袖制服！——这样译书，不如不译。又知林琴南把Shakespear的戏曲，译成了记叙体的古文！这真是Shakespear的大罪人，罪在《圆室案》译者之上。

（三）创造　上面所说工具与方法两项，都只是创造新文学的预备工具，用得纯熟自然了，方法也懂了，方才可以创造中国的新文学。至于创造新文学是怎样一回事，我可不配开口了。我以为现在的中国，还没有做到实行预备创造新文学的地步，尽可不必空谈创造的方法和创造的手段，我们现在且先去努力做那第一、第二两步预备的工夫罢！

（原载《新青年》第四卷第四号，1918年4月15日）

赠与今年的大学毕业生

这一两个星期里,各地的大学都有毕业的班次,都有很多的毕业生离开学校去开始他们的成人事业。学生的生活是一种享有特殊优待的生活,不妨幼稚一点,不妨吵吵闹闹,社会都能纵容他们,不肯严格地要他们负行为的责任。现在他们要撑起自己的肩膀来挑他们自己的担子了。在这个国难最紧急的年头,他们的担子真不轻!我们祝他们的成功,同时也不忍不依据我们自己的经验,赠与他们几句送行的赠言,——虽未必是救命毫毛,也许做个防身的锦囊罢!

你们毕业之后,可走的路不出这几条:绝少数的人还可以在国内或国外的研究院继续做学术研究;少数的人可以寻着相当的职业;此外还有做官、办党、革命三条路;此外就是在家享福或者失业闲居了。第一条继续求学之路,我们可以不讨论。走其余几条路的人,都不能没有堕落的危险。堕落的方式很多,总括起来,约有这两大类:

第一是容易抛弃学生时代的求知识的欲望。你们到了实际社会里,往往所用非所学,往往所学全无用处,往往可以完全用不着学问,而一样可以胡乱混饭吃,混官做。在这种环境里,即使向来抱有求知识学问的决心的人,也不免心灰意懒,把求知的欲望渐渐冷淡下去。况且学问是要有相当的设备的;书籍,试验室,师友的切磋指导,闲暇的工夫,都不是一个平常要糊口养家的人所能容易办到的。没有做学问的环境,又谁能怪我们抛弃学问呢?

第二是容易抛弃学生时代的理想的人生的追求。少年人初次与冷酷的社会接触,容易感觉理想与事实相去太远,容易发生悲观和失望。多年怀抱的人生理想,改造的热诚,奋斗的勇气,到此时候,好像全不是那么一回事。渺小的个人在那强烈的社会炉火里,往往经不起长时期的烤炼就熔化了,一点高尚的理想不久就幻灭了。抱着改造社会的梦想而来,往往是弃甲曳兵而走,或者做了恶势力的俘虏。你在那俘虏牢狱里,回想那少年气壮时代的种种理想主义,好像都成了自误误人的迷梦!从此以后,你就甘心放弃理想人生的追求,甘心做现成社会的顺民了。

要防御这两方面的堕落,一面要保持我们求知识的欲望,一面要保持我们对于理想人生的追求。有什么好法子呢?依我个人的观察和经验,有三种防身的药方是值得一试的。

第一个方子只有一句话:"总得时时寻一两个值得研究的问题!"问题是知识学问的老祖宗;古今来一切知识的产生与积聚,都是因为要解答问题,——要解答实用上的困难或理论上的疑难。所谓"为知识而求知识",其实也只是一种好奇心追求某种问题的解答,不过因为那种问题的性质不必是直接应用的,人们就觉得这是"无所为"的求知识了。我们出学校之后,离开了做学问的环境,如果没有一个两个值得解答的疑难问题在脑子里盘旋,就很难继续保持追求学问的热心。可是,如果你有了一个真有趣的问题天天逗你去想它,天天引诱你去解决它,天天对你挑衅笑你无可奈它,——这时候,你就会同恋爱一个女子发了疯一样,坐也坐不下,睡也睡不安,没工夫也得偷出工夫去陪她,没钱也得搏衣节食去巴结她。没有书,你自会变卖家私去买书;没有仪器,你自会典押衣服去置办仪器;没有师友,你自会不远千里去寻师访友。你只要能时时有疑难问题来逼你用脑子,你自然会保持发展你对学问的兴趣,即使在最贫乏的知识环境中,你也会慢慢地聚起一个小图书馆来,或者设置起一所小试验室来。所以我说:第一要寻问题。脑子里没有问题之日,就是你的知识生活寿终正寝之时!古人说,"待文王而兴者,凡民也。若夫豪杰之士,虽无文王犹兴。"试想伽利略(Galileo)和牛顿(Newton)有多少藏书?有多少仪器?他们不过是有问题而已。有了问题而后,他们自会造出仪器来解答他们的问题。没有问题的人们,关在图书馆里也不会用书,锁在试验室里也不会有什么发现。

第二个方子也只有一句话:"总得多发展一点非职业的兴趣。"离开学校之后,大家总得寻个吃饭的职业。可是你寻得的职业未必就是你所学的,或者未必是你所心喜的,或者是你所学而实在和你的性情不相近的。在这种状况之下,工作就往往成了苦工,就不感觉兴趣了。为糊口而做那种非"性之所近而力之所能勉"的工作,就很难保持求知的兴趣和生活的理想主义。最好的救济方法只有多多发展职业以外的正当兴趣与活动。一个人应该有他的职业,又应该有他的非职业的玩意儿,可以叫作业余活动。凡一个人用他的闲暇来做的事业,都是他的业余活动。往往他的业余活动比他的职业还更重要,因为一个人的前程往往全靠他怎样用他的闲暇时间。他用他的闲暇来打麻将,他就成个赌徒;你用你的闲暇来做社会服务,你也许成个社会改革者;或者你用你的闲暇去研究历史,你也许成个史学家。你的闲暇往往定你的终身。英国十九世纪的两个哲人,弥儿(J.S.Mill)终身做东印度公司的秘书,然而他的业余工作使他在哲学上、经济学上、政治思想史上都占一个很高的位置;斯宾塞(Spencer)是一个测量工程师,然而他的业余工作使他成为前世纪晚期世界思想界的一个重镇。古来成大学问的人,几乎没有一个不是善用他的闲暇时间的。特别在这个组织不健全的中国社会,职业不容易适合我们性情,我们要想生活不苦痛或不堕落,只有多方发展业余的兴趣,使我们的精神有所寄托,使我们的剩余精力有所施展。有了这种心爱的玩意儿,你就做六个钟头的抹桌子工夫也不会感觉烦闷了,因为你知道,抹了六点钟的桌子之后,你可以回家去做你的化学研究,或画完你的大幅山水,或写你的小说戏曲,或继续你的历史考据,或做你的社会改革事业。你有了这种称心如意的活动,生活就不枯寂了,精神也就不会烦闷了。

  第三个方子也只有一句话:"你总得有一点信心。"我们生当这个不幸的时代,眼中所见,耳中所闻,无非是叫我们悲观失望的。特别是在这个年头毕业的你们,眼见自己的国家民族沉沦到这步田地,眼看世界只是强权的世界,望极天边好像看不见一线的光明,——在这个年头不发狂自杀,已算是万幸了,怎么还能够希望保持一点内心的镇定和理想的信心呢?我要对你们说:这时候正是我们要培养我们的信心的时候!只要我们有信心,我们还有救。古人说:"信心(Faith)可以移山。"又说:"只要工夫深,生铁磨成绣花针。"你不信吗?当拿破仑的军队征服普鲁士占据柏林的时候,有一位穷教授叫作菲希特(Fichte)的,天天在讲堂上劝他的国人要有信心,要信仰他们的民族是有世界的特殊使命的,是必定要复兴的。菲希特死的时候(1814),谁也不能预料德意志统一帝国何时可以实现。然而不满五十年,新的统一的德意志帝国居然实现了。

一个国家的强弱盛衰，都不是偶然的，都不能逃出因果的铁律的。我们今日所受的苦痛和耻辱，都只是过去种种恶因种下的恶果。我们要收将来的善果，必须努力种现在的新因。一粒一粒地种，必有满仓满屋地收，这是我们今日应该有的信心。

我们要深信：今日的失败，都由于过去的不努力。

我们要深信：今日的努力，必定有将来的大收成。

佛典里有一句话："福不唐捐。"唐捐就是白白地丢了。我们也应该说："功不唐捐！"没有一点努力是会白白地丢了的。在我们看不见想不到的时候，在我们看不见想不到的方向，你瞧！你下的种子早已生根发叶开花结果了！

你不信吗？法国被普鲁士打败之后，割了两省地，赔了五十万万法郎的赔款。这时候有一位刻苦的科学家巴斯德（Pasteur）终日埋头在他的试验室里做他的化学试验和微菌学研究。他是一个最爱国的人，然而他深信只有科学可以救国。他用一生的精力证明了三个科学问题：（一）每一种发酵作用都是由于一种微菌的发展；（二）每一种传染病都是由于一种微菌在生物体中的发展；（三）传染病的微菌，在特殊的培养之下，可以减轻毒力，使它从病菌变成防病的药苗。——这三个问题，在表面上似乎都和救国大事业没有多大的关系。然而从第一个问题的证明，巴斯德定出做醋酿酒的新法，使全国的酒醋业每年减除极大的损失。从第二个问题的证明，巴斯德教全国的蚕丝业怎样选种防病，教全国的畜牧农家怎样防止牛羊瘟疫，又教全世界的医学界怎样注重消毒以减除外科手术的死亡率。从第三个问题的证明，巴斯德发明了牲畜的脾热瘟的疗治药苗，每年替法国农家减除了二千万法郎的大损失；又发明了疯狗咬毒的治疗法，救济了无数的生命。所以英国的科学家赫胥黎（Huxley）在皇家学会里称颂巴斯德的功绩道:"法国给了德国五十万万法郎的赔款,巴斯德先生一个人研究科学的成绩足够还清这一笔赔款了。"

巴斯德对于科学有绝大的信心,所以他在国家蒙奇辱大难的时候,终不肯抛弃他的显微镜与试验室。他绝不想他的显微镜底下能偿还五十万万法郎的赔款,然而在他看不见想不到的时候,他已收获了科学救国的奇迹了。

朋友们,在你最悲观最失望的时候,那正是你必须鼓起坚强的信心的时候。你要深信:天下没有白费的努力。成功不必在我,而功力必不唐捐。

(作于1932年6月)

容忍与自由

十七八年前,我最后一次会见我的母校康奈尔大学的史学大师布尔先生。我们谈到英国文学大师阿克顿一生准备要著作一部《自由之史》,可没有写成他就死了。布尔先生那天谈话很多,有一句话我至今没有忘记。他说:"我年纪越大,越感觉到容忍比自由更重要。"

布尔先生死了十多年了,他这句话我越想越觉得是一句不可磨灭的格言。我自己也有"年纪越大,越觉得容忍比自由还更重要"的感想。有时我竟觉得容忍是一切自由的根本:没有容忍,就没有自由。

我十七岁的时候曾在《竞业旬报》上发表几条《无鬼丛话》,其中有一条是痛骂小说《西游记》和《封神榜》的,我说:

《王制》有之:"假于鬼神时日卜筮以疑众,杀。"吾独怪夫数千年来之排治权者,之以济世明道自期者,乃憧然不之注意,惑世诬民之学说得以大行,遂举我神州民族投诸极黑暗之世界!

这是一个小孩子很不容忍的"卫道"态度。我在那时候已是一个无鬼论者、无神论者,所以发出那种摧除迷信的狂论,要实行《王制》的"假于鬼神时日卜筮以疑众,杀"的一条经典!

我在那时候当然没有梦想到说这话的小孩子在十五年后(1923)会很热心地给《西游记》作两万字的考证!我在那时候当然更没有想到那个小孩子在二三十年后还时时留心搜求可以考证《封神榜》的作者的材料!我在那时候也完全没有想想《王制》那句话的历史意义。那一段《王制》的全文是这样的:

析言破律,乱名改作,执左道以乱政,杀。作淫声异服奇技奇器以疑众,杀。行伪而坚,言伪而辩,学非而博,顺非而泽以疑众,杀。假于鬼神时日卜筮以疑众,杀。此四诛者,不以听。

我在五十年前,完全没有懂得这一段话的"诛"正是中国专制政体之下禁止新思想、新学术、新信仰、新艺术的经典的根据。我在那时候抱着"破除迷信"的热心,所以拥护那"四诛"之中的第四诛:"假于鬼神时日卜筮以疑众,杀。"我当时完全没有想到第四诛的"假于鬼神……以疑众"和第一诛的"执左道以乱政"的两条罪名都可以用来摧残宗教信仰的自由。我当时也完全没有注意到郑玄注里用了公输般作"奇技异器"的例子;更没有注意到孔颖达《正义》里举了"孔子为鲁司寇七日而诛少正卯"的例子来解释"行伪而坚,言伪而辩,学非而博,顺非而泽以疑众,杀"。故第二诛可以用来禁绝艺术创作的自由,也可以用来"杀"许多发明"奇技异器"的科学家。故第三诛可以用来摧残思想的自由,言论的自由,著作出版的自由。

我在五十年前引用《王制》第四诛,要"杀"《西游记》《封神榜》的作者。那时候我当然没有梦想到十年之后我在北京大学教书时就有一些同样"卫道"的正人君子也想引用《王制》的第三诛,要"杀"我和我的朋友们。当年我要"杀"人,后来人要"杀"我,动机是一样的:都只因为动了一点正义的火气,就都失掉容忍的度量了。

我自己叙述五十年前主张"假于鬼神时日卜筮以疑众,杀"的故事,为的是要说明我年纪越大,越觉得"容忍"比"自由"还更重要。

我到今天还是一个无神论者,我不信有一个有意志的神,我也不信灵魂不朽的说法……

我自己总觉得,这个国家、这个社会、这个世界,绝大多数人是信神的,居然能有这雅量,能容忍我的无神论,能容忍我这个不信神也不信灵魂不灭的人,能容忍我在国内和国外自由发表我的无神论的思想,从没有人因此用石头掷我,把我关在监狱里,或把我捆在柴堆上用火烧死。我在这个世界里居然享受了四十多年的容忍与自由。我觉得这个国家、这个社会、这个世界对我的容忍度量是可爱的,是可以感激的。

所以我自己总觉得我应该用容忍的态度来报答社会对我的容忍。所以我自己不信神,但我能诚心地谅解一切信神的人,也能诚心地容忍并且敬重一切信仰有神的宗教。

我要用容忍的态度来报答社会对我的容忍,因为我年纪越大,我越觉得容忍的重要意义。若社会没有这点容忍的气度,我决不能享受四十多年大胆怀疑的自由,公开主张无神论的自由了。

在宗教自由史上,在思想自由史上,在政治自由史上,我们都可以看见容忍的态度是最难得,最稀有的态度。人类的习惯总是喜同而恶异的,总不喜欢和自己不同的信仰、思想、行为。这就是不容忍的根源。不容忍只是不能容忍和我自己不同的新思想和新信仰。一个宗教团体总相信自己的宗教信仰是对的，是不会错的，所以它总相信那些和自己不同的宗教信仰必定是错的，必定是异端，邪教。一个政治团体总相信自己的政治主张是对的，是不会错的，所以它总相信那些和自己不同的政治见解必定是错的，必定是敌人。

一切对异端的迫害，一切对"异己"的摧残，一切宗教自由的禁止，一切思想言论的被压迫，都由于这一点深信自己是不会错的心理。因为深信自己是不会错的，所以不能容忍任何和自己不同的思想信仰了。

试看欧洲的宗教革新运动的历史。马丁·路德和约翰·高尔文等人起来革新宗教，本来是因为他们不满意于罗马旧教的种种不容忍，种种不自由。但是新教在中欧北欧胜利之后，新教的领袖们又都渐渐走到了不容忍的路上去，也不容许别人起来批评他们的新教了。高尔文在日内瓦掌握了宗教大权，居然会把一个敢独立思想，敢批评高尔文的教条的学者塞维图斯定了"异端邪说"的罪名，把他用铁链锁在木桩上，堆起柴来，慢慢地活烧死。这是1553年10月23日的事。

这个殉道者塞维图斯的惨史，最值得人们的追念和反省。宗教革新运动原来的目标是要争取"基督教的人的自由"和"良心的自由"。何以高尔文和他的信徒们居然会把一位独立思想的新教徒用慢慢的火烧死呢？何以高尔文的门徒柏时竟会宣言"良心的自由是魔鬼的教条"呢？

基本的原因还是那一点深信我自己是"不会错的"的心理。像高尔文那样虔诚的宗教改革家，他自己深信他的良心确是代表上帝的命令，他的口和他的笔确是代表上帝的意志，那么他的意见还会错吗？他还有错误的可能吗？在塞维图斯被烧死之后，高尔文曾受到不少人的批评。1554年，高尔文发表一篇文字为他自己辩护，他毫不迟疑地说，"严厉惩治邪说者的权威是无可疑的，因为这就是上帝自己说话。……这工作是为上帝的光荣战斗"。

上帝自己说话，还会错吗？为上帝的光荣作战，还会错吗？这一点"我不会错"的心理，就是一切不容忍的根苗。深信我自己的信念没有错误的可能，我的意见就是"正义"，反对我的人当然都是"邪说"了。我的意见代表上帝的意旨，反对我的人的意见当然都是"魔鬼的教条"了。

这是宗教自由史给我们的教训：容忍是一切自由的根本；没有容忍"异己"的雅量，就不会承认"异己"的宗教信仰可以享受自由。但因为不容忍的态度是基于"我的信念不会错"的心理习惯，所以容忍"异己"是最难得，最不容易养成的雅量。

在政治思想上，在社会问题的讨论上，我们同样地感觉到不容忍是常见的，而容忍总是很稀有的。我试举一个死了的老朋友的故事作例子。四十多年前，我们在《新青年》杂志上开始提倡白话文学的运动，我曾从美国寄信给陈独秀，我说：

此事之是非，非一朝一夕所能定，亦非一二人所能定。甚愿国中人士能平心静气与吾辈同力研究此问题。讨论既熟，是非自明。吾辈已张革命之旗，虽不容退缩，然亦决不敢以吾辈所主张为必是而不容他人之匡正也。

独秀在《新青年》上答我道：

鄙意容纳异议，自由讨论，固为学术发达之原则，独于改

容忍与自由　161

良中国文学当以白话为正宗之说,其是非甚明,必不容反对者有讨论之余地;必以吾辈所主张者为绝对之是,而不容他人之匡正也。

我当时看了就觉得这是很武断的态度。现在在四十多年之后,我还忘不了独秀这一句话,我还觉得这种"必以吾辈所主张者为绝对之是"的态度是很不容忍的态度,是最容易引起别人的恶感,是最容易引起反对的。

我曾说过,我应该用容忍的态度来报答社会对我的容忍。我现在常常想我们还得戒律自己:我们若想别人容忍谅解我们的见解,我们必须先养成能够容忍谅解别人的见解的度量。至少我们应该戒约自己决不可"以吾辈所主张者为绝对之是"。我们受过实验主义的训练的人,本来就不承认有"绝对之是",更不可以"以吾辈所主张者为绝对之是"。

(作于1959年3月)

傅斯年

1896—1950

初字梦簪,字孟真,山东聊城人。著名历史学家,古典文学研究专家,教育家,学术领导人。五四运动学生领袖之一、中央研究院历史语言研究所的创办者。组织了第一次有计划、有组织的殷墟甲骨发掘,其后先后发掘十五次,大大推动了中国考古学的发展和商代历史的研究。

「我以体积乘速度,产生一种伟大的动量,可以压倒一切!」

文学革新申义

中国文学之革新,酝酿已十余年。去冬胡适之先生草具其旨,揭于《新青年》,而陈独秀先生和之。时会所演,从风者多矣。蒙以为此个问题,含有两面。其一,对于过去文学之信仰心,加以破坏。其二,对于未来文学之建设,加以精密之研究。过去文学,乃历史上之出产品。其不全容于今日,自不待智者而后明。故破坏一端,在今日似成过去,但于建设上讨论而已。然以愚近中所接触者言之,国人于此抱怀疑之念者至多。恶之深者,斥为邪说,稍能容者,亦以为异说高论,而不知其为时势所造成之必然事实。国人狃于习俗,此类恒情,原无足怪。然欲求新说之推行,自必于旧者之不合时宜处,重申详绎,方可奏功。然则破坏一端,尚未完全过去。此篇所说,原无宏旨,不过反复言之,期于共喻而已。

本篇所陈,纷杂无次,综其大旨,不外三端。一为理论上之研究。就文学性质上以立论,而证其本为不佳者。二为历史上之研究。泛察中国文学升降之历史,而知变古者恒居上乘,循古者必成文弊。三为时势上之研究。今日时势,异乎往者。文学一道,亦应有新陈代谢作用。为时势所促,生于兹时也。此外偶有所涉,皆为附属之义。

今试作文学之界说曰:"文学者,群类精神上之出产品,而表以文字者也。"此界说中有"群类精神"上出产品之总（Genus），与"表以文字"之差（Difference）。历以论理形式，尚无舛谬。文学之内情本为精神上之出产品，其寄托之外形本为文字。故就质料言之，此界说亦能成立。既认此界说为成立，则文学之宜革不宜守，不待深思而解矣。文学特精神上出产品之一耳（Genus必为复数）。他若政治社会风俗学术等，皆群类精神上出产品也。以群类精神为总纲，而文学与政治社会风俗学术等为其支流。以群类精神为原因，而文学与政治社会风俗学术等为其结果。文学既与政治社会风俗学术等同探本于一源，则文学必与政治社会风俗学术等交互之间有相联之关系。易言之，即政治社会风俗学术等之性质皆为可变者，文学亦应为可变者。政治社会风俗学术等为时势所迫概行变迁，则文学亦应随之以变迁，不容独自保守也。今知政治社会风俗学术等性质本为变迁者，则文学可因旁证以审其必为变迁者。今日中国之政治社会风俗学术等皆为时势所挟大经变化，则文学一物，不容不变。更就具体方面举例言之，中国今日革君主而定共和，则昔日文学中与君主政体有关系之点，若颂扬铺陈之类，理宜废除。中国今日除闭关而取开放，欧洲文化输入东土，则欧洲文学中优点为中土所无者，理宜采纳。中国今日理古的学术已成过去，开放后的学术将次发展，则于重记忆的古典文字，理宜洗濯，尚思想的益智文学，理宜孳衍。且文学之用，在所以宣达心意。心意者，一人对于政治风俗社会学术等一切心外景象所起之心识作用也。政治社会风俗学术等一切心外景象俱随时变迁，则今人之心意，自不能与古人同。而以古人之文学达之，其应必至于穷。无可疑者。知政治社会风俗学术等应为今日的而非历史的，则文学亦应为今日的而非历史的。晚周有晚周特殊之政俗，遂有晚周特殊之文学。两汉有两汉特殊之政俗，遂有两汉特殊之文学。南朝有南朝特殊之风俗，遂有南朝特殊之文学。降及后代，莫不如此。理至明也。

且精神上之出产品，不一其类，而皆为可变者。故由其所从出之精神，性质变动，迁流不居。子生于母，自应具其特质。精神生活本有创造之力。故其现于文学而为文学之精神也，则为不居的而非常住的、无尽的而非有止的、创造的而非继续的。今吾党所以深信文学之必趋革新，而又极望其革新者，正所以尊崇吾国之文学、爱护吾国之文学，推本文学之性质，可冀其辉光日新也。或者竟欲保持旧观，以往古之文学，达今日之政俗学问。一闻革新之论，实不能容。揆彼心理，诚谓今日以往之文学，造乎其极，蔑以加矣。夫造乎其极，蔑以加者，止境也，即死境也。口持保存国粹之言，乃竟以文学末日待之。何不肖不祥至于斯也。保存国粹之念，谁则让人。惟其有保存国粹之念，而思所以保存之道，然后有文学革新之谈。犹之欲保存中国，然后扑满清政府而建共和耳。

中夏文学之殷盛，肇自六诗，踵于楚辞（此就屈宋而言，不包汉世楚辞）。全本性情，直抒胸臆，不为词限，不因物拘。虽敷陈政教，褒刺有殊，悲时悯身，大小有异。要皆"因情生文"，而情不为文制也。惟其以感慨为主，不牵词句，不矜事类，故能吐辞天成，情意备至。而屈宋之文，遂能"决乎若翔风之运轻椒，洒乎若元泉之出乎蓬莱而注渤懈"。降及汉世，政教失而学术息，章句兴而性灵蔽。武功方张，吐辞流于夸诞。小学深修，奇字多入赋篇。独夫在上，谀声大作。心灵不起，浮泛成文。故能义贫而词富，情寡而文繁。炫耀博学，夸张声势，大而无当，放而无归，瓠落而无所容。于是六义大国，夷为三仓附庸，抒情之文，变作隶胥之录。相如唱之，杨雄和之，犹然天下从风，斯文敝之始也。东京以还，此道更盛。京都之制，全无性灵。堆积为工，诞夸成性。而性灵亦为文词所拘，末由发展。建安黄初之间，曹王特出。子建之诗，直追枚李。仲宣之赋，大革汉风。浮词去而气质尚，上跻乎变风变雅之间，非舍本逐末之赋家所能比拟。诚文学界中一大革新，亦是文学一大进化。无如狂澜方挽，迷途又生。渡江而后，"诗必柱下之旨归，赋乃漆园之义疏"。文学依附玄家，不能自立。谢容易以光景之文，斯足美矣。而乃"启心闲绎，托辞华瞻，巧倚迂回"，"晦涩费解"。以贵族之习气，合山林之幽阻，不谓为文弊不可也。则有吟咏性情，反贵用事。天才短谢，物类乃崇。"崎岖牵引"，"拘挛补衲"，"唯睹事类，顿失精彩"。"大明太始中，文章殆同书抄"矣。又如沈约制韵，"使文徒多拘忌，伤其真美。"性灵汩没，不知其几何也。简文变古，淫艳当途。声色使人目悬，荡情致人心乱。岂仅害于文章，亦大伤于世道。徐庾承其流化，辞重情轻之倒置，积重难返矣。其于六代之中，"前不见古人，后不见来者"，独辟致远之境，不染断辞之病，起江东之独秀者，则陶潜其人也（以上略本钟嵘、刘勰二家言及五代诸史传论）。隋唐之间，清风乃振。炀帝太宗皆有变古之才。而开元之间，李、杜挺起，除六朝之文弊，启文囿之封疆，性灵大宏矣。降及元和，微之宫词，妇人能解，香山乐府，全写民情。革险阻而趋平易，舍小己以入群伦。又有昌黎柳州，作范其间，除人造之俪辞，反天然之散体。论其造诣所及，柳则大启后世小说家刺时之旨（唐代小说本盛，然柳州之旨，却与当时芜滥卑劣者不同），又为持论者示精确之准的。韩则论文论学，皆启有宋一代之风化（别有详论），于骈体横被一世之际，独不惜人之"大怪"。于是开元元和之间，诗文俱革旧观。言乎文情，靡靡者易为积健，拘文者易为直抒，辞重者易为情重。体渐通俗，市语入文。况述社会，略见端倪。言乎文体，又多有创作。七言长风，至李杜始成体制，至香山乃能纪事。七律排律虽不始于此时，而创作奇格，实出杜公。太白古乐府，尤复一篇一格，句法长短参差，竟空前而绝后。又汉乐府之遗意，久已乖亡。晋宋以降。庙堂之制，则摹古不通，燕寝之作，则轻艳浮浅。唐世词张而乐离，乐府之为用已不可存。太白香山独创新声以应之，后世名之曰词，遂成宋金元明新文学之前驱，斯又足贵也。然则开元元和之间，又为文学界中一大革新，亦是文学一大进化。旷观此千年中，变古者大开风流，循旧者每况愈下。文学不贵师古，不难一言断定也。历观楚汉至今二千年中文学升降之迹，则有因循前修，逐其末流，而变本加厉者。若扬马之承屈景，南朝之承魏晋，北宋吴蜀六士之承韩公。皆于古人已具之病，益之使深，终以成文弊。又有不辟新境，全摹古人，若明清二代诸家之复古，极其能事，不过"优孟衣冠"，而其自身已无存在之价值，更何论乎性情之发展？别有挟古人之糟粕，当风化之已沫，斫成新体，专刻皮鞟。如樊南之四六、欧王之宋骈，内心疲茶不存，岂有不枯薄者耶。至为曹王变古，独开宗风。李杜韩柳，俱启新境。宋词元曲，尤多作之自我。惟其不袭古人，故能独标后代也。凡此四格，因革各异，良劣有殊。宏治嘉靖复古之风，至今未斩。虽所托因人不同，其舍己则一。不以摹拟为门径，竟以摹拟为归宿。纵能希抗古人，亦仅为其奴隶（词曲本宋元新文学，自明清复古家作之，亦复同流合污），斯乘之最下者也。若夫刻其皮鞟，逐其末流，一则徒辨乎体貌，一则流连而忘归，亦非宏宝之涂也。此三者均未脱离古人，其能附骥尾而行以传于后者，幸也。明清复古之文，尤少谈之者。既无殊特之点，更无殊特之位置。而今之感人犹复以步趋古人为名高,岂非大左乎。革新诸家,亦多诡词复古。故太白则曰:"圣代复远古,垂衣贵清真。"昌黎则曰:"非两汉之书不敢观。"词曲不袭前人矣,犹装其门面曰:"古乐府之遗。"斯由贵古贱今,华人恒性。语人自作古始,听者将掩耳而走,何如因利乘便,诡辞以为名高乎。且所谓变古者,非继祖龙以肆虐。束文藉而不观。贤者识其大者,不贤者识其小者。尽可取为我用。但能以"我"为本,而用古人,终不为古人所用,则正义几矣。《易》曰:"革之时义大矣哉。"变动不居,推陈出新。今虽无人提倡文学革命,百时势要求,终不能自已也。

  古典文学所由成立之历史,殊不足观也。周秦诸子动引古人,凡所持论,必谓古之道术有在于是者。此则求征以信人,取喻以足理,庄子所谓重言与后世之古典文学渺不相涉者也。自西汉景武以降,辞赋家盛起。虽具瑰玮之才,而乏精密之思。欲为无尽之言,必敷枝叶之辞。义少文多,自当取贵于事类。事类客也,今则变为主。所以足言也,今则言足犹取事类。壅肿不治尾大不掉之病,此其肇端也。又词赋家之意旨,原不剀切。取用于质言,将每至于词穷,幸能免于词穷,亦未足以动人。故利用事类之含胡,以为进退申缩之地,利用事类之炜烨,以为引人入迷之方。此古典文学所由成立之第一因也。两汉章句之儒,博于记诵,贫于性情。发为文章,自必炫其所长,藏其所短。引古人之言以为重,取古人之事以相成,当其能事于事古,其流乃成堆砌之体。斯风流传,久而不沫。于是书按之文,字林之赋,充斥于文苑。京都之作,人且以方物志待之矣。此古典文学所由成立之第二因也。魏晋以降,浮夸流为妄言。禹域未一,而曰"肃慎贡矢,夜郎请职"。克敌未竟,而曰"斩俘部众,以万万计"。但取材于成言，初无顾于事实。则直为古人所用。而不能用古人矣。斯习所被，遂成不作直言，全以古事代替之风。此古典文学所由成立之第三因也。降及齐梁，声律对偶，刻削至严。取事取类，工细已深。概以故事代今事。不容质说。古典文学之体于是大定。自斯而后，众家体制，为古典主义所范者多矣。寻其流弊，则意旨为古典所限，而莫能尽情。文词为古典所蔽，而莫由得真。发展性灵之力为记忆古典所夺，而莫能尽性，文以足言之用，全失其效，且反为言害矣。故综此四端，可一言以蔽之，曰，舍本逐末而已。今文学所以急待改革者，正求置末务本。于此舍本逐末之古典文学，理宜加以掊击。然用古典能得足志足言之效者，即不可与古典文学同在废置之例。古典原非绝对不可用，所恶于古典者文学，为其专用古典而忘本也。陈仲甫先生曰："行文本不必禁止用典，惟彼古典主义，乃为典所用，而非用典也，是以薄之耳。"诚深得其情之言也。

欲知今后文言之宜合，当先知上古文言何由分判。太古文言，固合而不离也。周诰殷盘，诘屈聱牙，正由以语入文，古今语异，乃不可解耳（今人恶白话，以为不古。而中国第一部书即以白话为之，托词名高者其可以已乎）。古人竹简繁重，流传端赖口耳。欲口耳之易传，必巧饰其词。杂以骈句，润以声节。浸成修整之文，渐远天然之语。不观《尚书》之多韵语偶辞乎，斯文言分离第一步也。周承二代之后，郁乎其文。大夫行人，多闻博古，自能吐辞温润，动引故言。孔子谓诵诗可以专对，专对之尚文可知也。《左传》载行人之语多有雷同者，其刻画可知也。士夫之言日美，遂为文章之宗，农牧之言仍质，乃成市语之体。斯文言分离第二步也。秦汉以还，动多师古，不敢如晚周之世，以当时语言为文章（诸子之中，自荀子等数家外，多用当时通用之语著之竹帛，即《论语》亦然也）。而文言分离之象大定。斯其第三步也。然汉魏六朝之文，内情终不远离于语言。《史记》《汉书》，多载彼时市语，学者诂经，好引当代方言。二陆往来之书，竟通篇为白话焉。魏晋以降，文章典丽，语言称是。《晋书》《博物志》《世说新语》等所载当时口语，少因笔削，概由直录。齐梁韵学入文，亦入于语。周徒颙之，双声叠韵，铿锵其语言。至于隋唐，此风不替。李密隔河数字文化及罪，化及不解，曰："何须作书语耶。"化及粗顽，自不解书语，然密既腾诸口说，必彼时上流用之也。循上所言之事实以观察之，可得四间。第一，中国语之言文分离，强半为贵族政体所造成。贵族之性，端好修饰，吐辞成章，亦复如是。今苟不以高华典贵为文章之正宗，即应多取质言。且贵族之政，学不下庶人，文言分离，无害于事也。今等差已泯，群政艾兴。既有文言通用于士流，复有俗语传行于市民，俗语著之纸墨，别为白话文体。于是一群之中，差异其词。言语文章之用，固所以宣情，今则反为隔阂情意之具。与其樊然淆乱，难知其辨，何若取而齐之，以归于一乎。第二，语文体貌虽异，而性情相关。一代文辞之风气，必随一代语言以为转变。今世有今世之语，自应有今世之文以应之，不容借用古者。与其于今世语言之外，别造今世之文辞，劳而无功，又为普及智慧之阻，何如即以今世语言为本，加以改良，而成文言合一之器乎。第三，《论语》所用虚字，全与《尚书》违。屈景所用，若"羌""些"者，又为他国所无。彼所以勇于作古者，良由声气之宣，非已死虚字所能为。故不以时语为俚，不以方言为狭。惟其用当时之活虚字，乃能曲肖神情，此白话优于文言一巨点也。第四，《史记》《汉书》以下，何以必杂当代白话，二陆书简，何以必用市语。岂非由白话近真，文言易于失旨乎。《史记》云，诸君必以为便便国家，《汉书》易为文言，朵气极矣。且宋人语录，全以白话为之。议者将曰，理学家不重文章也，从事文辞，劳费精神，有妨于研理也，玩物而丧志也。此皆浅言也，文不尽言，言不尽意。言语本为思想之利器，用之以宣达者。无如思想之体，原无涯略，言语之用，时有困穷。自思想转为言语，经一度之翻译，思想之失者，不知其几何矣。文辞本以代言语，其用乃不能恰如言语之情。自言语专为文辞，经二度之翻译，思想之失者，更不知其几何矣。苟以存真为贵，即应以言代文。一转所失犹少，再转所失遂巨也。且唐宋诗人，多用市语，词曲之体，几尽白话，固为其切合人情。以之形容，恰得其宜，以之达意，毕肖心情。今犹有卑视白话者，岂非大惑乎。

今世流行之文派，得失可略得言。桐城家者，最不足观，循其义法，无适而可。言理则但见其庸讷而不畅微旨也，达情则但见其陈死而不移人情也，纪事则故意颠倒天然之次叙以为波澜，匿其实相，造作虚辞，曰，不如是不足以动人也。故析理之文，桐城家不能为，则饰之曰，文学家固有异夫理学也。疏证之文，桐城家不能为，则饰之曰，文章家固有异夫朴学也。抒感之文，桐城家不能为，则饰之曰，古文家固有异夫骈体也。举文学范围内事，皆不能为，而忝颜曰文学家。其所谓文学之价值，可想而知。故学人一经瓣香桐城，富于思想者，思力不可见，博于学问者，学问无由彰。长于情感者，情感无所用。精于条理者，条理不能常。由桐城家之言，则奇思不可为训，学问反足为累。不崇思力，而性灵终归泯灭。不尚学问，而智识日益空疏。托辞曰"庸言之谨"，实则戕贼性灵以为文章耳。桐城嫡派无论矣。若其别支，则恽子居异才，曾涤笙宏才，所成就者如此其微，固由于桎梏拘束，莫由自拔。钱玄同先生以为"谬种"，盖非过情

文学革新申义

之言也。世有为桐城辩者，谓桐城义法，去泰去甚。明季末流文弊，一括而去之。余则应之曰，桐城遵循矩矱，自非张狂纷乱者所可呵责。然吾不知桐城之矩矱果何矩矱也。其为荡荡平平之矩矱，后人当遵之弗畔。若其为桎梏心虚戕贼性情之矩矱，岂不宜首先斩除乎。

中国本为单音之语文，故独有骈文之出产品。论其外观，修饬华丽，精美绝伦。用为流连光景凭吊物情之具，未尝无独到之长也。然此种文章，实难能而非可贵，又不适用于社会。将来文学趋势大迁，只有退居于"历史上艺术"之地位，等于鼎彝，供人玩好而已。且骈文有一大病根存，即导入伪言是也。模棱之词，含胡之言，以骈文达之，恰充其量。告言之文，多用骈体，利其情之易于伸缩，进退皆可也。今新文学之伟大精神，即在篇篇有明确之思想，句句有明确之义蕴，字字有明确之概念。明确而非含胡，即与骈文根本上不能相容。尚旨而不缛辞，又与骈文性质上渺不相涉。况含胡模棱，无信之词也。专用譬况，遁辞之常也。骈文之于人也，教之矜伐，诲之严饰，启其意气，泯其懿德。学之而情为所移，便将与鸟兽草木虫鱼不群，而不与斯人之徒相与。欲其有济于民生，作辅于社会，诚万不可能之事。而况六朝文人，多是薄行，鲜有令终。诵其诗，读其文，与之俱化。上焉者，发为游仙之想，中焉者，流成颓唐之气，下焉者，浸变淫哇之风。今欲崇诚信而益民德，写人生以济群类，将何用此骈体为也。

龚定庵久与汪容甫、魏默深号称三家，今更磅溥海内，寻其独立不羁，自作古始，曷尝不堪服膺。生逢桐城滑泽文学盛行之日，又当试帖四六混合体之骈文家角立之时，独能希抗诸子，高振风付，可以为难矣。然而佶屈聱牙，不堪入口，既乖"字妖"

之条，又违"易造难识"之戒。故为惊众之言，实非高人之论，多施僻隐之字，又岂达者之为。用辞含胡，等于骈体，庞然自大，类于古文。文章本以宣意，何必深其壁垒乎。张皋文等好作难解之文，固可与龚氏齐视。余尝读其赋《钞序》《黄山赋》诸篇，几乎不能句读。穷日夜力以释之，及乎既解，则又卑之无甚高论，果何用此貌似深奥者为也。故龚氏之变当时文体则是矣，惜其所变者未当。彼龚氏者，文学界中不中用之怪杰也。

自汪容甫李申耆标举三国晋宋之文，创作骈散交错之体，流风所及，于今为盛。章太炎先生其挺出者也。盖汉人制文，每牵于章句。梁后俪体，专务乎雕琢。唐宋不免于粗犷。清代尽附于科举（散文与八比合，骈文与试帖诗赋合）。以三国晋宋疏通致远之文当之，则皆望风不及。苟非物换时移，以成今日之世代者，虽持而勿坠可也。无若时势之要求，风化之浸变，陈词故谊，将不适用于今日。魏晋持论，固多精审，然以视西土逻辑家言，尚嫌牵滞句文，差有浮辞。其达情之文，专尚"风容色泽放旷精清"，衡以西土表象写实之文，更觉舍本务末，不切群情。故论其精神，则"意度格力，固无取焉"。论其体式，则"简慢舒徐，斯为病矣"。况文学本逐风尚为转移，今不能以《世说新语》为今后之风俗史，即不能以三国晋宋文体为今后之正家，理至显也。

西方学者有言："科学盛而文学衰。"此所谓文学者，古典文学也。人之精力有限，既用其精力于科学，又焉能分神于古典，故科学盛而文学衰者，势也。今后文学既非古典主义，则不但不与科学作反比例，且可与科学作同一方向之消长焉。写实表象诸派，每利用科学之理，以造其文学，故其精神上之价值有迥非古典文学所能望其肩背者。方今科学输入中国，违反科学之文学,势不能容,利用科学之文学,理必孳育。此则天演公理,非人力所能逆从者矣。

平情论之,纵使今日中国犹在闭关之时,欧土文化犹未输入,民俗未丕变,政体未革新。而乡愿之桐城,淫哇之南社,死灰之闽派,横塞域中。独不当起而剪除,为末流文弊进一解乎。而况文体革迁,已十余年,辛壬之间,风气大变。此酝酿已久之文学革命主义,一经有人道破,当无有间言。此本时势迫而出之,非空前之发明,非惊天之创作。始为文学革命论者,苟不能制作模范,发为新文,仅至于持论而止,则其本身亦无何等重大价值,而吾辈之闻风斯起者,更无论焉。若于此犹存怀疑,非拘墟于情感,即阙乏于长识。此篇所言,全无妙义,又多盈辞,实已等于赘旒。今后但当从建设的方面有所抒写。至于破坏既往,已成定论,不待烦言矣。

(原载《新青年》第四卷第一号,1918年1月15日)

青年的两件事业

昨天是五月初四。回想去年到现在,已经一整年了。追虑起来,千头万绪,所以有些坐不宁静,和两位朋友——一位是刘半农先生——跑到里去漾公园,无聊了一阵。回来还是不宁静,想了许多,今天把一小部可以写下的写下。

青年以外的中国人是靠不住的了,但现在青年,将来又是怎么样?天地间的事,本来不能突然变质的,我们一方受遗传的支配,一方受环境的包围,但凡科学的公例不虚,自然有很大的危险在前面。

社会是个人造成的,个人的内心就是一个小社会。所以改造社会的方法,第一步是改造自己。

人的精神的小大,简直没有法子量去;以强意志炼它,它就可以光焰万丈,所以看来好像不济的人,未尝不有成就惊天的事业的可能;不炼它它会枯死,所以清风亮节的人,常常不生产一点东西。

所以我对于青年人的要求,只是找难题目,先去改造自己。这自然不是人生的究竟,不过发轨必须在这个地方。若把这发轨的地方无端越过去,后来就有貌似的成就,也未必倚赖得过。

所以总而言之,统而言之,以坚强的意志,去战胜环境的艰难;就是没有艰难的环境,也要另找艰难的环境,决不可以趋避的方法，去躲环境的艰难；就是有不艰难的环境，不要就此苟且下去。

看看民国的先烈，做的是些什么事？革命时候，是怎样牺牲？革命以前是怎样牺牲？但结果造就出来的怎么样？这是一个这样的民国！但这一个民国的代价，已经如许之大了。那些先烈的行事，从现在想来，真是可望不可及了。请问现在这个时代，向我们青年所要求的事业，是否和"这样的民国"的分量相等？恐怕要重无数倍吧？但请问这个时候的青年，和那个时候的青年努力的分量差多少？事业加重了，努力也要加重的。

那个时候的事业是什么？是革索虏的命。现在的事业是什么？是无中生有的造社会。这两件事的难易可以不假思索而下一判断的。

但所谓无中生有的造社会，看来好像一句很奇怪的话。我须加以解说。请问中国有不有社会？假使中国有社会，决不会社会一声不响，听政府胡为，等学生出来号呼。假使中国有社会，决不会没有舆论去监督政府。假使中国有社会，决不会糟到这个样子。中国只有个人，有一堆的人，而无社会，无有组织的社会（去年《新潮》一卷二号里，我有一篇文，论这件事）。所以到现在不论什么事，都觉得无从办起。

但中国今日何以竟成没有社会的状态？难道中国这个民族就是一个没有组织力的民族吗？我们就历史上看起，这也有个缘故。当年中国政治的组织，中心于专制的朝廷；而文化的组织，中心于科举，一切社会都受这两件事的支配。在这两件事下面，组织力只能发展到这个地步。专制是和社会力不能并存的，所以专制存在一天，必尽力破坏社会力。科举更可使人任思想上不为组织力的要求，也不能为组织力的要求，所以造成现在这个一团散沙的状态。我们请想想这个状态，真是根深蒂固的了，自然改他是难的。但在这个时代能不改他吗？

无中生有的去替中国造有组织的社会，是青年的第一事业。所谓造有组织的社会。一面是养成"社会的责任心"，一面是"个人间的粘结性"，养成对于公众的情义与见识与担当。总而言之，先作零零碎碎的新团结，在这新团结中，试验社会的伦理，就以这社会的伦理，去粘这散了板的中华民国。

但我们在这个世界上，并不仅仅是一国的人，这是世界中的市民。在现在的时代论来，世界的团结，还要以民族为单位。所以我们对于公众的责任是两面的，一面是一国的市民，一面是世界的市民。上说的一件事业，是实行前一项责任的，还有后一项，下文说出。

几百年或千年后的究竟，或者"世界共和国"的组成，不以民族为单位。但现在还只能有以民族为单位的世界运动。这一类的事业，现在有两个趋势，甲是国际联盟，乙是社会主义者之国际会。这两项比较一看，我们决不能以甲种趋向为满足。平情而论，甲种趋向，若能成功时，我们已经算"慰情聊胜于无"了。但无论如何，是不能彻底的。

国际联盟仍不免一大部分是国际政府联盟的意味。若各国政府多数是吃人的，则一群吃人的人的联合自然免不了有几分野兽气。但现在政府不吃人的有几个呢？就以山东问题立论，我们相信要交提国际联盟，所以然者，一则任这边的和那边的误国派作弄，是再要糟也没有了。但有方法，就比这好。二则我们本在德约上不签字的，决不能不顾人格。三则山东问题却是世界的问题，自然要请世界解决。四则国际联盟就是不彻底，它的人格在比较上也要比这边的为国派和那边的误国派高万倍：我们比较的相信得过。

但这些都是一个问题的根据，都是政策上的根据，不是谋国际上彻底平和的根据。我们从国际联盟的组织上看起，可以断定它不是能担任实行威尔逊十四条的。但这十四条所差欠者还多。这些不过是国际上的保障，并不是民族间的互助。

我们相信世界上是一个大共和国，所以凡有关于人道的事，范围难限于一地，也要互助的实行他去。凡有害于人道的事，范围难限于一地，也要互助的避免他去。积极方面的力量是合作，消极方面的力量是总同盟。

但实行这些宗旨，非有有组织的团结不可，所以第二国际虽死了，非有第三国际不可。第三国际虽独调，而不能得大家之加入，非有第四第五接连下去做不可。我们相信人道已是觉明的了。这个事业后来必能成就。

但未来的这样的国际建设，不是凭空成就的，必须有极长的预备。先是民族上的了解，然后生民族上的感情，然后可以有国民间的事业，然后可以谋一致的公同目的，而采取互相照应的手段。最后的成就，乃是国民的大组织。

请看欧洲各国的民族间运动，真令我们起敬。最长于这事的是斯拉夫人（这半由于他们国内的空气不好，所以跑去国外谋事业，这是战后的情形），而其他民族对此也很有效力，如上月日内瓦所开的国际退伍兵会议、英德法奥等对敌的国民，讨论于一堂，而表示反对战争的宣言。这宗忘仇相亲的举动，就是在事业上直接成就的极少，而在精神上也大可感动人类，使人道觉明早几天了。

日本人对于国际间的事业是很注意的，社会党的国际会议，他们没有一次不出席。但请问中国人怎么样？现在致力于国民间的事业的人，只有李石曾先生等几个人有成绩！这真是我们民族的羞耻。难道我们永远于自外吗？世界上有人为实行人道的布置我们还要自外，岂不是自绝于人道吗？

以上的两件事：内里人和人粘着，就是造社会；外边这国人和那国人粘着，就是造国际间的事业；是青年人的两件事业。除此也没有别的事业。

这两件事又缓又费力，但天地间的大成就没有不有大代价的。

青年以外的中国人，是没办法的了，因为我们专寻不费力的事去做，所以渐渐苟且、下流不知所归了。所以青年更要费力做去的。此前有些名词上的歧义，每因不费力的缘故而生，是要注意的。现在举两个：

一是"民族自决"。我们听到威尔逊的十四条有这一项，以为真是世界光明的日子到了！谁知后来一大失望。欧洲的民族怨恨这个，有的可说，因为他们再三去自决，而被强盗阻止了。至于中国，何尝去自决去呢？中国人心里的自决，乃是别人替你自决，不蒙其害，坐享其成，这正是"被决"哩！像爱威尔人近来的表示，乃是真自决。

二是群众运动。群众运动是民治国家所刻刻不可少的。一年以来，一组社会上稍须有点责任心，何尝不是群众运动的成绩？但若因群众运动之故忘了个人运动，虽能为一时"疾风摧劲草"的效力而不能保社会之久不腐败，所以群众运动必伴着个人运动，才显精神，若个人运动消灭，最便于滥竽者之心理。我所谓个人运动，积极方面是个人事业的砥码，消极方面是个人的牺牲。

写这篇东西时，说不出心里有多少头绪，越想越难过。"书不尽言，言不尽意"。

（原载《晨报》，1920年7月3日、5日）

编者附：

胡适："人间一个最稀有的天才。他的记忆力最强，理解力也最强。他能做最细密的绣花针工夫，他又有最大胆的大刀阔斧本领。他是最能做学问的学人，同时他又是最能办事、最有组织才干的天生领袖人物。他的情感是最有热力，往往带有爆炸性的；同时，他又是最温柔、最富于理智、最有条理的一个可爱可亲的人。这都是人世最难得合并在一个人身上的才性，而我们的孟真确能一身兼有这些最难兼有的品性与才能。"

陈寅恪称赞他"天下英雄独使君"。

著名宋史学者邓广铭这样评价："凡是真正了解傅先生的人都知道，他的学问渊博得很，成就是多方面的，影响是深远的；他对中国的历史学、考古学、语言学所作的贡献是很大的。……可以说，中国没有个傅孟真，就没有二三十年代的安阳殷墟发掘；没有当初的殷墟发掘，今天的考古学就完全是另一个样子了。"

钱玄同

1887—1939

　　原名钱夏，字德潜，又号疑古、逸谷，常效古法将号缀于名字之前，称为疑古玄同。五四运动前夕改名玄同。汉族，浙江吴兴（今浙江湖州）人。中国现代思想家、文学家、新文化运动的倡导者。其次子即中国"两弹一星"元勋、核物理学家——钱三强。钱三强为长女取名钱祖玄，用以纪念父亲钱玄同。

　　钱玄同在中国近现代国语运动中作出了巨大贡献。他提倡汉字书写改为左行横式，增加标点，数字用阿拉伯号码，采用公元纪年，并起草了《第一批简体字表》（共计2300余字），审定国音常用字汇（历时十年，合计12220字）。

打通后壁说话，竖起脊梁做人。

随感录

一

有一位留学西洋的某君对我说道:"中国人穿西装,长短、大小、式样、颜色,都是不对的;并且套数很少,甚至有一年三百六十五天,天天穿这一套的:这种寒酸乞相,竟是有失身份,叫西洋人看见,实在丢脸。"我便问他道:"西洋人的衣服,到底是怎样的讲究呢?"他道:"什么礼节,该穿什么衣服,是一点也不能错的;就是常服,也非做上十来套,常常更换不可;此外如旅行又有旅行的衣服,避暑又有避暑的衣服,这些衣服,是很讲究的,更是一点不能错的。"我又问他道:"西洋也有穷人吗?穷人的衣服也有十来套吗?也有旅行避暑的讲究衣服吗?"他道:"西洋穷人是很多。穷人的衣服,自然是不能很多,不能讲究的了;但是这种穷人,社会上很瞧他不起,当他下等人——工人——看待的。"我听完这话,便向某君身上一看,我暗想,这一定是上等人——绅士——的衣服了。某君到西洋留学了几年,居然学成了上等人——绅士——的气派,怪不得他常要拿手杖打人力车夫,听说一年之中要打断好几根手杖呢!车夫自然是下等人,这用手杖打下等人,想必也是上等人的职务;要是不打,大概也是"有失身份"罢!

(原载《新青年》第五卷第一号,1918年7月15日)

二

前几天，我到中央公园里，忽然看见一班人，在中间的拿了一把钢叉，装出种种怪相，前面有敲锣的人，四周有叫"好——好——"的人，把公共的路堵塞了；好容易等他过去。不料后面又有一班人，前面有敲鼓的人，四周也有叫"好——好——"的人；因为四周围住的人太多，我懒得挤进去"瞻仰"中间这位的"道范"，因此不知道他是装怎样的怪相；这一班人把公共的路又堵塞了；好容易等他过去。我以为这个后面一定没有什么了；不料"柳暗花明又一村"，后面又有更妙的怪相，有一位扮了女人，扭头摆腰，"轻移莲步"，打起了老雄猫叫的腔调，装出种种"娉娉婷婷千娇百媚"的妙相，四周叫"好——好——"的人比前面更多，可是没有人替他敲着锣鼓。这三批人，不但行动极妙，并且还画着极妙的脸。我是学问浅陋，"莫能仰测高深于万一"，想来这总是照着"脸谱"临摹的，和清道人临《郑文公碑》可以媲美。并且这种红的黑的颜色，长的短的胡子，大的小的脸盘，种种不同，其中必有绝大道理：一脸之红，荣于华衮，一鼻之白，严于斧钺；正人心，厚风俗，奖忠孝，诛乱贼：胥在于是。请问，我这话对不对？

（原载《新青年》第五卷第三号，1918年9月15日）

孔家店里的老伙计

"打孔家店的老英雄"做了二十七首臭肉麻的歪诗,忽被又辰君发,写了几句"冷嘲"的介绍话,把它登在四月九日的《晨报副刊》上,拆穿该"老英雄"欺世盗名的西洋镜,好叫青年不至再被那部文理欠亨的什么《文录》所诱惑,当他真是一位有新思想的人。又辰君这种摘奸发伏的行为,我是极以为然的。

但有人以为这二十七首歪诗固然淫秽不堪,真要令人作呕三日;可是那部什么《文录》,毕竟有"打孔家店"的功绩。我们似乎只可说他现在痰迷心窍,做这种臭肉麻的歪诗,不能因此便抹杀他从前"打孔家店"的功绩。说这样话的人,也是一种"浅陋的读者"罢了。那部什么《文录》中"打孔家店"的话,汗漫支离,极无条理;若与胡适、陈独秀、吴敬恒诸人"打孔家店"的议论相较,大有天渊之别。我有一个朋友说,"他是用孔丘杀少正卯的手段来杀孔丘的。"我以为这是对于什么《文录》的一针见血的总批。

孔家店真是千该打,万该打的东西;因为它是中国昏乱思想的大本营。它若不被打倒,则中国人的思想永无清明之一日;穆姑娘(Moral)无法来给我们治内,赛先生(Science)无法来给我们兴学理财,台先生(Democracy)无法来给我们经国惠民;换言之,便是不能"全盘受西方化";如此这般的下去,中国不但一时将遭亡国之惨祸，而且还要永远被驱逐于人类之外！但打孔家店之先，却有两层应该弄清楚的：

（一）孔家店有"老店"和"冒牌"之分。这两种都应该打；而冒牌的尤其应该大打特打，打得它一败涂地，片甲不留！

（二）打手却很有问题。简单地说，便是思想行为至少要比冒牌的孔家店里的人们高明一些的才配得做打手。若与他们相等的便不配了。至于孔家店里的老伙计，只配做被打者，决不配来做打手！

真正老牌的孔家店，内容竟怎样，这是很不容易知道的。我完全没有调查过它，不能妄说。不过这位孔老板，却是纪元前六世纪到前五世纪的人，所以他的宝号中的货物，无论在当时是否精致、坚固、美丽、适用，到了现在，早已虫蛀、鼠伤、发霉、脱签了，而且那种野蛮笨拙的古老式样，也断不能适用于现代，这是可以断定的。所以把它调查明白了，拿它来摔破，捣烂，好叫大家不能再去用它，这是极应该的。近来有些人如胡适、顾颉刚之流，他们都在那儿着手调查该店的货物。调查的结果能否完全发见真相，固然不能预测；但我认他们可以做打真正老牌的孔家店的打手。因为他们自己的思想是很清楚的，他们调查货物的方法是很精密的。

至于冒牌的孔家店里的货物，真是光怪陆离，什么都有。例如古文、骈文、八股、试帖、扶乩、求仙、狎优、狎娼，……三天三夜也数说不尽。自己做儿子的时候，想打老子，便来主张毁弃礼教；一旦自己已做了老子，又想剥夺儿子的自由了，便又来阴护礼教：这是该店里的伙计们的行为之一斑。"既明道术，兼治兵刑，医国知政，同符古人，藉术已晦，非徒已疾"；"盖医为起百病之本，而神仙所以保性命之真，同生死之域，荡意平心而游求其外"；"医国之道，极于养生"；"冥心虚寂，游神广漠，玉楼金阙，涉想非遥，白日青云，去人何远？"（看什么《文录》第十五页）：这是该店里的伙计们的思想之一斑。这一类的孔家店，近来很有几位打手来打它了，如陈独秀、易白沙、胡适、吴敬恒、鲁迅、周作人诸公之流是也。上列诸人，也都是思想很清楚的，我认他们配做打手。怎样的思想才算是清楚的思想呢？我毫不躲闪地答道：便是以科学为基础的现代思想。惟此思想才是清楚的思想。此外则孔家店（无论老店或冒牌）中的思想固然是昏乱的思想，就是什么李家店、庄家店、韩家店、墨家店、陈家店、许家店中的思想，也与孔家店的同样是昏乱思想，或且过之。还有那欧洲古代的思想和印度思想，一律都是昏乱思想。所以若是在李家店或韩家店等地位来打孔家店，实在不配！孔家店里的伙计们，只配被打，决不配打孔家店，这是不消说得的。他们若自认为打孔家店者，便是"恶奴欺主"；别人若认他们为打孔家店者，未免是"认贼作子"了！

狎娼、狎优，本是孔家店里的伙计们最爱做的"风流韵事"。你们看《赠娇寓》："英雄若是无儿女，青史河山尽寂寥"；"惹得狂奴欲放颠，黄金甘买美人怜"（尤其妙的是"好色却能哀窈窕"，这真是"童叟无欺"的孔家店中的货物）。你们再看什么《诗集》的附录的什么词："笑我寻芳嫌晚""尽东山丝竹，中年堪遭。"这些都是什么话！什么"打孔家店的老英雄！"简直是孔家店里的老伙计！"人焉瘦哉！人焉瘦哉！"孔家店里的老伙计呀！我很感谢你：你不恤用苦肉计，卸下你自己的假面具，使青年们看出你的真相；他们要打孔家店时，认你作箭垛，便不至于"无的放矢"；你也很对得起社会了。

末了，我要学胡适之先生的口吻："我给各位中国少年介绍这位'孔家店的老伙计'——吴吾!"

(原载《晨报副刊》,1924年4月29日,署名XY。XY为玄字罗马字拼音的缩写。)

编者附:

文中所指吴吾即吴虞,他曾留学海外,鼓吹新学,在《新青年》上发表了《家族制度为专制主义之根据论》《说孝》等文,猛烈抨击旧礼教和儒家学说,在五四时期影响较大。由于他比陈独秀、胡适、钱玄同等人都要年长十几岁,因此胡适称他为"四川只手打倒孔家店的老英雄""中国思想界的清道夫"。

吴虞早年极力宣扬反封建思想,与父亲关系恶劣,在日记中称其父为"老魔"。然而其本人却又自私、专制、封建,自身生活优渥,却不给女儿学费,导致父女决裂。他时常与人狎妓,并以此为荣,写了几十首《赠娇寓》。因此,后期新文化运动的同仁也与之疏远。

由此也可看出,新思想的根植与传播,在当时面临着各方面倾覆的危险,非心志坚定、信仰坚贞之人不能成。

刘半农

1891—1934

原名寿彭,后名复,初字半侬,后改半农,晚号曲庵,江苏江阴人,中国新文化运动先驱,文学家、语言学家和教育家。

1925年,刘半农获法国国家文学博士学位,成为第一个获得以外国国家名义授予的最高学衔的中国人。回国后,他任北京大学国文系教授,兼任北大研究所国学门导师,建立了语音乐律实验室,成为中国实验语音学奠基人。1934年6月,为完成《四声新谱》、《方音字典》和《中国方言地图》的编写,他深入内蒙古等地考察方言方音,不幸染上"回归热"病,以身殉职,在北平逝世。

教我如何不想她?

"作揖主义"

有位尹先生，是我一个畏友。他与我们谈天，常说："生平服膺'红老之学'。""红"，就是《红楼梦》；"老"，就是《老子》。这"红老之学"的主旨，简便些说，就是无论什么事，都听其自然。听其自然又是怎么样呢？尹先生说："譬如有人骂我，我们不必还骂；他一面在那里大声疾呼的骂人，一面就是他打他自己。我们在旁边看看，也很好，何必费着气力去还骂他？又如有一只狗，要咬我们，我们不必打他，只是避开了就算，将来有两只狗碰了头，他自然会互相咬起来。所以我们做事，只须抬起了头，向前直进，不必在这'抬头直进'四个字以外，再管什么闲事。这就叫作听其自然，也就是'红老之学'的精神。"我想这一番话，很有些同托尔斯泰的"不抵抗主义"相像，不过尹先生换了个"红老之学"的游戏名词罢了。

"不抵抗主义"，我向来很赞成；不过因为他有些偏于消极，不敢实行。现在一想，这个见解实在是大谬。为什么？因为"不抵抗主义"，面子上是消极，骨底是最经济的积极。我们要办事有成效，假使不实行这主义，就不免了消费精神于无用之地。我们要保存精神，在正当的地方用，就不得不在可以不必的地方节省些。这就是以消极为积极；不有消极，就没有积极。既如此，我也要用些游戏笔墨，造出一个"作揖主义"的新名词来。

"作揖主义"是什么呢？请听我说：——

譬如朝晨起来，来的第一客，是位前清遗老。他拖了辫子，弯腰曲背走进来，见了我，把眼镜一摘，拱拱手说："你看！现在是世界不是世界了，乱臣贼子，遍于国中。欲求天下太平，非请宣统爷正位不可。"我急忙向他作了个揖，说："老先生说的话，很对很对。领教了，再会罢。"

第二客，是个孔教会会长。他穿了白洋布做的"深衣"，古颜道貌的走进来，向我说："孔子之道，如日月经天、江河行地。现在我们中国，正是四维不张、国将灭亡的时候；倘不提倡孔教，昌明孔道，就不免为印度、波兰之续。"我急忙向他作了个揖，说："老先生的话，很对很对。领教了，再会罢。"

第三客，是位京官老爷。他衣裳楚楚，一摆一踱的走进来，向我说："人的根，就是丹田。要讲卫生，就要讲丹田的卫生，要讲丹田的卫生，就要讲静坐。你要晓得，这种内功，常做了，可以成仙的呢！"我急忙向他作了个揖，说："老先生说的话，很对很对。领教了，再会罢。"

第四、五客，是一位北京的评剧家，和一位上海的评剧家，手携着手同来的。没有见面，便听见一阵"梅郎""老谭"的声音。见了面，北京的评剧家说："打把子有古代战术的遗意，脸谱是画在脸孔上的图案；所以旧戏是中国文学、美术的结晶体。"上海的评剧家说："这话说得不错呀！我们中国人，何必要看外国戏？中国戏自有好处，何必去学什么外国戏？你看这篇文章，就是这一位方家所赏识的；外国戏里，也有这样的好处么？"他说到"方家"二字，翘了一个大拇指，指着北京的评剧家；随手拿出一张《公言报》，递给我看。我一看那篇文章，题目是"佳哉梦也"四个字。我急忙向两人各各作了一个揖,说:"两位老先生说的话,很对很对。领教了,再会罢。"

第六客,是个玄之又玄的鬼学家。他未进门,便觉得阴风惨惨,阴气逼人。见了面,他说:"鬼之存在,至今日已无丝毫疑义。为什么呢?因为人所居者为显界,鬼所居者,尚别有一界,名'幽界'。我们从理论上去证明他,是鬼之存在,已无疑义。从实质上去证明他,他搜集种种事实,助以精密之器械,继以正确之试验,可知除显界外,尚有一幽界。"我急忙向他作了个揖,说:"老先生说的话,很对很对。领教了,再会罢。"

末了一位客,是王敬轩先生。他的说话最多,洋洋洒洒,一连谈了一点多钟。把"中学为体、西学为用"八个字,发挥得详尽无遗,异常透切。我屏息静气听完了,也是照例向他作了个揖,说:"老先生说的话,很对很对。领教了,再会罢。"

如此东也一个揖,西也一个揖,把这一班老伯、老叔、仁兄大人送完了,我仍旧做我的我;要办事,还是办我的事,要有主张,还仍旧是我的主张。这不过忙了两只手,比用尽了心思脑力、唇焦舌敝的同他辩驳,不省事得许多么?

何以我要如此呢?

因为我想到前清末年,官与革党两方面:官要尊王,革党要排满;官说革党是"匪",革党说官是"奴"。这样的牛头不对马嘴,若是双方辩论起来,便到地老天荒,恐怕大家还都是个"缠夹二先生",断断不能有什么谁是谁非的分晓。所以为官计,不如少说闲话,切切实实想些方法去捉革党;为革党计,也不如少说闲话,切切实实想些方法去革命。这不是一刀两断,最经济、最爽快的办法么?

我们对于我们的主张,在实行一方面,尚未能尽到相当的职务；自己想想，颇觉惭愧。不料一般社会的神经过敏，竟把我们看得像洪水猛兽一般。既是如此，我们感激之余，何妨自贬声价，处于"匪"的地位；却把一般社会的声价抬高，——这是一般社会心目中之所谓高，——请他处于"官"的地位？自此以后，你做你的官，我做我的匪。要是做官的做了文章，说什么"有一班乱骂派读书人，其狂妄乃出人意表。所垂训于后学者，曰不虚心，曰乱说，曰轻薄，曰破坏。凡此恶德，有一于此，即足为研究学问之障，而况兼备之耶"？我们看了，非但不还骂，不与他辨，而且要像我们江阴人所说的"乡下人看告示，奉送他'一片大道理'五个字"。为什么？因为他们本来是官；这些话说，本来是"出示晓谕"以下，"右仰通知"以上应有的文章。

到将来，不幸而竟有一天，做官的诸位老爷们额手相庆曰："谢天谢天，现在是好了。洪水猛兽，已一律肃清。再没有什么后生小子，要用夷变夏，蔑污我神州四千年古国的文明了。"

那时候，我们自然无话可说，只得像北京刮大风时，坐在胶皮车上一样，一壁叹气，一壁把无限的痛苦尽量咽到肚子里去；或者竟带了这种痛苦，埋入黄土，做蝼蚁们的食料。

万一的万一，竟有一天变作了我们的"一千九百十一年十月十日"了，那么，我一定是个最灵验的预言家；我说——那时的官老爷，断断不再说今天的官话，却要说："我是几十年前就提倡新文明的。从前陈独秀、胡适之、陶孟和、周启明、唐元期、钱玄同、刘半农诸先生办《新青年》时，自以为得风气之先，其实我的新思想，还远比他们发生得早咧。"到了那个时候，我又怎么样呢？我想一千九百十一年以后，自称"老同盟"的很多，真正的"老同盟"，也没有方法拒绝这班新牌"老同盟"。所以我到那时，还是实行"作揖主义"，他们来一个我就作一个揖，说:"欢迎!欢迎!欢迎新文明的先觉!"

　　半农发明这个"作揖主义",玄同绝对的赞成;以后见了他们诸公,也要实行这个主义。因为照此办法,在我们一方面,可以把宝贵的气力和时间,不浪费于无益的争辩,专门来提倡除旧布新的主义;在他们诸公一方面,少听几句逆耳之言,庶几宁神静虑,克享遐龄,可以受《褒扬条例》第九款的优待:这实在是两利的方法。至于到了"万一的万一"那一天,他们诸公自称为新文明的先觉,是一定的;我们开会欢迎新文明的先觉,是对于老前辈应尽的敬礼,那更是应该的。

玄同 附记

（原载《新青年》第五卷第五号,1918年10月15日）

老实说了吧

　　老实说了吧,我回国一年半以来,看来看去,真有许多事看不入眼。当然,有许多事是我在外国时早就料到的,例如康有为要复辟,他当然一辈子还在闹复辟;隔壁王老五要随地唾痰,他当然一辈子还在哈而啵;对门李大嫂爱包小脚,当然她令爱小姐的丫子日见其金莲化。

　　但如此等辈早已不打在我们的账里算,所以不妨说句干脆话,听他们去自生自灭,用不着我们理会。若然他们要加害到我们——譬如康有为的复辟成功了,要叫我们留辫子,"食毛践土"——那自然是老实不客气,对不起!

　　如此等辈既可以一笔勾销,余下的自然是一般与我们年纪相若的,或比我们年纪更轻的青年了。

　　我不敢冤枉一般的青年,我的确知道有许多青年是可敬,可爱,而且可以说,他们的前途是异常光明的,他们将来对于社会所建立功绩,一定是值得纪录的。

　　但我并不敢说凡是中国的青年都是如此,至少至少,也总可以找出一两个例外来。

　　我所说看不入眼的,就是这种的例外货。

　　瞧,这就是他们的事业:

　　功是不肯用的,换句话说,无论何种严重的工作,都是做不来的。旧一些的学问么，那是国渣，应当扔进毛厕；那么新一些的罢，先说外国文，德法文当然没学过，英文呢，似乎识得几句，但要整本的书看下去，可就要他的小命。至于专门的学问，那就不用提，连做敲门砖的外国文都弄不来，还要说到学问的本身么？

事实是如此，而"事业"却不可以不做，于是乎轰轰烈烈的事业，就做了出来了。

文句不妨不通，别字不妨连篇，而发表则不可须臾缓。

有什么了不得的东西可以发表呢？有！——悲哀，苦闷，无聊，沉寂，心弦，蜜吻，A姊，B妹，我的爱，死般的，火热的，热烈地，温温地，……颠而倒之，倒而颠之，写了一篇又一篇，写了一本又一本。

再写一些，好了，悲哀，苦闷，无聊……又是一大本。

然而终于自己也觉得有些单调了，于是乎骂人。

A是要不得的；B从前还好，现在堕落的不可救药的了；再看C罢，我说到了他就讨厌，他是什么东西！……这样那样，一凑，一凑又是一大本。

叫悲哀最可以博到人家的怜悯，所以身上穿的是狐皮袍，口里咬的是最讲究的外国烟，而笔下悲鸣，却不妨说穷得三天三夜没吃着饭。

骂人最好不在人家学问上骂，因为要骂人家的学问不好，自己先得有学问，自己先得去读书，那是太费事了。最好是说，这人如何腐败，如何开倒车，或者补足一笔，这人的一些学问，简直值不得什么，不必理会。这样，如其人家有文章答辩，那自然是最好；如其人家不睬，却又可以说，瞧，不是这人给我骂服了！总而言之，骂要骂有名一点的，骂一个有名的，可以抵骂一百个无名的。因为骂人的本意，只是要使社会知道我比他好，我来教训他，我来带他上好的路上去。所以他若是个有名人，我一骂即跳过了他的头顶。

既然是"为骂人而骂人"，所以也就不妨离开了事实而瞎骂。我要骂A先生的某书是狗屁，实际我竟可以不知道这书是一本还是两本。我要骂B先生住了高大洋房搭臭架子，实际他所住的尽可以是简陋的小屋——这也是他的错，他应当马上搬进高大洋房以实吾言才对。

哎哟，算了吧，我对于此等诸公，只有"呜呼哀哉"四字奉敬。

你们口口声声说努力于这样，努力于那样，实际你们所努力的只是个"无有"。

你们真要做个有用的青年么？请听我说：

第一，你们应当在诚实上努力，无论道德的观念如何变化，却从没有把说谎当作道德的信条的。请你们想想，你们文章中，自假哭以至瞎跳瞎骂，能有几句不是谎？

第二，你们要做人，须得好好做工，懒惰是你们的致命伤。你要到民间去么，捎上你的锄头；你要革命么，捎上你的枪；你要学问么，关你的门，读你的书；你要做小说家做诗人么，仔细的到社会中去研究研究，用心看看这社会，是不是你们那一派百写不厌的悲哀，苦闷，无聊，……等滥调所能描写得好，发挥得好的。再请你看一看各大小说家大诗人的作品，是不是你们的那一路货！

算啦，再说下去也自徒然，我又何必白费？新年新岁，敬祝诸君好自为之！

（1927年1月10日）

教我如何不想她

天上飘着些微云,
地上吹着些微风。
啊!
微风吹动了我的头发,
教我如何不想她?
月光恋爱着海洋,
海洋恋爱着月光。
啊!
这般蜜也似的银夜。
教我如何不想她?
水面落花慢慢流,
水底鱼儿慢慢游。
啊!
燕子你说些什么话?
教我如何不想她?
枯树在冷风里摇,
野火在暮色中烧。
啊!
西天还有些儿残霞,

教我如何不想她?

（1920年9月4日）

编者附：

《教我如何不想她》是由刘半农在1920于英国伦敦大学留学期间所作，是中国早期广为流传的重要诗篇。该诗音韵和谐，语言流畅。刘半农在这首诗中首创了"她"指代女性，得到社会的广泛认可。1926年，赵元任为这首诗谱了曲子并被大众传颂。

高一涵

1885—1968

  原名永浩,别名涵庐、梦弼,笔名一涵,安徽六安人,与李大钊同办《晨报》,经常为陈独秀主编的《新青年》撰稿,并协办《每周评论》。新文化运动的主力军之一。

  他是少有的具备深厚西方政治学素养的专业人士,兼具思想家与启蒙者的双重身份,是继严复之后的又一学院派思想启蒙大师,现代政治学的开拓者。

无人民不成国家,无权利不成人民,无自由不成权利。

近世三大政治思想之变迁

政治本由理想产出。理想者为事实所感召，立之以纲维时会之迁流者也。必有新理想导之于先，乃有新政治实现于后。国人局于现象，鉴吾国政治状况，大似欧洲十八世纪之初。凡所论列，多摭拾[81]十八世纪以前之学说，以津津自意。如天赋人权、小己主义、放任主义，早为西人所唾弃者，尚啧啧称道，自诩新奇。殊不知政治进化，非同机械；发达变迁，均为有意识之动作。凡他国由枉道而得之利益，吾可由直道而得之。他国几经试验，由失败而始得成功者，吾为后进之国，自应采取其成功之道，不必再经其失败之途。由此以推，则凡先进国回环顿挫，历数世纪始获得之进步，后进国可寻得捷径，而于一世纪之中追及之。然则述西人政治思想之变迁，以为吾国政治思想变迁之引导，诚为今日之急务焉。兹略举数事如左：

一、国家观念之变迁

古代人民思想，均以国家为人生之归宿。故希腊罗马及前代之倭人，莫不以国家为人类生活之最高目的。人民权利，皆极端供国家之牺牲。至唱人权、放任、小己之说者起，乃一变其说，谓国家权力，与人民权利，绝不相容；且有谓政府之存在，徒因人类之有罪恶；罪恶一去，政府斯亡，乃至十八世纪以后，新国家主义日益发明，如费舒特（Fichte）、海格尔（Hegel）、玛志尼（Mazzini）、加奈尔（Carlyle）、骆司硁（Ruskin）、格林（Green）诸氏，均阐发国家之功能：以为人类一切障碍，惟赖国家之力，可以铲除；一切利益，惟赖国家之力，可以发达。在千八百六十四年，英人之思想，以反对国家者为正教，以信赖国家者为异端；在最近数年前，则以信赖国家者为正教，以无政府主义为异端。考其所以变迁之原因，盖一由国家观念，大异于前，一由国家功效，昭昭在人耳目，故也。唱人权放任小己之说者，以为国家权力，与人民权利，乃两相妨害之物；国权一伸，民权自不得不缩。近世乃知人民之权利自繇，由法律所赋予。国家权力强固一分，即人民权利强固一分，确认国家无自身之目的，惟以人类之目的为目的。犹经济学上之富然：富非人生之究竟，乃为求达人生究竟之一途；国家亦非人生之归宿，不过为人类凭藉，以求归宿之所在耳。又因列强竞争，日形激烈；人民自繇，仅为此小国家主义所限制，劳劳战备，日在惴惴战栗之天，自繇范围，终嫌狭隘。于是信赖民族竞争之小国家主义者，又一变而神想乎人道和平之世界国家主义。欧战告终，国际间必发生一种类似世界国家之组织，以冲破民族国家主义之范围。此征之于最近西人舆论而可信者也。

二、乐利主义之变迁

古代之政治思想，多自"损下益上""捐万姓以奉一人"之原则，演绎变化而来。自边沁唱最大幸福之说，政治思潮，倏焉丕变，顾尔时之解乐利主义者，犹重其数量而略其性质。多数之幸福，犹为少数代表所代谋。夫幸福之所以可贵者，在引人民于政治范围以内，俾藉群策群力，以谋公共福祉之谓也。设以他人代谋为原则，使多数人民，立于被动地位，颓废其独立自营之本能，所谓幸福，直欺人语耳。盖近世所谓幸福，绝非根据他方之痛苦而来，亦不得以一阶一级之人数为界限。设移此阶此级之幸福，以享他阶他级之人，抑或因谋最大多数之人幸福，而置少数之人幸福于不顾：皆非近世之所谓乐利主义。乐利云云，必以个人为单位。无论牺牲万姓以奉一人者为非，即牺牲一人以奉万姓者亦非。此方所增之幸福，绝不自他方痛苦中夺来，亦非自他方幸福中减出。设在吾国，痛苦一人，以利三万九千九百九十九万九千九百九十九人，犹是阶级的乐利主义，多数的乐利主义，而非平等的乐利主义，全体的乐利主义也。真利所存，必其两益。绌此伸彼，终必致两败俱伤。近世学说，多由主张小区选举制度，变为主张大区选举制度，由主张多数选举，变为主张比例选举。此制如行，则旧日多数专擅自营其私之弊端，可日益廓清；且可更进而行直接民政，公意全发动于人民之自身矣。

三、民治主义之变迁

在贵族政体初变时代，论平民政治者，犹未脱尽阶级资格之观念，限制选举，多以教育财产为必要之条件。与其谓之为平民政治，毋宁谓优秀人民政治。乃择其优秀者，畀以参政权，非畀以参政权，使养成优秀人民也。迨十九世纪之末，欧美学者所谓平民政治，大抵皆建筑于人民权利及小己私益之上：以为平民政治云者，小己自保其权利，自享其私益之谓。不知权利私益，皆为人生之凭藉，而非人生之归宿。近数年来，多唾弃小己主义，主张合群主义；唾弃私益问题，主张公益问题；以为真正平民政治，乃建设于担负社会职任之小己之上。小己私益，即自社会公益中分来。人民入群而后，皆以谋社会公共幸福之目的，谋小己之幸福。而社会利益之进化，不徒恃普通选举制，及议院政府制，乃恃有中介的团体，使小己与一群，得以联络一气。民治政府，实为责任政府。予人民以参政机会，即道人民以负责之方。以选举之事，锻炼政才，故实行平民政治，实足以收教育之功能，选举制度，不惟无教育资格之必要，且足以补教育之缺焉。

吾国政治思想，偏于守旧。自表面观之，所受世界思想变迁之影响，似乎极微。推求实际，近日政治现况，实与世界思想，一致前趋。大凡政治理想发现之初，不为破坏的革命，则为消极的反对。当新思想未能实行之先，必使与我反抗之旧思想，破坏无余，乃有建树新思想之余地。哈蒲浩有言曰："当自由主义之发端也，恒为破坏的革命的批评。取消极态度者，约数世纪。所立事业，破坏多于建设。削除人类进步之障碍，远多于表明积极之主张。"吾意中国今日之政治思想亦然。袁氏之自私的国家主义，已经打消。段氏之负气的武力政策，亦瞬见失败。此后群众放矢之的，又将转向"骑墙"的自私诡计而发。凡凭国为崇，图谋一部分乐利，及假贤人政治为名，以屏斥人民于政治范围而外者，皆与此国家主义乐利主义民治主义之新思想，不能并存。不试则已，试则未有不偃旗息鼓、败北而逃者也。

（原载《新青年》第四卷第一号，1918年1月15日）

沈尹默

1883—1971

祖籍浙江吴兴（今湖州），曾任北京大学教授、北平大学校长、辅仁大学教授，《新青年》杂志编委。著名学者、诗人、书法家、教育家。原名君默，因其在北大担任教授时少言，被同事调侃说"要口干吗"，故建议改君为尹，随后更名沈尹默。

> 我将以前所有的欢喜,今日都付你!

月夜

霜风呼呼地吹着,
月光明明地照着。
我和一株顶高的树并排立着,
却没有靠着。

（原载《新青年》第四卷第一号,1918年1月15日）

附:
《新青年》第一次刊登白话诗。康白情认为这是中国新诗史上第一首散文诗。

鸽子

空中飞着一群鸽子,笼里关着一群鸽子,街上走的人,小手巾里还兜着两个鸽子。

飞着的是受人家的指使,带着鞘儿翁翁央央,七转八转绕空飞,人家听了欢喜。

关着的是替人家作生意,青青白白的毛羽,温温和和的样子,人家看了欢喜;有人出钱便买去,买去喂点黄小米。

只有手巾里兜着的那两个,有点难算计。不知他今日是生还是死;恐怕不到晚饭时,已在人家菜碗里。

(原载《新青年》第四卷第一号,1918年1月15日)

除夕

年年有除夕，年年不相同：不但时不同，乐也不同。

记得七岁八岁时，过年之乐，乐不可当，——乐味美满，恰似饴糖。

十五岁后，比较以前，多过一年，乐减一分；难道不乐？——不如从前烂漫天真。

十九娶妻，二十生儿：那时逢岁除，情形更非十五十六时，——乐既非从前所有，苦也为从前所无。

好比岁烛，初烧光明，霎时结花，渐渐暗淡，渐渐销磨。

我今过除夕，已第三十五，欢喜也惯，烦恼也惯，无可无不可。取些子糖果，分给小儿女，——"我将以前所有的欢喜，今日都付你！"

（原载《新青年》第四卷第三号，1918年3月15日）

赵世炎

1901—1927

字琴生,号国富,笔名施英,重庆市酉阳土家族苗族自治县人。中国共产党早期杰出的无产阶级革命家、卓越的马克思主义理论传播者、著名的工人运动领袖、中国共产党的创始人之一。曾领导了震惊中外的三次上海工人大罢工,成为当时著名的工人运动领袖,1927年不幸被捕牺牲,年仅26岁。

> 奋斗二字,愚常奉以为人生第一要义。

说少年（续）

（二）现代我国的少年

（甲）总论

我要说"现代我国的少年"，我又先要作"现代我国的少年"的总论，岂敢！岂敢！普通一个人要论一件事，总说是问世十年或八年。可怜我自从四岁起，读了三四年的《三字经》《百家姓》《龙文鞭影》，又读了三年的四书、五经，到了十一岁进高等小学，三年毕业又进了四年中学，现在刚脱离中学，我那里会知道世是怎样问法？我既没有问过世，读的书又很少，我的家庭愉乐，抛离的很早，我的朋友交际，又很冷淡，叫我从何下手来论"现代我国的少年"呢？莫奈何我的脑筋一定要发出这个题目，我的手一定要拿起笔来写。细想起来我只好顺着脑说我自己的话。对与不对？大家原谅。

我有一个同乡曾慕韩先生，曾做一本书叫作《国体与青年》，他所说的现代青年有三种：（一）堕落的青年；（二）迷惑的青年；（三）自杀的青年。我常常拿这三种，反省我自己：第一层堕落，我自己不能说自己，因为自己说的近于掩饰；第三层的自杀，我自己并没有这样计划，并且常由人生观上反对这事；惟有第二层的迷惑，可怜我自己实在不敢辩护！我现在要说的自己的话，就是要说迷惑的少年，与我这最幼稚观察所得的迷惑少年。我脱帽三鞠躬，向国中自命少年的深深请一个罪，因为我拿迷惑的少年来说"现代我国的少年"。

（乙）所处的家庭

不得不已！我既拿迷惑的少年来说现代我国的少年，我要说现代我国少年所处的家庭，就是迷惑少年所处的家庭。迷惑少年所处的家庭，也就是一个迷惑家庭，糊涂家庭。现在一般人所谓的"家庭教育"，要没有迷惑的家庭，何至于有迷惑的少年？给以袭产，养以丰衣美食，逞一时情感的指腹为婚，抱子添孙主义的早早娶媳，这是迷惑家庭政策的第一种。希望子孙，达官贵显，光宗耀祖，步步高升，今年读字，而明年该读五经了。托张求李，送进学堂，几年速成？越快越好，毕业后可以拿多少钱？差事好不好？将来某某先生，准可以托他提拔提拔，一家子有希望了，孩子出头了！这是迷惑家庭政策的第二种。"子孙虽愚，诗书不可不读"。过了几年，四书五经念完了，或者是高等小学或中学毕业了，有的是家业艰难，有的说是"世道大变"。人上托人，设法求事，东拉西扯，找点小本，作朝不保夕的糊口生涯：张某是洋行买办，李某是钱店经理，叹惜连天，垂涎羡慕，这是迷惑家庭政策第三种。迷惑的路，千条万条，层出不穷，实在是描写不尽！还有张百忍的五世同堂，人人说是佳话，孰知道一般的家庭，只要时机成熟了，就举行"瓜分"：有的由父母主动，大批爱甲儿，恶乙儿；有的由兄弟争闹，或说父母偏爱，或因行为不合；有的是父子之间，发生问题，父说子不肖，子怨父固守，作儿子的，以为这财产是应得分的，有丝毫不平均也不行，作父母的，以为财产是应该给子孙的，若不然子孙何从生活。一般自命少年的，因此一天一天想，产业何时可以分？自己将来得了分产，如何的妻子、奴婢，享受快乐，这都是迷惑家庭所产出迷惑少年的行径，并且是一般自命少年所互相标榜，互相竞争。大家由这种迷惑家庭钻出来，由各张旗鼓，创造自己的迷惑家庭，传之子孙，迷惑无穷。

（丙）所处的学校

教育！学校教育！"教育即是生活"，学校就是舞台了！由迷惑家庭培养的子弟，受迷惑家庭产出来的教师教育，与一般迷惑朋友"日居月诸"实行迷惑的生活。学校是一个进身之阶，学问是一种手段，时髦不可不趋，面子不可不讲，八十分是甲等，七十分是乙等，军国民教育，养成效命"国内沙场"的志士，慷慨悲歌，做几篇"元元之民，陷于涂炭"的文章，马褂尚黑，长袍尚白，自来水笔，亮光皮鞋，运动短裤，卫生毛衣，处处要挂学生的招牌，总怕人不知道我是学生！这都是时髦少年所受的教育与行为，是好是坏，我岂敢批评，不过我以为迷惑两个字，终不能免。至于在学业与操行各方面，我们迷惑少年实受赐不少；惩戒，记过，革除，我们知所警戒了；给赏，记分，褒奖，我们知所荣辱了；考试，发榜，甄别，我们知所发愤了。"黑者，黑也""读书人应受绳墨"，这都是至言至理，小事不敏，静而听之。像这样的教训，是非得失？我又岂敢批评，不过我觉得都是造成迷惑的根源，还得研究才好，要公开，不要秘密，要进取，不要保守。可怕杜威博士真利害！他说"教育即是生活"。我以为中国的学校是些衙门，四班八房，典吏差役，无所不备，造册子，出训令，一层一级，森威谨严。我们在学校作了囚犯，出了学校，也就不免一个土匪！可怜！可怜！官僚式的教育！贵族式的学生！迷惑的少年！

（节选自《少年》第三期，1919年11月1日，署名赵世炎）

我们读书时间分配的问题

我提出这个问题,原来是什么意思,请先说说:(一)很多的人说:"忙得很,忙得很!"或是说:"没有工夫这样,没有工夫那样,……";(二)有很多人又说:"没有事!没有事!"或是说:"不要紧,很可以慢慢的!"或是又说不出个所以然,但是总觉得没有事。这两种是极端反对的,然而都是实在情形。

两种所生的现象:第一种好像个"无事忙",因为忙不出个所以然;第二种是自己知道有事,却不承认有事,但是这种人总归有点事,只要张着两只眼,就有"眸子不正"的事;就是闭着眼,也有"梦邯郸""梦周公"的事。所以这种人没有事还是有事,唱戏,喝酒,冶游,打牌,赌钱,抽大烟!

有这以上两种极端相反,动机不同的事实,却又是同归于无用;所以到底要怎样才好?我们现在是在读书,别的什么这界那界的"奥妙生活",我们且不必管,我们先讨论自己。并且我恐怕……恐怕……我……你……他……我们:不属于第一类,就……就属于第二类!

人是不是当然很忙,是不是当然没有事?忙的人是不是真忙?没有事的是不是真没有事?这些问题都不必讨论,只简单答复就行了。简单两句话:"人的事很多,但是不必忙。"

所以我们读书的事很多,但是也不必忙。读书的事,对于我们,一点也不忙,我们觉得忙,是我们错了!至少说是没有事,当然根本上不能成立。读书又要去赌博,冶游,就不必挂读书的招牌。要说"逢场作戏",就不必瞒着父兄;要说"偶而为之",就不要再干第二回。打不了"读书"的招牌,也就要打"人"的招牌;难道真在鬼门关喝了迷魂汤?不然我们不要忘是个"人"。

读书既是不必忙,忙是由时间上生出问题,所以我想讨论这个时间分配的问题,我们少年学会有讨论一项,我就把他提了出来;几天以后,接到弘毅、综两位会友的起稿,已经录在前面了。

弘毅君一篇,虽是理论,却也切实。他说的书的性质,人的精力,与环境关系等等,都很扼要;不过他把我的题目有点误解:他说的是我们如何分配读书时间,我说的是我们读书的人的时间分配的问题。

综君的"十分之几"分配法,很有道理,决不是随便的,我们细看看细想想就会明白。要注意的,就是他第四项的做工时间,特别占十分之三,这又要拿"工读主义"来说明;只可惜我们没有一个实行的办法。依我意思,只要属于"同时不用脑力"的事就行,譬如关于私人或公众的亲手"操作"的事,就算劳力;再退一步说:我们往返道途,譬如入校及归家,以步代车,也是一种;又如吴稚晖先生所说的"青年的工具":家庭中,书房中,有些器具,真干起来,也好极了。

综君的第五项尤要特别注意,我们学生界在这"五四"以后,群众运动渐收束了,但是中华民国已经给了我们一种担负;所以如综君第五项的说明中,我们总要择一项,若能力不够,也要出脑力预备，拿出时间去试；他这"十分之几"分配法，最为平允，大家都做得到，我认为这分配法是共同的，不过我个人现状与他的微有不同，我且写出来与他作个比较的参考：

（一）校课占全时间（上课不计）十分之一。

（二）看参考书等占十分之二。

（三）看新书报、新杂志占十分之一。

（四）劳力工作占十分之二。

（五）劳心的事占十分之三或四。

（六）运动占十分之一或无。

这都是以我现状说的，我的工作的事，说个笑话：小而言之，自己照料饮食，洗衣洗裤，补衣补裤，我都认为是劳力，我也常常作，总之我认为实行"操作的"，就算劳力工作。我自己觉得不对的，就是第五项占的太多，应该减去一分，增入第二项或第六项；我自己明知应该改良，无奈乎不能实行，并且第六项几乎没有，我自己知道很不对。

我个人的"十分之几"分配法，不足计较；我觉得综君的很对，很可实行。惟"十分之几"的方法，用时间的单位限度计算起来，是怎样？若不说明，好像是一个"对于已过的观察"，不是"对于此后的规划"了，那岂不近于"造册子""画表"的事，岂不糟糕的？

我们要拿钟点来做单位，决不行；因为以上六项不能每人每日件件都做。若以一日为单位也不对，因为不能说今天做某项，明天做某项。以周以月更不行。所以不能有绝对的单位，只有一个时间单位的限度；这限度用钟点用日全不行，三日五日，又不好计算；最好就是一周。简单说："把一周的时间（除授课、休息、睡眠不计）分为十分，照着前六项分配实行；如第（一）（五）（六）三项可以全天全有；（二）（三）（四）不必每天都有；换一句话说就是：一周之内六项全要做到，全要按照所分配的分数。"

以上的大致如此，详细的我们一面想，一面实行，自然觉得很明白，并且一定觉得有趣，不过这些时间，我们都把授课、休息、睡眠时间除开，这三种也是我们的时间，并且占去了大半分，我们不可不研究。

（甲）授课：这个没有问题，当然要用心听讲，不过也有不可听的；对于这一层，我就主张不听，不特不听，直到可以听时才去听；我匀出这时间，还可做"十分之几"之内的事，不过不要做"逢场作戏""偶而为之"的事才对，至于甚么"旷课""缺席"那是学校造册子的事，与我们无关。

（乙）休息：这一种时间分几种：（1）下课以后的最短时间；（2）饮食以后的最短时间；（3）"十分之几"中各项内最短的时间，大概不外三种，长一点的就是睡眠，或是卧病，这是不在预算内的，或是有特殊原因的长期休息，这三种都是一定有的，没有什么可以研究。不过这些休息都要真的，要是适当休息也拿着书看，这叫作"自苦"。

（丙）睡眠：前两种的时间，不能人人都同，这一种依理可以划一。有很多人主张每日睡八点钟。我以为春、秋二季，应该睡七点钟，冬、夏二季应七点半钟，春秋二季的时间，比冬夏贵半点；理由也不是因为什么"春光明媚""秋朗气清"，不过这两季比较上可以少睡半点钟，并且还有地域变迁不同，不可概论；退一步说，四季都是七点钟也好。我们总要睡得够，别的分配的时间才能准，所以不能不有一个允当的限度；至于睡后半夜的两三点钟或是"明天以后前半天"，那是"逢场作戏""偶而为之"的结果，他的时间就没有分配，也不必管他了。还有"昼寝"一件事，也不应当，这是算在七点钟之内，也觉得零碎，顶可以不必，孔夫子骂宰予，是一个很好的教训。

以上的三种说完了，再将我们一天时间总算一算：（一）授课普通八点或九点，且以九点计算；（二）零碎的休息，二点钟；（三）睡眠七点钟；这三种就算占去十八点了。除下的六点钟就是"十分之几"的分配所占的时间了。倘若只有八点钟的课，或是只以五点钟分配"十分之几"的事，以这一点钟流入休息内也可；又若没有八点钟的课，就可以多出的钟头，加入"十分之几"内。

这"十分之几"的分配时间，用一周为单位限度，到现在就可以用钟点计算，如上所说，平均每日六点钟，七日就四十二点钟，再加入星期日没有课的八点钟，就共有五十点钟了。把它分作十份，每份就是五点，所以我们每周有：（按照综君所分配）

（一）十点钟温习校课（平均每日一点以上）。
（二）十点钟看参考书（可以五日分配之）。
（三）五点钟看杂志（可以四日或五日分配）。
（四）十五点钟作劳力事（可以五日以上分配）。
（五）五点钟作劳心的事（平均每日几十分钟）。
（六）五点钟运动（平均每日几十分钟）。

我的"我们读书时间分配的问题"，说到这里，已经完了。

题目是妄拟的,这样分配法,综君提出来,与我意思同,我就把他说明,是不是对呢?不知大家意思怎样?不过我觉得很可以实行,我自己的是实行了,并且我想几十年最时髦的"壁上贴的功课表",差不多每一个学生都有一个,是不是造册子的作用?也不知道;贴在壁上,能实行不能实行?是一个问题;天天如此,是不厌烦?又是一个问题;并且有几天又换了一张贴着的;有把几点几十分都定出来的;这些事我都干过——我想与其这样死,不如改个活法子。大家的意思怎样?我们可以从细商量;我们"少年学会"研究问题,是很欢迎人指教的。

(原载《少年》半月刊第二期,第二至四版,
1919年10月16日,署名琴荪)

杂感：北李南陈

黄日葵兄告诉我，有大会在李陈两先生合摄照片的硬纸板上这样写着：北李南陈，两大星辰，漫漫长夜，吾辈仰承。这几句话真正道出了五四时期我们青年追求光明、尊重先进的殷切心情。

我在北京读书时常到李先生家去请教，承他对我们学习时加指示，因此他就成了我的导师。

出国路过上海曾到环龙路去见陈先生。他对我的勤工俭学规划表示怀疑，认为工读兼顾是办不到的。他没有给我一个陈述意见的机会，也不曾对我提问，他不是和我谈心而只是向我训话。他给我留下一个印象：自信心强，判断力也强。

我接受了李先生的指导，也要记着陈先生的话，用以激励我自己。

（1920年8月）

给少年学会朋友们的来信

修甫、康农、伯明、骧尘、友松、锡侯、嘉棐、家瑞……诸友：

……唉！我一些亲爱的老朋友们呀！在你们所常想的，以为只要在欧洲就处处可以得安慰吗？固然属于物质上的，我们虽挤在这灿烂而又混沌的空间内，也有些慰藉可言，但我们所经度的搏战生涯，人类同情的、了解的工作还未达到相当程度，我们的精神那能就说畅快，而且含含糊糊地过日子，又不是我们所当做，所忍做的。

我在这半年来差堪自慰的事情便是能够来实验地做劳力的工作，从直觉的感触中，也得些片断的安慰。但知识的恐慌，既迫促了我反动的着急，一般的现状，又刺激了我刚愎的嫉视。

我"穷极则变"，几月以来为回避恐怖的人生，不能不急筹搏乱的方法。事实上别无他法，我只有忙！忙个不了。以前的复杂的幻想，都用锁钥闭起，直到了现在，最近来因为八小时的权利失去，生活上始稍有些变迁（近来欧洲工业市场，大形变动，法国尤甚，工人失业者多至百万。我于一星期前也暂时停止没工作）。这也是我所以能够比较的详细一点来和你们写这封信的原因，我在暂时八小时的努力虽然停止，然而精神生活仍继续不断的无所变易，你们乐闻此说么？

大致你们也很想从我得知一些在法做工的消息：在我的责任

上，早就应该详告你们一番。不过我个人之见，绝不能得事实上的真理，在11月间我与你们的信中，曾预先和你们商量出《勤工俭学研究号》于《少年》的事。我并且曾与你们的稿子在1921年1月底可寄到，不料这件事我现在很歉意的于时期上对你们失了信！这也是我匆忙中一种热烈的错！现在，这工作我们正在做，不过时期没有那样快了，但也只缓期一月。因为这件事决不仅做文章发表直觉的意见，我们还需有切实的讨论，最近几个星期日，于不远的几个地方做工而很相了解的朋友们，我们聚会了几次，都做严重的辩论，切实的谈话。前个星期日才商决，我们姑无论效果如何，只当做自己于良心上不可隐忍的事，前途上应该不糊涂的事，无论是直觉的，反动的，我们总要披肝沥胆，尽情一吐！现在又因为时间上不可太缓，约定1921年1月以前汇齐大宗的稿子，寄到国内来。寄的事是我担任的，我敢于担任的把握是在你们。现在《少年》是不是仍出我不知道（你们也真做得出，总不寄一份来）。《少年》若还在，就借出一个勤工俭学研究号大概是可能的事。否则，这工作是很希望可以做起的，如若《少年》不能借光，只好另出小册子。但也是要恳托你们的。在1月底或2月初可以由法国付邮，2月底或3月初可以寄到，请你们就照这日子预算罢。

……我常常想，我们过去的事，都有些蹈空，所以积极便会发现弱点。我常听朋友说，国内青年受"五四"的潮流太蹈空，不走实际，是现在的最大恐慌，这话实在中肯。比如《少年》于我没出国以前，曾主张停刊的，现在我们大家既感受到学业与责任的观感，又承一些很难得的师友们的催促与赞助，仍在范围以内做点工作，也不能说绝对不可以，不过，凡做起的一件事，在我们现在至少不可不保持的，就是不能懈怠。……现在的北京，已经是一个时髦青年的制造所,尤以北大和高师为甚,我恐怕结果之坏,将有甚于五花八门之上海,这都是受"五四"思潮太蹈空之毒!我诚恳地盼望我们朋友务要从冷静处窥探人生,于千辛万苦中,杀出一条血路!……

你们的实诚的 赵世炎

(原载于《少年》第十五期,1921年3月1日)

瞿秋白

1899—1935

本名双,后改瞿爽、瞿霜,字秋白,江苏常州人。中国共产党早期主要领导人之一,伟大的马克思主义者,卓越的无产阶级革命家、理论家、文学家和宣传家,中国革命文学事业的重要奠基者之一。1935年2月,在福建省长汀县被国民党军逮捕,6月18日从容就义,时年36岁。

> 我心灵的影和响,或者在宇宙间偶然留纤微毫忽的痕迹呵!

饿乡纪程·绪言

　　阴沉沉，黑黝黝，寒风刺骨，腥秽污湿的所在，我有生以来，没见一点半点阳光，——我直到如今还不知道阳光是什么样的东西，——我在这样的地方，视觉本能几乎消失了；那里虽有香甜的食物，轻软的被褥，也只值得昏昏酣睡，醒来黑地里摸索着吃喝罢了。苦呢，说不得，乐呢，我向来不曾觉得，依恋着难舍难离，固然不必，赶快的挣扎着起来，可是又往那里去的好呢？——我不依恋，我也不决然舍离……然而心上究竟是个什么样的滋味呵！这才明白了！我住在这里我应该受，我该当。我虽然明白，我虽然知道，我"心头的奇异古怪的滋味"我总说不出来。"他"使我醒，他是一个不可思议的谜儿，他变成了一个"阴影"朝朝暮暮的守着我。我片刻不舍他，他片刻不舍我。这个阴影呵！他总在我眼前晃着——似乎要引起我的视觉。我眼睛早已花了，晕了，我何尝看得清楚。我知我们黑甜乡里的同伴，他们或者和我一样。他们的眼前也许有这同样的"阴影"。我问我的同伴，我希望他们给我解释。谁知道他们不睬我，不理我。我是可怜的人儿。他们呢，——或者和我一样，或者自以为很有幸福呢。只剩得和我同病相怜的人呵，苦得很哩！——我怎忍抛弃他们。我眼前的"阴影"不容我留恋，我又怎得不决然舍离此地。

同伴们，我亲爱的同伴们呵！请等着，不要慌。阴沉沉，黑黝黝的天地间，忽然放出一线微细的光明来了。同伴们，请等着。这就是所谓阳光，——来了。我们所看见的虽只一线，我想他必渐渐的发扬，快照遍我们的同胞，我们的兄弟。请等着罢。

　　唉！怎么等了许久，还只有这微微细细的一线光明，——空教我们看着眼眩——摇荡恍惚？难道他不愿意来，抑或是我们自己挡着他？我们久久成了半盲的人，虽有光明也领受不着？兄弟们，预备着。倘若你们不因为久处黑暗，怕他眩眼，我去拨开重障，放他进来。兄弟们应当明白了，尽等着是不中用的，须得自己动手。怎么样？难道你们以为我自己说，眼前有个"阴影"，见神见鬼似的，好像是一个疯子，——因此你们竟不信我么？唉！那"阴影"鬼使神差的指使着我，那"阴影"在前面引着我。他引着我，他亦是为你们呵！

　　灿烂庄严，光明鲜艳，向来没有看见的阳光，居然露出一线，那"阴影"跟随着他，领导着我。一线的光明！一线的光明，血也似的红，就此一线便照遍了大千世界。遍地的红花染着战血，就放出晚霞朝雾似的红光，鲜艳艳地耀着。宇宙虽大，也快要被他笼罩遍了。"红"的色彩，好不使人烦恼！我想比黑暗的"黑"多少总含些生意。并且黑暗久了，骤然遇见光明，难免不眼花缭乱，自然只能先看见红色。光明的究竟，我想决不是纯粹红光。他必定会渐渐的转过来，结果总得恢复我们视觉本能所能见的色彩。——这也许是疯话。

　　世界上对待疯子，无论怎么样不好，总不算得酷虐。我既挣扎着起来，跟着我的"阴影"，舍弃了黑甜乡里的美食甘寝，想必大家都以为我是疯子了。那还有什么话可说！我知道：乌沉沉甘食美衣的所在——是黑甜乡；红艳艳光明鲜丽的所在——是你们罚疯子住的地方，这就当然是冰天雪窖饥寒交迫的去处（却还不十分酷虐），我且叫他"饿乡"。我没有法想了。"阴影"领我去，我不得不去。你们罚我这个疯子，我不得不受罚。我决不忘记你们，我总想为大家辟一条光明的路。我愿去，我不得不去。我现在挣扎起来了，我往饿乡去了！

（1920年11月4日，哈尔滨）

赤都心史·生活

世界是现实的,人是活的。

生活是"动",求静的动,然而永不及静的。正负两号在代数中是相消的,在生活中是相集的。进取工作,脑血筋力鼓动膨胀发展时,人觉积极的乐意,——是生活;疲惫怠荡弛缓时,人觉消极的休息,——是死灭。这第一式中虽相对,然而凡"一切动时一切生"。动而向上,动而向下,两端相应,积极消极都是动。所以欣然做工者,憩然休息者,忿然自杀者都在生活中。永不及静,是以永永的生活。

不动不生,又要不死不灭,不工作,不自杀,处于生与死两者之间,是不可能的。

既然如此,"动"而"活",活而"现实"。现实的世界中,假使不死寂——不自杀,起而为协调的休息与工作,乃真正的生活。

"工作为工作"是无意味的。必定有所得。——其实"为工作的工作"固然有无上的价值,然而也不能说无所得,"动的乐意"即是所得。动的,工作的"所得"之积累联合,相协相合而成文化。文化为"动"——即生活的产儿。文化为"动"——即生活的现实。

所以:——为文化而工作,而动,而求静——故或积累,或灭杀，务令于人生的"梦"中，现现实的世界；凡是现实的都是活的，凡是活的都是现实的；新文化的动的工作，既然纯粹在现实的世界，现实世界中的工作者都在生活中，都是活的人。

（1921年3月20日，莫斯科高山疗养院）

真假堂吉诃德

西洋武士道的没落,产生了堂吉诃德那样的戆大[82]。他其实是个十分老实的书呆子。看他在黑夜里仗着宝剑和风车开仗,的确傻相可掬,也只觉得他可怜可笑。

然而这是真吉诃德。中国的江湖派和流氓种子,却会愚弄吉诃德式的老实人,而自己又假装着吉诃德的姿态。《儒林外史》上的几位公子,慕游侠剑仙之为人,结果是被这种假吉诃德骗去了几百两银子,换来了一颗血淋淋的猪头,——那猪算是侠客的"君父之仇"了。

真吉诃德的做傻相是由于自己的愚蠢,而假吉诃德是故意做些傻相给别人看,想要剥削别人的愚蠢。

可是,中国的老百姓未必都是这么蠢笨,连这点儿手法也看不出来。

现在的假吉诃德们何尝不知道大刀不能救国,他们却偏要舞弄着,每天"杀敌几百几千"乱嚷,还有人"特制钢刀九十九柄赠送前敌将士"。可是为着要杀"猪"起见,又舍不得飞机捐。于是乎"武器不精良"的宣传,一面变成了节节退却或者"诱敌深入"的注解,一面又借此搜括一些杀猪经费。可惜前有慈禧太后,后有袁世凯!——清末的兴复海军捐变成了颐和园,民四的"反日"爱国储金变成了征讨当时的革命军的军需。现在这套把戏实在太欠新鲜,谁不知道。——不然的话,还可以算是新发明。

现在的假吉诃德们,何尝不知道"国货运动"振兴不了什么民族工业,国际的财神老爷扼住了中国的喉咙,连气也透不出,什么"国货"都跳不出这些财神的手掌心。然而"国货年"是宣布了,国货商场是成立了,像煞有介事的,仿佛抗日救国全靠一些戴着假面具的买办多赚几个钱。这钱还是牛马猪狗身上去剥削来的。不听见增加生产力,劳资合作,共赴国难的呼声么?原本是不把小百姓当人看待,而小百姓做了牛马猪狗仍旧要负"救国"责任。结果自然应当拼命供给自己身上的肉给假吉诃德们吃,而猪头还是要斫下了(挂出去)示众,以为"捣乱后方"者戒。

现在的假吉诃德们,何尝不知道什么"中国固有文化"咒不死帝国主义,无论念几万遍"不仁不义"或是金光明咒,也不会触发日本(三岛)的地震,使它陆沉大海。然而他们偏要高喊"民族精神",仿佛得了什么秘诀。意思其实很明白,是要小百姓埋头治心,多读修身教科书。这固有文化本来毫无疑义:是岳飞式的奉旨不抵抗的忠,是朗诵"唤起民众"而杀之的孝,是斫猪头吃猪肉而又远庖厨的仁爱,是遵守卖身契的信义,是"诱敌深入"的和平。其实"固有文化"之外又提倡什么"学术救国",引证西哲菲希德之言等类的居心,又何尝不是如此。

假吉诃德的这些傻相,真教人笑不出哭不出;你要认真和他辩驳,当真认为可笑可怜,那就未免傻到不可救药了。

(1933年4月11日)

易白沙

1886—1921

出生于湖南长沙,家居白沙井。因平生钦敬明代名儒白沙先生陈献章的言行文章,而改原名易坤为易白沙。新文化运动中反对尊孔读经的第一人,五四时期的一位风云人物,《帝王春秋》的编写者和《新青年》的撰稿人。于1921年端午节,蹈海自杀。

真理以辩论而明，学术由竞争而进。

孔子评议

（上）

天下论孔子者，约分两端：一谓今日风俗、人心之坏，学问之无进化，谓孔子为之厉阶[83]；一谓欲正人心、端风俗、励学问，非人人崇拜孔子，无以收拾末流。此皆瞽说[84]也。国人为善为恶，当反求之自身，孔子未尝设保险公司，岂能替我负此重大之责？国人不自树立，一一推委孔子，祈祷大成至圣之默祐，是谓惰性；不知孔子无此权力，争相劝进，奉为素王，是谓大愚。

孔子当春秋季世，虽称显学，不过九家之一。主张君权于七十二诸侯，复非世卿，倡均富，扫清阶级制度之弊，为平民所喜悦。故天下丈夫、女子，莫不延颈举踵而愿安利之。无地而为君，无官而为长，此种势力，全由学说主张，足动当时上下之听。有与之分庭抗礼、同为天下仰望者，墨翟是也。有诋其道不足救国而沮之者，齐之晏婴、楚之子西及陈蔡大夫是也。所以孔子只能谓之显学，不得称以素王。其后弟子众多，尊崇其师，贤于尧舜。复得子夏教授西河，为魏文侯师。子贡常相鲁、卫，家累千金。孔门学术，赖以发扬。然在社会，犹一部分之势力而已。至秦始皇摧残学术，愚弄黔首，儒宗亦在坑焚之列。孔子弟子，善于革命，鲁诸儒遂持孔氏之礼器，往奔陈涉，此盖以王者受命之符，运动陈王，坚其揭竿之志。远孙孔鲋,且为陈涉博士,与之俱死。刘季马上得天下,不事诗书,项羽授首,鲁竟不下,荐绅先生大张弦诵之声。汉高祖震于儒家之威,鉴秦始覆辙,不敢再溺儒冠,祠孔子以太牢,博其欢心,是为孔子身后第一次享受冷牛肉之大礼。汉武当国,扩充高祖之用心,改良始皇之法术,欲蔽塞天下之聪明才志,不如专崇一说,以灭他说。于是罢黜百家,独尊儒术,利用孔子为傀儡,垄断天下之思想,使失其自由。时则有赵绾、王臧、田蚡、董仲舒、胡毋生、高堂生、韩婴、伏生、辕固生、申培公之徒,为之倡筹安会。中国一切风俗、人心、学问、过去、未来之责任,堆积孔子之两肩。全国上下,方且日日败坏风俗、斫丧人心、腐朽学问。此三项退化,至两汉以后,当叹观止矣。而曹丕之尊孔,实较汉武有加。其诏曰:

昔仲尼资大圣之才,怀帝王之器,当衰周之末,无受命之运。在鲁、卫之朝,教化乎泗洙之上,凄凄焉,皇皇焉,欲屈己以存道,贬身以救世。于时王公终莫能用之,乃退考五代之礼,修素王之事,因鲁史而制《春秋》,就太师而正《雅》《颂》,俾千载之后,莫不尊其文以述作,仰其圣以成谋,咨可谓命世之大圣,亿载之师表者也。

更以孔羡为宗圣侯,修旧庙,置吏卒,广宫室,以居学者。不知汉高帝、武帝、魏文帝,皆傀儡孔子,所谓尊孔,滑稽之尊孔也。典礼愈隆,表扬愈烈,国家之风俗、人心、学问愈见退落。孔子不可复生,安得严词拒绝此崇礼报功之盛德耶?就社会心理言之,昔之丈夫、女子延颈举踵而望者,七十子之徒尊崇发扬者,已属过去之事。国人惟冥行于滑稽尊孔之彀中[85],八股试帖，俨然衣钵，久而又久，遂成习惯。有人诋此滑稽尊孔者，且群起斥为大逆不道。公羊家接踵，谶说垒起，演成种种神秘奇谈：身在泰山，目能辨吴门之马，饮德能及百觚，手扛国门之关，足蹑郊坰之虎，生则黑帝感召，葬则泗水却流。未来之事，遗于谶书；春秋之笔，绝于获麟；几若天地受其指，鬼神为之使令，使人疑孔子为三头六臂之神体！公羊家之邪说，实求合滑稽尊孔者之用心。故历代民贼，遂皆负之而趋矣。乃忧时之士，犹思继续演此滑稽之剧，挽救人心。岂知人心、风俗即崩离于此乎？

中国二千余年尊孔之大秘密，既揭破无余，然后推论孔子以何因缘被彼野心家所利用，甘作滑稽之傀儡，是不能不归咎孔子之自身矣。试分举之。

一、孔子尊君权漫无限制，易演成独夫专制之弊。君主独裁，若无范围限制其行动，势将如虎傅翼，择人而食。故中国言君权，设有二种限制：一曰天，一曰法。人君善恶，天为赏罚，虽有强权，不敢肆虐，此墨家之说也。国君行动，以法为轨：君之贤否，无关治乱；法之有无，乃定安危。此法家之说也。前说近于宗教，后说近于法治，皆裁抑君主，使无高出国家之上。孔子之君权论，无此二种限制，"君犹天也，民不可一日无君，犹不可一日无天"（《尚书·大传》孔子对子张语）。以君象天，名曰"天王"，又曰"帝者，天称也"，又曰"天子者，继天理物，改一统，各得其宜。父天母地，以养万民"，皆以君与天为一体，较墨翟以天制君者绝异，所以不能维持天子之道德。言人治不言法治，故是尧非桀，叹人才之难得。论舜治天下，由于五臣，武王治天下，由于十臣，一人有庆，兆民赖之。《孝经》《论语》之大义微言，莫不主张人治。荀子言，有治君，无治国,有治人,无治法,即师承孔子人治之义,彰明较著以言之也,较管、商、韩非"以法制君",又迥然不同,所以不能监督天子之行动。天子既超乎法律、道德之外,势将行动自由,漫无限制,则修身、齐家、治国、平天下诸空论,果假何种势力,迫天子以不得不遵?孟子鉴及此弊,阐明君与国之关系,论"民为贵,社稷次之,君为轻",于是弃孔子之君治,以言法治,谓"先王之法,犹五音之六律,方圆之规矩,虽有尧舜,舍法取人,不能平治天下",其言"得乎丘民为天子""舜禹践位,亦由民之讴歌",非孔子所敢言也。

二、孔子讲学不许问难,易演成思想专制之弊。诸子并立,各思以说易天下,孔子弟子受外界激刺,对于儒家学术不无怀疑,时起问难。孔子以先觉之圣,不为反复辨析是非,惟峻词拒绝其问。此不仅壅塞后学思想,即儒家自身学术,亦难阐发。盖真理以辩论而明,学术由竞争而进也。宰我昼寝,习于道家之守静也,则斥为朽木;樊迟请学稼圃,习于农家并耕之义也,则诋为小人;子路问鬼神与死,习于墨家明鬼之论也,则以事人与知生拒绝之;宰我以三年之丧为久,此亦习于节葬之说也,则责其不仁。宰我、樊迟、子路之被呵斥,不敢申辩,犹曰此陈述异端邪说也。乃孟懿子问孝,告以无违,孟懿子不达,不敢复问,而请于樊迟;樊迟问仁智,告以爱人知人,樊迟未达,不敢复问,而请于子夏;孔子告曾子,吾道一以贯之,门人未达,不敢直接问孔子,而间接问曾子。师徒受授,几杖森严,至禁弟子发言,因此陈亢疑其故守秘密,询异闻于伯鱼。一门之中,有信仰而无怀疑,有教授而无质问。王充《论衡》曰:"论者皆云:'孔门之徒,七十子之才,胜今之儒。'此言妄也。彼见孔子为师,圣人传道,必授异才,故谓之殊。夫古人之才,今人之才也;今谓之英杰,古以为圣神,故谓七十子历世希有。使当今有孔子之师,则斯世学者皆颜、闵之徒也;使无孔子,则七十子之徒,今之儒生也。何以验之?以学于孔子,不能极问也。圣人之言,不能尽解……宜难以极之。皋陶陈道帝舜之前,浅略未极。禹问难之,浅言复深,略指复分。盖起问难,此说极而深切,触而著明也。"(见《问孔》篇)王充责七十子不能极问,不知孔子不许极问也。少正卯以大夫讲学于鲁,孔子之门,三盈三虚,不去者惟颜回,昔日威严,几于扫地。故为大司寇仅七日,即诛少正卯,三日尸于朝,示威弟子,子贡诸人为之皇恐不安。因争教而起杀机,是诚专制之尤者矣!至于叩原壤之胫,拒孺悲而歌,犹属寻常之事也。

三、孔子少绝对之主张,易为人所借口孔子圣之时者也,可以仕则仕,可以止则止,可以久则久,其立身行道,皆抱定一"时"字,教授门徒,亦因时因地而异。韩昌黎言孔子必用墨子,墨子必用孔子。夫孔墨言行大悖,岂能相用?盖因孔子讲学无绝对主张。言节用爱众,颇近墨家节用兼爱之说。虽不答鬼神之问,又尝言祭鬼祭神,颇近明鬼之说;虽与道家背驰,亦称不言之教,无为之治;不谈军旅,又言教民即戎;主张省刑,又言重罚;提倡忠君,又言不必死节;不答农圃,又善禹稷躬稼。此讲学之态度,极不明了也。门人如子夏、子游、曾子、子张、孟子、荀卿,群相非谤,各以为圣人之言。岂非态度不明之故,酿成弟子之争端耶?至于生平行事,尤无一定目的。杀身成仁,仅有空论。桓魋一旦见陵,则微服而过宋;穷于陈、蔡,十日不食,子路享豚,褫人衣以沽酒,则不问由来而饮食之;鲁哀迎飨,席不正不坐,割不正不食,沽酒不饮,从大夫之后,不敢徒行,视陈宋之时,迥若两人。求如宗教家以身殉道,墨家赴汤蹈火,死不旋踵,商鞅、韩非杀身行学,皆

孔子评议 247

不可得，美其名曰中行，其实滑头主义耳。骑墙主义耳！胇肸见召而欲往，南子请见而不拒，此以行道为前提，小德不逾闲，大德出入可也。后世暴君假口于救国保民，污辱天下之名节，皆持是义。

四、孔子但重作官，不重谋食，易入民贼牢笼"君子谋道不谋食，学也，禄在其中"，是为儒门安身立命第一格言。孔门之学，在于《六经》。《六经》乃先王治国政典，管子谓之"六家"，君与民所共守也（见《山权数》篇）。孔子赞《易》，删《诗》《书》，定《礼》《乐》，修《春秋》，遂有儒家之六艺。孔子尝执此考察列国风俗政教，其言曰：

入其国，其教可知也。其为人也，温柔敦厚，《诗》教也；疏通知远，《书》教也；广博易良，《乐》教也；洁净精微，《易》教也；恭俭庄敬，《礼》教也；属辞比事，《春秋》教也。故《诗》之失愚，《书》之失诬，《乐》之失奢，《易》之失贼，《礼》之失烦，《春秋》之失乱。其为人也，温柔敦厚而不愚，则深于《诗》者矣；疏通知远而不诬，则深于《书》者矣；广博易良而不奢，则深于《乐》者矣；洁净精微而不贼，则深于《易》者矣；恭俭庄敬而不烦，则深于《礼》者矣；属辞比事而不乱，则深于《春秋》者矣。

孔子因此明于列国政教，故陈说"六艺"，干七十二君。孔子三月无君，则皇皇如也，出疆必载质。"六艺"者，孔子之质也，亦孔子之政见书也。孔子尝谓老聃曰："丘治《诗》《书》《礼》《乐》《易》《春秋》六经，自以为久矣，孰知其故矣。以干七十二君，论先王之道，而明周、召之迹，一君无所钩用。甚矣！夫人之难说也？道之难明邪？"老子曰："幸矣，子之不遇治世之君也。夫六经先王之陈迹也，岂其所以迹哉！"（见《庄子·天运》篇）是孔子虽干说诸侯，一君无所钩用。昔言禄在其中，已失效验，忧贫之事，其何可免？既不屑偶耕，又不能捆屦织席，不能执守圉之器以待寇，不能制飞鸢车辖以取食。三千弟子中，求如子贡之货殖，颜回之躬耕，盖不多见。然子贡常相鲁卫，游说列邦，不专心于货殖，颜回且说齐君以尧舜、黄帝之道，而求显达，其志亦非安于陋巷箪瓢，鼓琴自娱者矣。儒家生计，全陷入危险之地，三月无君，又焉得不皇皇耶？夫孔子或志在救民，心存利物，决非薰心禄饵，竦肩权贵，席不暇暖，尚可为之原恕。惟流弊所趋，必演成哗世取宠、捐廉弃耻之风俗。李斯鉴于食鼠窃粟，遂恶卑贱而悲穷困，鲁诸生各得五百斤金，因尊叔孙通为圣人。彼去圣人之世犹未远也，贪鄙龌龊，已至于此，每况愈下，抑可知矣！

以上四事，仅述野心家利用孔子之缺点，言其学术，犹待下篇。

（下）

中国古今学术之概括，有儒者之学，有九家之学，有域外之学。儒者，孔子集其大成。九家者，道家、阴阳家、法家、名家、墨家、纵横家、杂家、农家、小说家，各思以学易天下，而不相通。域外之学，则印度之佛，晳人物质及精神之科学，所以发挥增益吾学术者。三者混成，是为国学。印度、欧洲，土宇虽远，国人一治其学，螟蛉之子，祝其类我，佛教之发扬于中国，已有明证。西土文明，吾方萌动，未来之演进，岂有穷期！以东方之古文明，与西土之新思想，行正式结婚礼，神州国学，规模愈宏。愚所祈祷,固不足为今之董仲舒道。何也？今之董仲舒,欲以孔子一家学术代表中国过去、未来之文明也。

以孔子统一古之文明,则老、庄、杨、墨、管、晏、申、韩、长沮、桀溺、许行、吴虑,必群起否认,开会反对。以孔子网罗今之文明,则印度、欧洲,一居南海,一居西海,风马牛不相及。闭户时代之董仲舒,用强权手段,罢黜百家,独尊儒术;开关时代之董仲舒,用牢笼手段,附会百家,归宗孔氏。其悖于名实,摧沮学术之进化,则一而已矣。汉武帝以来,二千有余岁,治学术者,除王充、嵇叔夜、金正希、李卓吾数君子而外,冠圜履句,多抱孔子万能之思想。谓孔子称西方之人有圣者焉（见《列子·仲尼》篇）乃与佛教精神相往来;《礼运》言大同之世,天下为公,选贤与能,符于世界未来之文化。此种理论,是否合于事实,非愚所敢武断。即令近代文物,孔子皆能前知,发为预言,遂使远方学术,一一纳诸邹鲁荐绅先生之门,汉武帝复生,亦难从事于斯矣。圣哲之心理虽同,神明之嬗进无限。孔子自有可尊崇者在,国人正无须如八股家之作截搭题,以牵引傅会今日学术,徒失儒家之本义耳。

尊孔子者又以古代文明,创自孔子,即古文奇字,亦出诸仲尼之手。沮诵、仓颉,失其功用（近儒廖平之学说）。夫文化由人群公同焕发,睿思幽渺,灵耀精光,非一时一人之力所能备;文字为一切文化之结晶,尤难专功于一人。故西方言希腊、罗马文字者,不详始作之人。中国文字,亦复如是。故学者言文字起源,其说不一：有谓始于庖牺者（许慎《说文解字》序）;有谓始于容成氏、大庭氏者（《庄子》云：当是时也,民结绳而用之）;有谓始于无怀氏以前者（《管子·封禅》篇）;有谓始于仓颉者（《鹖冠子》《吕氏春秋》皆言之）。而荀子则曰：好书者众矣，而仓颉独传者一也。此言古人作书者众，不过仓颉集其大成，所以独传。人文荟晋，决非一代一人能奏功效。文字创造，归美仓颉，犹且不可，况仓颉二千年后之孔子乎？周之保氏，教国子以《六书》，周秦诸子皆受保氏之教，孔子因此精于《六书》。试举许氏《说文解字》所引孔子之说证列于左：

王　孔子曰：一贯三为王。

士　孔子曰：推一合十为士。

璠　孔子曰：美哉璠与，远而望之，焕若也；近而视之，瑟若也。一则理胜，二则孚胜。

羊　孔子曰：牛羊之字，以形举也。

貉　孔子曰：貉之为言恶也。

乌　孔子曰：乌，于呼也。

凡　孔子曰：人在下，故诘诎。

犬　孔子曰：视犬之字，如画狗也。

狗　孔子曰：狗，叩也。叩，气吠以守。

《六书》纲要，在形、声、训三者。孔子解字，皆能得其本原。愚谓尊孔子者，与其奉以创造文字之虚名，无宁扬其精深《六书》之实德。为政之道，先以正名。郑氏注曰：正名，谓正书字也。古者曰名，今世曰字。孔子见时教不行，故欲正其文字之误。文字为一国文明之符号，欲政治修明，必先正其文字。孔子深于文字之学，知其关系人民甚切也。周室衰微，保氏失教，列国并起，文字错乱，实以中国文字，本不统一。一代有一代之文，各国有各国之文，学者不便，莫甚于此。其后大儒李斯相秦，统一文字，以行孔子正名之说。中国文字统一，孔子倡之，而李斯行之,诚不能不拜儒者之嘉赐矣。

古代学术,胚胎既早,流派亦歧。不仅创造文字,不必归功孔子,即各家之学,亦无须定尊于一人。孔子之学只能谓为儒家一家之学,必不可称以中国一国之学。盖孔学与国学绝然不同,非孔学之小,实国学范围之大也。朕即国家之思想,不可施于政治,尤不可施于学术。三代文物,炳然大观,岂一人所能统治?以列国之时言之,孔子之学与诸子之学,门户迥异。读周秦典籍者,类能知之。班固《艺文志》曰:

儒家者流,盖出于司徒之官;道家者流,盖出于史官;阴阳家者流,盖出于羲和之官;法家者流,盖出于理官;名家者流,盖出于礼官;墨家者流,盖出于清庙之守;纵横家者流,盖出于行人之官;杂家者流,盖出于议官;农家者流,盖出于农稷之官;小说家者流,盖出于稗官。

各家发源不同,学说主张因以绝异。儒家游文于《六经》,干说诸侯,以此为质;而道家则以《六经》为先王陈迹,不合当世采用;法家亦谓国有《礼》、有《乐》、有《诗》、有《书》,必致削亡之祸;墨家则不遵孔子删订之六经,而别立《六经》。此异于孔子者一也。儒家留意于仁义之际,而道家则曰大道废,有仁义,绝仁弃义,民复孝慈,又曰为之仁义以矫之,则并与仁义而窃之;法家则曰仁者能仁于人,而不能使人仁,义者能爱于人,而不能使人爱,是以知仁义之不足以治天下。此异于孔子者二也。儒家祖述尧舜,宪章文武,非先王之法,服不敢服,非先王之法,言不敢言。而法家则以为伊尹无变殷,太公无变周,则汤武不王;管仲无易齐,郭偃无更晋,则桓文不霸;墨家亦曰:所谓古者,皆尝新矣；道家亦曰：三皇五帝之礼义法度，不贵同而贵治（道家以上古之世为至德，而又不重守古，此其说似相矛盾）；保守主义终不能战胜进化主义，故荀子亦不法先王，而法后王。此异于孔子者三也。儒家慎终追远，厚葬久丧，而墨家则主张三月之丧、三寸之椁；道家则以天地为棺椁，以日月为连璧，星辰为珠玑，万物为赍送，蝼蚁何亲？乌鸢何疏？皆言薄葬短丧。此异于孔子者四也。儒家乐天顺命，以法自然，此近于道家之无为，而悖于墨家之非命。墨家之言曰：今用执有命者之言，则上不听治，下不从事。上不听治，则刑政乱；下不从事，则财用不足。又曰：欲天下之富而恶其贫，欲天下之治而恶其乱，执有命者之言不可不非，此天下之大害也。法家亦言自然，其重在势；道家之言自然，其重在理，与儒家言自然重在天者，稍有不同。此异于孔子者五也。儒家分大人之事、小人之事，不注重农圃。而道家、农家均贵自食其力，上可以逍遥物外，保全廉耻，不为卿相之禄所诱；下可以仰事俯畜，免于饥寒，不为失业之游民。许行且倡君臣并耕，禁仓廪府库以自养，舒其平等伟大之精神。法家亦重垦令，贵耕稼，恶谈说智能。此异于孔子者六也。儒家不尚物质，重视形而上之道，贱视形而下之器；而兵家重技巧，以为攻战守备之用；墨家长于制器，手不离规矩，刻木为鸢，飞三日而不集；斫三寸之木，以为车辖，而引五十石之重；司空之教，赖以不坠。此异于孔子者七也。以上七事，仅举其大者。各家学术，皆有统系，纲目既殊，支派亦分，不同之点，何可胜道！庄子所谓譬如耳、目、鼻、口，皆有所明，不能相通。当时思想之盛，文教之隆，即由各派分涂，风猋云疾，竞争纷起，应辩相持，故孔子不得称为素王，只能谓之显学。

证以事实，孔子固不得称素王。若论孔子宏愿，则不在素王，而在真王。盖孔子弟子，皆抱有帝王思想也。儒家规模宏远，欲统一当代之学术，更思统一当代之政治。彼之学术，所以运用政治者，无乎不备。几杖之间，以南面事业推许弟子。《说苑》曰："孔子言，雍也可使南面，南面者天子也。"《盐铁论》曰："七十子皆诸侯卿相之才，可南面者数人。"是孔子弟子，上可为天子诸侯，下可为卿相。孔子亦自言：如有用我者，吾其为东周；又言文王既没，文不在兹。此明以文王自任，志在行道，改良政治，非若野心家之囊橐天下，故干说七十二君，而不以为卑；应公山弗扰之召，而不嫌其叛？后人处专制时代，不敢公言南面之志，或尊为素王，或许以王佐，岂非厚诬孔子？孔子以后，有二大儒：一曰孟子，一曰荀子。孟子言五百年必有王者兴，以其时考之则可矣；又曰：如欲平治天下，当今之世，舍我其谁？荀子尝自谓德若尧、禹，宜为帝王；遗言余教，足以为天下法式表仪，所存者神，所过者化。可见孟、荀二巨子，均以帝王自负。列国之君，因疑孔子有革命之野心，不敢钩用。观《史记·孔子世家》所载：

楚昭王将以书社地七百里封孔子。楚令尹子西曰：王之使使诸侯，有如子贡者乎？曰无有。王之辅相，有如颜回者乎？曰无有。王之将率，有如子路者乎？曰无有。王之官尹，有如宰予者乎？曰无有。且楚之祖封于周，号为子男五十里。今孔丘述三五之法，明周召之业，王若用之，则楚安得世世堂堂方数千里乎？夫文王在丰，武王在镐，百里之君，卒王天下。今孔丘得据土壤，贤弟子为佐，非楚之福也。昭王乃止。

得百里之地而君之，以王天下。孔子之志，孟子已言之。令尹子西有见于此，遂沮书社之封。儒家革命思想，非徒托诸空言,且行之事实。如田常篡齐,子贡、宰我颇涉谋乱之嫌疑。《史记·弟子列传》:"宰我为临菑大夫,与田常作乱,以夷其族。"《墨子·非儒篇》言:"孔子遣子贡之齐,因南郭惠子以见田常。则田常之谋齐,宰我、子贡均为谋主。"《庄子·盗跖篇》言:"田成子常杀君窃国,而孔子受币。"《胠箧篇》言:"田成子一旦杀齐君而盗其国,并与其圣智之法而盗之。"察庄子之言,是孔子亦与闻其事矣。墨子又言其徒属弟子,皆效孔丘。子贡、季路辅孔悝乱乎卫,阳虎乱乎齐,肸胇以中牟叛,漆雕形残。庄子又言子路欲杀卫君,而事不成,身菹于卫东门之上。由诸家所说,子贡、宰我、阳虎、肸胇、漆雕开,皆欲据土壤,以施其治平之学。此处于专制积威之下,不得已而出此。汤武革命,一以七十里,一以百里,天下称道其仁。儒家用心,较汤武尤苦,而诛残贼、救百姓之绩,为汤武所不逮,以列国之君,罪浮于桀、纣也。

墨翟、庄周不明此义,竟以乱党之名词诬孔门师弟,千载以后,遂无人敢道孔子革命之事。微言大义,湮没不彰。愚诚冒昧,敢为阐发,使国人知独夫民贼利用孔子。实大悖孔子之精神。孔子宏愿,诚欲统一学术,统一政治,不料为独夫民贼作百世之傀儡,惜哉!

(原载《新青年》第一卷第六号、第二卷第一号)

梁启超

1873—1929

字卓如，一字任甫，号任公，又号饮冰室主人、饮冰子、哀时客、中国之新民、自由斋主人。中国近代思想家、政治家、教育家、史学家、文学家，戊戌变法（百日维新）领袖之一。他倡导新文化运动，支持五四运动，其著作合编为《饮冰室合集》。

梁启超一生勤奋，著述宏富，每年平均写作达39万字，各种著述达1400多万字，他还是中国第一个在文章中使用"中华民族"一词的人。

美哉我少年中国,与天不老!
壮哉我中国少年,与国无疆!

少年中国说

　　日本人之称我中国也,一则曰老大帝国,再则曰老大帝国。是语也,盖袭译欧西人之言也。呜呼!我中国其果老大矣乎?梁启超曰:恶是何言,是何言,吾心目中有一少年中国在!

　　欲言国之老少,请先言人之老少。老年人常思既往,少年人常思将来。惟思既往也,故生留恋心;惟思将来也,故生希望心。惟留恋也,故保守;惟希望也,故进取。惟保守也,故永旧;惟进取也,故日新。惟思既往也,事事皆其所已经者,故惟知照例;惟思将来也,事事皆其所未经者,故常敢破格。老年人常多忧虑;少年人常好行乐。惟多忧也,故灰心;惟行乐也,故盛气。惟灰心也,故怯懦;惟盛气也,故豪壮。惟怯懦也,故苟且;惟豪壮也,故冒险。惟苟且也,故能灭世界;惟冒险也,故能造世界。老年人常厌事;少年人常喜事。惟厌事也,故常觉一切事无可为者;惟好事也,故常觉一切事无不可为者。老年人如夕照,少年人如朝阳;老年人如瘠牛,少年人如乳虎;老年人如僧,少年人如侠;老年人如字典,少年人如戏文;老年人如鸦片烟,少年人如泼兰地酒;老年人如别行星之陨石,少年人如大洋海之珊瑚岛;老年人如埃及沙漠之金字塔,少年人如西伯利亚之铁路;老年人如秋后之柳,少年人如春前之草;老年人如死海之潴[86]为泽,少年人如长江之初发源。此老年与少年性格不同之大略也。梁启超曰：人固有之，国亦宜然。

梁启超曰：伤哉老大也。浔阳江头琵琶妇，当明月绕船，枫叶瑟瑟，衾寒于铁，似梦非梦之时，追想洛阳尘中春花秋月之佳趣。西宫南内，白发宫娥，一灯如穗，三五对坐，谈开元、天宝间遗事，谱霓裳羽衣曲。青门种瓜人，左对孺人，顾弄孺子，忆侯门似海珠履杂沓之盛事。拿破仑之流于厄蔑，阿剌飞之幽于锡兰，与三两监守吏或过访之好事者，道当年短刀匹马，驰骋中原，席卷欧洲，血战海楼，一声叱咤，万国震恐之丰功伟烈，初而拍案，继而抚髀，终而揽镜。呜呼！面皴齿尽，白发盈把，颓然老矣。若是者，舍幽郁之外无心事，舍悲惨之处无天地，舍颓唐之外无日月，舍叹息之外无音声，舍待死之外无事业。美人豪杰且然，而况于寻常碌碌者耶！生平亲友，皆在墟墓，起居饮食，待命于人。今日且过，遑知他日，今年且过，遑恤明年。普天下灰心短气之事，未有甚于老大者。于此人也，而欲望以拿云之手段，回天之事功，挟山超海之意气，能乎不能？

呜呼！我中国其果老大矣乎？立乎今日，以指畴昔，唐虞三代，若何之郅治；秦皇汉武，若何之雄杰；汉唐来之文学，若何之隆盛；康乾间之武功，若何之烜赫！历史家所铺叙，词章家所讴歌，何一非我国民少年时代良辰美景、赏心乐事之陈迹哉！而今颓然老矣，昨日割五城，明日割十城；处处雀鼠尽，夜夜鸡犬惊；十八省之土地财产，已为人怀中之肉；四百兆之父兄子弟，已为人注籍之奴。岂所谓老大嫁作商人妇者耶？呜呼！凭君莫话当年事，憔悴韶光不忍看。楚囚相对，岌岌顾影；人命危浅，朝不虑夕。国为待死之国，一国之民为待死之民，万事付之奈何，一切凭人作弄，亦何足怪！

梁启超曰：我中国其果老大矣乎？是今日全地球之一大问

题也。如其老大也，则是中国为过去之国，即地球上昔本有此国，而今渐渐灭，他日之命运殆将尽也。如其非老大也，则是中国为未来之国，即地球上昔未现此国，而今渐发达，他日之前程且方长也。欲断今日之中国为老大耶？为少年耶？则不可不先明"国"字之意义。夫国也者，何物也？有土地，有人民，以居于其土地之人民，而治其所居之土地之事，自制法律而自守之；有主权，有服从，人人皆主权者，人人皆服从者。夫如是，斯谓之完全成立之国。地球上之有完全成立之国也，自百年以来也，完全成立者，壮年之事也；未能完全成立而渐进于完全成立者，少年之事也。故吾得一言以断之曰：欧洲列邦在今日为壮年国，而我中国在今日为少年国。

夫古昔之中国者，虽有国之名，而未成国之形也，或为家族之国，或为酋长之国，或为诸侯封建之国，或为一王专制之国。虽种类不一，要之其于国家之体质也，有其一部而缺其一部，正如婴儿自胚胎以迄成童，其身体之一二官支，先行长成，此外则全体虽粗具，然未能得其用也。故唐虞以前为胚胎时代，殷周之际为乳哺时代，由孔子而来至于今为童子时代，逐渐发达，而今乃始将入成童以上少年之界焉。其长成所以若是之迟者，则历代之民贼有窒其生机者也。譬犹童年多病，转类老态，或且疑其死期之将至焉，而不知皆由未完全、未成立也，非过去之谓，而未来之谓也。

且我中国畴昔，岂尝有国家哉？不过有朝廷耳。我黄帝子孙，聚族而居，立于此地球之上者既数千年，而问其国之为何名，则无有也。夫所谓唐、虞、夏、商、周、秦、汉、魏、晋、宋、齐、梁、陈、隋、唐、宋、元、明、清者，则皆朝名耳。朝也者，一家之私产也；国也者，人民之公产也。朝有朝之老少，国有国之老少，朝与国既异物，则不能以朝之老少而指为国之老少明矣。文、武、成、康，周朝之少年时代也；幽、厉、桓、赧，则其老年时代也。高、文、景、武，汉朝之少年时代也；元、平、桓、灵，则其老年时代也。自余历朝，莫不有之。凡此者谓为一朝廷之老也则可，谓为一国之老也则不可。一朝廷之老且死，犹一人之老且死也，于吾所谓中国者何与焉？然则吾中国者，前此尚未出现于世界，而今乃始萌芽云尔。天地大矣，前途辽矣，美哉我少年中国乎！

玛志尼者，意大利三杰之魁也，以国事被罪，逃窜异邦，乃创立一会，名曰"少年意大利"。举国志士，云涌雾集以应之，卒乃光复旧物，使意大利为欧洲之一雄邦。夫意大利者，欧洲之第一老大国也，自罗马亡后，土地隶于教皇，政权归于奥国，殆所谓老而濒于死者矣。而得一玛志尼，且能举全国而少年之况。我中国之实为少年时代者耶？堂堂四百余州之国土，凛凛四百余兆之国民，岂遂无一玛志尼其人者？

龚自珍氏之集有诗一章，题曰《能令公少年行》。吾尝爱读之，而有味乎其用意之所存。我国民而自谓其国之老大也，斯果老大矣；我国民而自知其国之少年也，斯乃少年矣。西谚有之曰：有三岁之翁，有百岁之童。然则国之老少，又无定形，而实随国民之心力以为消长者也。吾见乎玛志尼之能令国少年也，吾又见乎我国之官吏士民能令国老大也，吾为此惧。夫以如此壮丽浓郁、翩翩绝世之少年中国，而使欧西日本人谓我为老大者何也？则以握国权者皆老朽之人也。非哦几十年八股，非写几十年白折，非当几十年差，非挨几十年俸，非递几十年手本，非唱几十年诺，非磕几十年头，非请几十年安，则必不能得一官，进一职。其内任卿贰以上、外任监司以上者，百人之中，其五官不备者，殆九十六七人也。非眼盲，则耳聋；非手颤，则足跛；否则半身不遂也。彼其一身饮食、步履、视听、言语，尚且不能自了，须三四人左右扶之捉之，乃能度日，于此而乃欲责之以国事，是何异立无数木偶而使之治天下也。且彼辈者，自其少壮之时，既已不知亚细、欧罗为何处地方，汉祖、唐宗是那朝皇帝，犹嫌其顽钝腐败之未臻其极，又必搓磨之、陶冶之，待其脑髓已涸，血管已塞，气息奄奄与鬼为邻之时，然后将我二万里山河，四万万人命，一举而畀于其手。呜呼！老大帝国，诚哉其老大也！而彼辈者，积其数十年之八股、白折、当差、挨俸、手本、唱诺、磕头、请安，千辛万苦，千苦万辛，乃始得此红顶花翎之服色，中堂大人之名号，乃出其全副精神，竭其毕生力量，以保持之。如彼乞儿，拾金一锭，虽轰雷盘旋其顶上，而两手犹紧抱其荷包，他事非所顾也，非所知也，非所闻也。于此而告之以亡国也，瓜分也，彼乌从而听之？乌从而信之？即使果亡矣，果分矣，而吾今年既七十矣八十矣，但求其一两年内，洋人不来，强盗不起，我已快活过了一世矣。若不得已，则割三头两省之土地奉申贺敬，以换我几个衙门，卖三几百万之人民作仆为奴，以赎我一条老命，有何不可？有何难办？呜呼，今之所谓老后、老臣、老将、老吏者，其修身齐家治国平天下之手段，皆具于是矣。西风一夜催人老，凋尽朱颜白尽头。使走无常当医生，携催命符以祝寿。嗟乎痛哉！以此为国，是安得不老且死，且吾恐其未及岁而殇也。

梁启超曰：造成今日之老大中国者，则中国老朽之冤业也；制出将来之少年中国者，则中国少年之责任也。彼老朽者何足道，彼与此世界作别之日不远矣，而我少年乃新来而与世界为缘。如僦屋者然，彼明日将迁居他方，而我今日始入此室处，将迁居者，不爱护其窗牖，不洁治其庭庑，俗人恒情，亦何足怪。若我少年者前程浩浩，后顾茫茫，中国而为牛、为马、为奴、为隶，则烹脔鞭棰之惨酷，惟我少年当之。中国如称霸宇内、主盟地球，则指挥顾盼之尊荣，惟我少年享之。于彼气息奄奄、与鬼为邻者何与焉？彼而漠然置之，犹可言也；我而漠然置之，不可言也。使举国之少年而果为少年也，则吾中国为未来之国，其进步未可量也，使举国之少年而亦为老大也，则吾中国为过去之国，其澌亡可翘足而待也。故今日之责任，不在他人，而全在我少年。少年智则国智，少年富则国富，少年强则国强，少年独立则国独立，少年自由则国自由，少年进步则国进步，少年胜于欧洲，则国胜于欧洲，少年雄于地球，则国雄于地球。红日初升，其道大光；河出伏流，一泻汪洋；潜龙腾渊，鳞爪飞扬；乳虎啸谷，百兽震惶；鹰隼试翼，风尘吸张；奇花初胎，矞矞皇皇；干将发硎，有作其芒；天戴其苍，地履其黄；纵有千古，横有八荒；前途似海，来日方长。美哉我少年中国，与天不老！壮哉我中国少年，与国无疆！

"三十功名尘与土，八千里路云和月。莫等闲，白了少年头，空悲切！"此岳武穆《满江红》词句也，作者自六岁时即口受记忆，至今喜诵之不衰。自今以往，弃"哀时客"之名，更自名曰"少年中国之少年"。作者附识。

邓中夏

1894—1933

字仲澥，又名邓康，湖南省宜章县人。马克思主义理论家，工人运动的领袖，五四新文化运动先锋。

1933年5月，邓中夏在上海被国民党当局逮捕。1933年9月21日，他高呼着"中国共产党万岁"的口号，无畏地走向刑场，慷慨赴死。

那有斩不除的荆棘？
那有打不死的豺虎？
那有推不翻的山岳？
你只须奋斗着，猛勇的奋斗着；
持续着，永远的持续着。
胜利就是你的了！
胜利就是你的了！

论工人运动

工人的群众不论在民主革命或社会革命中都占在主力的地位，有法兰西俄罗斯两大革命可以证明，我们应毫无疑义了。中国工人的群众有革命的趋向与可能，而且是革命军中最勇敢的先锋队，有香港海员和京汉路工两大罢工可以证明，我们亦应毫无疑义了。所以我们不欲革命则已，要革命非特别重视工人运动不可。

我是曾经做过工人运动的人，据经验告诉我，使我深深地相信中国欲图革命之成功，在目前固应联合各阶级一致的起来作国民革命，然最重要的主力军，不论现在或将来，总当推工人的群众居首位。因为工人实际生活之压迫，比任何阶级所受的要惨酷，要深刻；故工人决战的毫不逡巡踌躇的态度，亦比任何群众所做的要勇敢，要坚决些。

目前中国因为产业还未发达，新式工业下的工人可统计的只不过六十三万余名，连不可统计的，充其量亦不过一百万名，在数量上看，实在是四万万全人口中的少数了；但是，我们应该知道，工人数量虽少，工人在社会上所占的地位，实在比任何群众尤为重要。比方海员一罢工，可以使国内外的交通断绝；铁路一罢工，可以使南北的交通断绝！汉冶萍一罢工，可以使国内和日本多数大工厂停业；开滦一罢工，可以使铁路轮船及用户的煤炭蹶竭，洋船都要鳞次栉比的停在秦皇岛，开不出渤海口去；码头工人一罢工，可以使洋货不能登岸；市政工人一罢工，可以使全埠扰乱，这是何等伟大的势力呵！所以我们不能因其数量少而轻视之。况且中国资产阶级虽无力发展实业，外国的资产阶级终会挟其金钱武力来作越俎代庖的事，新式工业下的工人只有日益增多，终归有长成壮大之一日呢。故我们这些真诚做实际活动的革命青年，除做别种群众运动外，尤应特别注重工人运动才是呵。

中国的工人运动，原是最近三年的事，可是在这三年之中，工人却做出不少惊天动地的光荣事业来。如罢工，从香港海员罢工起，到京汉路工罢工止，其间差不多没有那一处那一路那一矿那一厂不罢工，固然罢工之中不少失败，然而胜利的总占多数。如组织，除各业小规模的"工会""工人俱乐部"而外，关于总联合的大组织，海员有"中华海员联合总会"；铁路京汉、津浦、京奉、京绥、粤汉、正太、陇海都有总工会，而且共同企图"全国铁路总工会"之成立，组织了一个筹备委员会。汉冶萍三处联合组织了"汉冶萍总工会"；湖南、湖北、广东都有"全省工团联合会"。固然组织有些不免幼稚或涣散，然而在中国民族向来缺乏组织性的当中，总算比任何群众团结得结实而热烈，总算是矮子当中的长子。这是何等不可轻侮而可宝贵的革命势力呵！

不幸京汉路失败以后，许多社会运动家不免动摇减少了他们向来重视工人运动的观念与热心，这未免太没有信心与毅力了。总而言之，不论革命的政策为了应付时局的必要而要如何变更，然而工人运动却是任何革命方式之下应该特别重视而不可变更的。不然，如此革命的基本势力犹不注全力使之更强固，更发展，而漫然高唱什么样式的革命，终归是建屋于沙土之上，恐怕墙壁未立，屋瓦未覆，已是歪歪斜斜的坍塌了。

固然工人运动为了当前的政治状况，有时进攻，有时保守：如从香港海员罢工到京汉罢工止，是进攻时期，从京汉罢工失败以后，是保守时期。但是保守是固守阵垒，仍不忘厉兵秣马，静以待时，若阵垒也不固守了，厉兵秣马的工作也抛却了，像这样，不是保守，乃是销灭。我所敬佩负中国革命唯一的使命的社会运动家呵！望你们仍鼓励向来重视工人运动的精神与热心，持续的努力呵！如此基础已立，功亏一篑的工人运动，你们因稍稍受了一点波折，便认为此路不通，要另辟他道，我恐怕你们再革命一万年，也不能成功呢。

我可敬畏的青年呵！中国革命的重担，只有由我们一肩挑着。我们固应分队到各种群众中去，特别是工人的群众我们不可轻忽了呵！

（原载《中国青年》第九期，1923年12月15日，署名中夏）

论农民运动

我认定革命主力的三个群众,是工人、农民和兵士。我已把工人运动说过了,现在说农民运动。

中国的经济基础,大家都知道差不多完全是农业,那么,中国农民应该至少要占全国人三分之二,不须统计,我们可毫不犹豫的断定了。这样一个占全人口绝对大多数的农民群众,在革命运动中不是一个不可轻侮的伟大势力吗?是我们青年革命家所可忽视的吗?

固然农民的思想保守,不如工人之激进;农民的住处散漫,不如工人之集中,在理论上讲,农民革命似乎希望很少;但是我们如从实际上看,中国农民在这样军阀征徭,外资榨取,兵匪扰乱,天灾流行,痞绅鱼肉种种恶劣环境的当中,生活的困苦,家庭的流离,何时何地不是逼迫他们走上革命的道路,所以我们敢于断定中国农民有革命的可能。

俄国的革命,列宁等得农民的帮助不小;土耳其的革命,基玛尔等得农民的帮助不小。这些为我们眼面前的事实,都可以证明我们的相信和断定没有丝毫的错误。

就是中国向来带兵的,都愿意招募乡间的农民为兵。他们以为只有农民的心地纯洁,性质诚挚,耐劳不偷懒,勇敢不怕死,比口岸上的无业流氓,靠得住得多。曾国藩从练乡团到平洪杨止，和他同辈幕僚说起，必殷殷以募农为兵可靠为嘱。现在高明一点的军阀，如冯玉祥等，亦颇知此义，极其重视这一点。他们这利用农民为他们挣扎高官厚禄的工具，固然是惨无人道，违背公理，但是农民潜藏革命性和有种种特长，已是给他们证明无余了。我们为什么让农民给军阀召募去当炮灰？为什么不唤醒农民为国民自身利益的革命而奋斗？即此一端，可证我们要做农民运动是刻不容缓的事了。

况且中国农民年来因为上文所述的种种环境的逼迫，发生了不少的抗税罢租的运动。如前年浙江萧山的农民，去年江西萍乡的农民，和最近江西马家村的农民，青岛盐田的农民，广东海丰的农民，湖南衡山的农民，都曾"揭竿而起，挺身而斗，痛快淋漓的把他们潜在的革命性倾泄出来"。他们不仅是敢于反抗，并且进一步而有农会的成立，把散漫的群众都集中在一个组织与指挥之下。这样的知能与勇气，恐怕进步的工人也不能"专美"罢。这些事实，都是在全国报纸上记载得明明白白，当然不是可以捏造得出来的。

由此可证明中国农民已到了要革命醒觉时期了，如果青年们像俄国"沙"时代的知识阶级一样，高呼"到民间去"，为之教育，为之组织，恐怕将来农民运动，比现在完全由农民自动的奋斗，还要来得"有声有色"些罢。

有人说，"中国农民不能和俄国农民相提并论，因为俄国有大地主，实行农奴制度，后来政府虽下令把农民解放了，实际上不过由大地主的锁链中，改套在政府的锁链里，仍然是得不到面包；所以彼得格勒大罢工，农民便全国风动附和着，烧杀地主，捣乱官廨，无处不骚乱暴动了。若中国则不然，想要农民和俄国农民一样的愤激和奋斗，是不可能的，所以希望农民能革命是很难的"。是的，此话不差，但是我要问为什么土耳其亦无农奴制度，却全国都跟着国民党首领基玛尔起来革命，把希腊军队驱渡君士但丁海峡，把英、法势力排出本国领土以外，把土耳其恢复成整个儿民族独立的国家？所以农民运动对于革命的结果，其方式虽各国有不同，然而农民群众其有裨于革命事业之成功则一。况乎中国虽无农奴制度，然而农民所受经济上政治上的痛苦，即如上文所述的五端，已经够受了，并不比俄土农民所受苦痛的分量还轻呢。

我可敬畏的青年呵！"到民间去"是我们唯一的使命呵！至于中国农民状况及我们运动应取的方针，我下次再和诸君一谈罢。

（原载《中国青年》第十一期，1923年12月29日，署名中夏）

闻一多

1899—1946

本名闻家骅，字友三，诗人、学者，生于湖北黄冈浠水。新月派代表诗人，中国现代伟大的爱国主义者，坚定的民主战士，中国民主同盟早期领导人。1946年7月15日，他在悼念李公朴的大会上，斥责国民党暗杀李公朴的罪行，当天下午，被国民党特务暗杀。

个人之于社会等于身体的细胞，要一个人身体健全，不用说必须每个细胞都健全。

死水

这是一沟绝望的死水,
清风吹不起半点漪沦。
不如多扔些破铜烂铁,
爽性泼你的剩菜残羹。

也许铜的要绿成翡翠,
铁罐上绣出几瓣桃花。
再让油腻织一层罗绮,
霉菌给他蒸出些云霞。

让死水酵成一沟绿酒,
漂满了珍珠似的白沫;
小珠们笑声变成大珠,
又被偷酒的花蚊咬破。

那么一沟绝望的死水,
也就夸得上几分鲜明。
如果青蛙耐不住寂寞,
又算死水叫出了歌声。

这是一沟绝望的死水,
这里断不是美的所在,
不如让给丑恶来开垦,

看他造出个什么世界。

(原载《晨报副镌·诗镌》第三号,1926年4月15日)

我是中国人

我是中国人,我是支那人,
我是黄帝的神明血胤,
我是地球上最高处来的,
帕米尔便是我的原籍。
我的种族是一条大河,
我们流下了昆仑山坡,
我们流过了亚洲大陆,
我们流出了优美的风俗。
伟大的民族!伟大的民族!
五岳一般的庄严正肃,广漠的太平洋的度量,
春云的柔和,秋风的豪放!
我们的历史可以歌唱,
他是尧时老人敲着木壤,
敲出来的太平的音乐——
我们的历史是一首民歌。
我们的历史是一只金罍,
盛着帝王祀天的芳醴——
我们敬人,我们又顺天,
我们是乐天安命的神仙。

我们的历史是一掬清泪，
孔子哀悼死麒麟的泪；
我们的历史是一阵狂笑，
庄周，淳于髡，东方朔的笑。
我是中国人，我是支那人，
我的心里有尧舜的心，
我的血是荆轲聂政的血，
我是神农、黄帝的遗孽。
我的智慧来得真离奇，
他是河马献来的馈礼；
我这歌声中的节奏，
原是九苞凤凰的传授。
我心头充满戈壁的沉默，
脸上有黄河波涛的颜色，
泰山的石溜滴成我的忍耐，
峥嵘的剑阁撑出我的胸怀。
我没有睡着！我没有睡着！
我心中的灵火还在燃烧；
我的火焰他越烧越燃，
我为我的祖国烧得发颤。
我的记忆还是一根麻绳，
绳上束满了无数的结梗；
一个结子是一桩史事——
我便是五千年的历史。
我是过去五千年的历史，
我是将来五千年的历史。

我要修葺这历史的舞台，
预备排演历史的将来。
我们将来的历史是一首歌，
还歌着海晏河清的音乐；
我们将来的历史是一杯酒，
又在金罍里给皇天献寿。
我们将来的历史是一滴泪，
我的泪洗尽人类的悲哀；
我们将来的历史是一声笑，
我的笑驱尽宇宙的烦恼。
我们是一条河，一条天河，
一派浑浑噩噩的光波——
我们是四万万不灭的明星，
我们的位置永远注定。
伟大的民族！伟大的民族！
我是东方文化的鼻祖，
我的生命是世界的生命，
我是中国人，我是支那人！

（原载《大江季刊》第一卷第一期，1925年7月15日）

最后一次讲演

这几天，大家晓得，在昆明出现了历史上最卑劣、最无耻的事情！李先生究竟犯了什么罪，竟遭此毒手？他只不过用笔写写文章，用嘴说说话，而他所写的，所说的，都无非是一个没有失掉良心的中国人的话！大家都有一支笔，有一张嘴，有什么理由拿出来讲啊！有事实拿出来说啊！（闻先生声音激动了）为什么要打要杀，而且又不敢光明正大地来打来杀，而偷偷摸摸的来暗杀！（鼓掌）这成什么话？（鼓掌）

今天，这里有没有特务？你站出来！是好汉的站出来！你出来讲！凭什么要杀死李先生？（厉声，热烈地鼓掌）杀死了人，又不敢承认，还要诬蔑人，说什么"桃色事件"，说什么共产党杀共产党，无耻啊！无耻啊！（热烈地鼓掌）这是某集团的无耻，恰是李先生的光荣！李先生在昆明被暗杀，是李先生留给昆明的光荣！也是昆明人的光荣！（鼓掌）

去年"一二·一"昆明青年学生为了反对内战，遭受屠杀，那算是青年的一代献出了他们最宝贵的生命！现今天在李先生为了争取民主和平而遭受了反动派的暗杀，我们骄傲一点说，这算是像我这样大年纪的一代，我们的老战友，献出了最宝贵的生命！这两桩事发生在昆明，这算是昆明无限的光荣！（热烈地鼓掌）

反动派暗杀李先生的消息传出以后,大家听了都悲愤痛恨。我心里想,这些无耻的东西,不知他们是怎么想法,他们的心理是什么状态,他们的心怎样长的!(捶击桌子)其实简单,他们这样疯狂的来制造恐怖,正是他们自己在慌啊!在害怕啊!所以他们制造恐怖,其实是他们自己在恐怖啊!特务们,你们想想,你们还有几天?你们完了,快完了!你们以为打伤几个,杀死几个,就可以了事,就可以把人民吓倒了吗?其实广大的人民是打不尽的,杀不完的!要是这样可以的话,世界上早没有人了。

你们杀死一个李公朴,会有千百万个李公朴站起来!你们将失去千百万的人民!你们看着我们人少,没有力量?告诉你们,我们的力量大得很,强得很!看今天来的这些人,都是我们的人,都是我们的力量!此外还有广大的市民!我们有这个信心:人民的力量是要胜利的,真理是永远存在的。历史上没有一个反人民的势力不被人民毁灭的!希特勒,墨索里尼,不都在人民之前倒下去了吗?翻开历史看看,你们还站得住几天!你们完了,快了!快完了!我们的光明就要出现了。我们看,光明就在我们眼前,而现在正是黎明之前那个最黑暗的时候。我们有力量打破这个黑暗,争到光明!我们的光明,就是反动派的末日!(热烈地鼓掌)

现在司徒雷登出任美驻华大使,司徒雷登是中国人民的朋友,是教育家,他生长在中国,受的美国教育。他住在中国的时间比住在美国的时间长,他就如一个中国的留学生一样,从前在北平时,也常见面。他是一位和蔼可亲的老者,是真正知道中国人民的要求的,这不是说司徒雷登有三头六臂,能替中国人民解决一切,而是说美国人民的舆论抬头,美国才有这转变。

李先生的血不会白流的!李先生赔上了这条性命,我们要换来一个代价。"一二·一"四烈士倒下了,年轻的战士们的血换来了政治协商会议的召开;现在李先生倒下了,他的血要换取政协会议的重开!(热烈地鼓掌)我们有这个信心!(鼓掌)

"一二·一"是昆明的光荣,是云南人民的光荣。云南有光荣的历史,远的如护国,这不用说了,近的如"一二·一",都属于云南人民的。我们要发扬云南光荣的历史!

反动派挑拨离间,卑鄙无耻,你们看见联大走了,学生放暑假了,便以为我们没有力量了吗?特务们!你们看见今天到会的一千多青年,又握起手来了,我们昆明的青年决不会让你们这样蛮横下去的!

反动派,你看见一个倒下去,可也看得见千百个继起的!

正义是杀不完的,因为真理永远存在!(鼓掌)

历史赋予昆明的任务是争取民主和平,我们昆明的青年必须完成这任务!

我们不怕死,我们有牺牲的精神!我们随时像李先生一样,前脚跨出大门,后脚就不准备再跨进大门!(长时间热烈的鼓掌)

(1946年7月15日)

注释

1. 勖（xù）：勉励。
2. 硎（xíng）：磨刀石。
3. 矧（shěn）：况且。
4. 骎骎（qīn）：形容马跑得很快的样子，比喻事业发展迅速。
5. 不啻（chì）：不仅，何止。
6. 揭橥（zhū）：揭示。
7. 喧呶（náo）：叫嚷，指声音嘈杂。
8. 苫（shān）：草席。
9. 冱（hù）寒：天气严寒，积冻不开。
10. 不遑（huáng）启处（chǔ）：遑，闲暇。处，休息。指没有闲暇的时间过安宁的日子。
11. 饫（yù）：饱食。
12. 浃（jiā）：湿透。
13. 尘尘刹刹（chà）：佛教用语。《华严经》所说的"圆融平等"的境界。
14. 唐生维廉：今通译威廉·汤姆生（William Thomson，1824—1907），英国热力学家。
15. 铁特：今通译泰特（Peter Guthrie Tait，1831—1901），英国数学家、物理学家。

16. 冈气：即"以太"，是物理学史上一种假想的物质观念，其内涵随物理学发展而演变。

17. 畏葸（wèi xǐ）：畏惧，害怕。

18. 德律风：英语telephone的音译，即电话。

19. 珊：英语centimetre的简略音译，即厘米。

20. 阏（è）：阻塞，遏止。

21. 浇漓（jiāo lí）：（风俗等）不朴素敦厚。

22. 耄耋（mào dié）：指年老。

23. 觇（chān）：窥视，观测。

24. 莽（mǎng）然：众多貌。莽，莽的本字。

25. 和兰：即荷兰。

26. 丹马：即丹麦。

27. 那威：即挪威。

28. 勃牙利：即保加利亚。

29. 澒洞（hòng dòng）：弥漫无际，连续不断。

30. 肇锡：起始得赐。肇，初始。锡同赐。

31. 窒素：氮气，来自日语。

32. $：美元符号，象征财富。

33. 拜轮：即拜伦（George Gordon Byron，1788—1824），英国浪漫主义诗人。

34. 耶曼孙：今通译爱默生（Ralph Waldo Emerson，1803—1882），美国思想家、文学家、诗人。

35. 耶比古达士：Epiktetus，约55—约135，古罗马最著名的斯多葛学派哲学家之一。

36. 熊罴（pí）：熊。

37. 袒裼裸裎（tǎn xī luǒ chéng）：脱衣露体。

38. 罣（guà）：绊住，阻碍。

39. 孟孙：即克里斯蒂文·马蒂亚斯·特奥多尔·蒙森（Christian Matthias Theodor Mommsen，1817—1903），德国古典学者、法学家、历史学家。

40. 评骘（zhì）：评定。锡札：即罗马执政官恺撒。

41. Owen派：即欧文派，以英国欧文为代表的空想社会主义派。

42. Fourier派：即傅立叶派，以法国傅立叶为代表的空想社会主义派。

43. Noyes：即阿瑟·H.诺伊斯（Arthur.H.Noyes），19世纪美国著名乌托邦社会主义思想家。

44. 河上肇（1879—1946）：日本经济学家，日本马克思主义研究的先驱者，创办《社会问题研究》《社会主义研究》刊物，宣传马克思主义。

45. 仲密：周作人曾用的一个笔名。1919年暑假，周作人专程赴日本九州的日向参观考察武者小路所创办的"新村"，在此前后，在《新青年》杂志发表了《日本的新村》《游日本杂感》《新村的精神》等文，对"新村主义"的思想理论与实施情况做了介绍宣传。

46. 亚丹·斯密史：今译亚当·斯密（1723—1790），英国著名古典政治经济学家。

47. 马查士：今译马尔萨斯（1766—1834），英国经济学家、人口理论体系的创立者。

48. 安福派：通称安福系，是北洋军阀时期依附于皖系军阀的官僚政客集团，因其成立及活动地点在北京宣武门内安福胡同，故名安福系。

49. New Republic：今译《新共和报》。

50. Caucasian Race：今译高加索人种，分布于欧洲、西亚、北非等地。

51. Clara Zetkin：蔡特金（1857—1933），德国女权主义者、共产党人。1915年在伯尔尼组织第一次国际妇女会议；1921年被选入共产国际主席团成员。

52. Berne：伯尔尼（瑞士），1915年第一次国际妇女会议在此召开。

53. 候补：清代官制，通过科举或捐纳等途径取得官衔，但还没有实际职务的中下级官员，由吏部抽签分发到某部或某省，听候委用，称为候补。

54. 古久先生的陈年流水簿子：这里比喻我国封建主义统治的长久历史。

55. "本草什么"：指《本草纲目》，明代医学家李时珍（1518—1593）的药物学著作，共五十二卷。该书曾经提到唐代陈藏器《本草拾遗》中以人肉医治痨的记载，并表示了异议。这里说李时珍的书"明明写着人肉可以煎吃"，当是"狂人"的"记中语误"。

56. "易子而食"：语见《左传》宣公十五年，宋将华元对楚将子反叙说宋国都城被楚军围困时的惨状："敝邑易子而食，析骸而爨。"

57. "食肉寝皮"：语出《左传》襄公二十一年，晋国州绰对齐庄公说："然二子者，譬于禽兽，臣食其肉而寝处其皮矣。"（按："二子"指齐国的殖绰和郭最，他们曾被州绰俘虏过。）

58. "海乙那"：英语hyena的音译，即鬣狗（又名土狼），一种食肉兽，常跟在狮虎等猛兽之后，以它们吃剩的兽类的残尸为食。

59. 易牙：春秋时期齐国人，善于调味。据《管子·小称》："夫易牙以调和事公（按：指齐桓公），公曰'惟蒸婴儿之未尝'，于是蒸其首子而献之公。"桀、纣各为我国夏朝和商朝的最后一代君主，易牙和他们不是同时代人。这里说的"易牙蒸了他儿子，给桀纣吃"，也是"狂人""语颇错杂无伦次"的表现。

60. 徐锡林：隐指徐锡麟（1873—1907），字伯荪，浙江绍兴人，清末革命团体光复会的重要成员。1907年与秋瑾准备在浙、皖两省同时起义。7月6日，他以安徽巡警处会办兼巡警学堂监督的身份为掩护，乘学堂举行毕业典礼之机刺死安徽巡抚恩铭，率领学生攻占军械局，弹尽被捕，次日惨遭杀害，心肝被恩铭的卫队官兵挖出炒食。

61. 指"割股疗亲"，即割取自己的股肉煎药，以医治父母的重病。这是封建社会的一种愚孝行为。《宋史·选举志一》："上以孝取人，则勇者割股，怯者庐墓。"

62. 羼（chàn）：混合，掺杂。

63. "君子固穷"：语见《论语·卫灵公》。"固穷"即"固守其穷"，不以穷困而改变操守的意思。固，安守。

64. 进学：明清科举制度，童生经过县考初试，府考复试，再参加由学政主持的院考（道考），考取的列名府、县学籍，叫进学，也就成了秀才。又规定每三年举行一次乡试（省一级考试），由秀才或监生应考，取中的就是举人。

65. 回字有四样写法：回字通常只有三种写法："回""囘""囬"，第四种写法（外部一个偏旁"口"中间加上一个"目"字），极少见。

66. 服辩：又作伏辩，即认罪书。这里指不经官府而自行了案认罪的书状。

67. 洋钱：指银元。银元最初是从外国流入我国的，所以俗称洋钱；我国自清代后期开始自铸银元，但民间仍沿用这个旧称。

68. 号衣：指清朝士兵的军衣，前后胸都缀有一块圆形白布，上有"兵"或"勇"字样。

69. 鲜红的馒头：即蘸有人血的馒头。旧时迷信，以为人血可以医治肺痨，刽子手便借此骗取钱财。

70. 化过纸：纸指纸钱，一种迷信用品，旧俗认为把它火化后可供死者在"阴间"使用。下文说的纸锭，是用纸或锡箔折成的元宝。

71. Nordan：诺尔道（1849—1923），德国医生、政论家、作家。

72. Mob：英语，乌合之众。

73. G.le Bon：古斯塔夫·勒庞（Gustave Le Bon，1841—1931），法国社会心理学家、社会学家，群体心理学的创始人。

74. 中交票：中国银行和交通银行（都是当时的国家银行）发行的钞票。

75. 鹤见钓辅：即鹤见祐辅（1885—1973），日本评论家。作者曾选译过他的随笔集《思想·山水·人物》，《北京的魅力》一文即见于该书。

76. proletariat：英语，无产阶级。

77. democracy：英语，民主。

78. 孙美瑶：当时占领山东抱犊崮的头领。1923年5月5日他在津浦铁路临城站劫车，掳去中外旅客200多人，是当时哄动一时的事件。

79. 王、公、大夫、士、皂、舆、隶、僚、仆、台是奴隶社会等级的名称。前四种是统治者的等级，后六种是被奴役者的等级。

80. 兵燹（xiǎn）：指因战乱而遭受焚烧破坏的灾害。

81. 摭（zhí）拾：拾取。

82. 戆（gàng）大：方言，意为傻子。

83. 厉阶：意为祸端。

84. 瞽（gǔ）说：意为胡说，指不明事理的言论。

85. 彀（gòu）中：箭能射及的范围，比喻牢笼。

86. 潴（zhū）：聚积的水流。